Hailey J. Morgan ist eine passionierte Autorin von Liebesromanen und teilt ihr Leben mit ihrem Yorkshire Terrier, Krümel. Der kleine Hund ist nicht nur eine tägliche Inspiration für sie, sondern sorgt auch dafür, dass sie regelmäßig Pausen macht. Bei gemeinsamen Spaziergängen durch die Natur schöpfen sie neue Ideen und Inspirationen. Als unzertrennliches Team ergänzen sich die beiden hervorragend. Zusammen schaffen sie es, wunderbare Geschichten zu Papier zu bringen.

HAILEY J. ROMANCE

Ice Cold MILLIONAIRE

EINE SPICY OPPOSITES ATTRACT MILLIONAIRE ROMANCE

Überarbeitete Neuausgabe Mai 2025

Copyright © 2025 dp Verlag, ein Imprint der
dp DIGITAL PUBLISHERS GmbH
Made in Stuttgart with ♥
Alle Rechte vorbehalten

Ice Cold Millionaire

ISBN 978-3-69090-106-2
E-Book-ISBN 978-3-98998-724-1

Copyright © 2017, Hailey J. Romance
Dies ist eine überarbeitete Neuausgabe des bereits 2017 bei Hailey J.
Romance erschienenen Titels
Three Millionaires - Tyron (ISBN: 978-1-54988-029-2).

Covergestaltung: D-Design Cover Art
Umschlaggestaltung: ARTC.ore Design
Unter Verwendung von Abbildungen von
stock.adobe.com: © Happy Stock , © visoot
Korrektorat: Katharina Pomorski
Satz: dp DIGITAL PUBLISHERS GmbH
Druck und Bindung: Books on Demand GmbH, Norderstedt

Das Werk darf – auch teilweise – nur mit
Genehmigung des Verlages wiedergegeben werden.

Sämtliche Personen und Ereignisse dieses Werks sind frei erfunden. Etwaige Ähnlichkeiten mit real existierenden Personen, ob lebend oder tot, wären rein zufällig.

Kapitel 1

Tammi

„Willst du mir nicht endlich sagen, wohin es geht?" Die Augenbinde, die Jordan mir bei der Abfahrt in St. Augustin anlegte, reibt mir an den Lidern. Gefühlt sind wir bereits seit 100 Stunden in seinem nach Pfirsich duftenden, schwarzen Sportwagen unterwegs.

„Du bist nerviger als ein Kleinkind", spöttelt er.

Jordan und ich sind Mitbewohner, beste Freunde und ab und zu geht er mir gelinde gesagt auf meinen nicht vorhandenen Sack.

„Da wir gerade dabei sind ... hier drin stinkt es. Dieses Autodeodorant – oder was immer es sein soll – klebt an meinen Nasenwänden und zerfrisst sie mir ganz langsam und schmerzhaft", beschwere ich mich.

Jordan atmet hörbar aus. Das tut er immer, wenn ihm etwas gegen den Strich geht. Dass ich das im Augenblick bin, weiß ich, aber hätte er mir gesagt, wohin wir fahren, wie lange wir bleiben, warum er mich überhaupt mitschleift und wieso er aus dem Ganzen so ein Geheimnis macht, wäre ich jetzt nicht so angefressen.

Jordan kennt mich besser als jeder andere Mensch und weiß, wie sehr ich das Konstante liebe. Ich brauche meine gewohnte Umgebung, mein Bett, mein Klo und vor allem meine Ruhe. Er hingegen ist ein echter Luftikus, lebt gern in den Tag hinein und hat ständig wechselnde Bekanntschaften, die sich auf ganz Florida verteilen. Zudem ist er durch seinen Job viel unterwegs.

Als ich spüre, dass Jordan die Geschwindigkeit verringert, und höre, wie er den Blinker setzt, hoffe ich auf eine baldige Ankunft. Wo auch immer das sein wird.

„Es sind nur noch ein paar Meilen, dann sind wir da", teilt er mir mit, ohne auf meine Befindlichkeiten zu reagieren.

„Warum muss ich diese dumme Augenbinde tragen?"

Jordan räuspert sich. „Weil ich dich überraschen will."

„Du weißt, wie sehr ich Überraschungen hasse."

Er antwortet mir nicht mehr, sondern dreht das Radio auf eine für mich kaum noch erträgliche Lautstärke.

Fein, dann reden wir eben nicht! Ich lehne mich zurück und harre der Dinge, die da auf mich zukommen.

Als der Wagen zum Stehen kommt, reiße ich mir das grässliche Stück Stoff sofort vom Kopf und muss mehrmals die Augen zusammenkneifen, ehe ich wieder eine klare Sicht bekomme. „Wo sind wir?", frage ich und sondiere die Umgebung.

„Miami, Babe, wir sind in Miami." Jordan reibt sich die Hände und grinst mich schief an.

„Und was machen wir in Miami?", will ich wissen, während ich das kleine Hotel, das sich direkt vor uns befindet, in Augenschein nehme. Es sieht eher nach familiärer Mittelklasse aus als nach einem Designerkomplex. Diese Art von Etablissement ist normalerweise nichts für meinen Mitbewohner.

„Ich habe nicht weit von hier einen Job, und du jammerst mir seit Wochen etwas von einer Schreibblockade vor, daher dachte ich mir, ein Tapetenwechsel würde dir guttun."

Jordan mauserte sich in den letzten zwei Jahren von einem jungen Mann mit unerfüllbaren Träumen und Visionen durch harte Arbeit und Disziplin zu einem der angesagtesten Fitnesstrainer von Floridas High Society.

Er spezialisierte sich auf „After Baby Bodys". Wenn ich also richtig kombiniere, hat er einen Job bei einer bekannten oder reichen Persönlichkeit, die sich wieder in Form bringen will. Ob diese Art von Frauen noch im Kreißsaal nach dem Telefon greift und ihn anruft? Ich vermute es ganz stark.

Wer das wohl sein mag? Jordan schweigt sich über seine Kundschaft leider aus wie ein Grab. Wieso nur lese ich keine Klatschblätter? Dann könnte ich es mir wenigstens zusammenreimen.

„Das heißt, wir sind hier ... für wie lange?" Panik überkommt mich. Ich hasse es, so weit weg von zu Hause zu sein.

„Wird sich zeigen", antwortet er, legt die rechte Hand auf meine Schulter und deutet mit der linken an mir vorbei. „Ich hab extra für dich etwas Heimeliges gebucht. Normalerweise würde ich hier nicht absteigen."

Ja, das bemerkte ich bereits. „Das ist ja alles total lieb von dir, aber wie kommst du darauf, ich könnte hier in Ruhe arbeiten?"

Jordan wirft mir einen mürrischen Blick zu. „Tammi, nun hör mal, du willst doch endlich was erreichen, oder sehe ich das falsch? Also dachte ich, es ist das Beste, wenn du deine Komfortzone verlässt, neue Eindrücke sammelst und keine Ahnung ... deiner Inspiration freien Lauf lässt."

„Hier?"

Jordan ist wirklich ein lustiger Kauz und neuerdings hält er sich wohl auch noch für einen Coach für blockierte Autoren, oder wie? Ich arbeite an meinem Lebenstraum mindestens genauso hart wie er an seinem. Nur erreichte ich bisher nicht annähernd so viel wie er.

Es war schon immer mein Traum zu schreiben, und als sich die große Welt des Self-Publishings vor mir auftat, kündigte ich meinen Job bei St. Augustins Tageszeitung und verfasste innerhalb eines halben Jahres meinen ersten Liebesroman.

Die Anspannung, die ich damals in mir spürte, als ich auf den Veröffentlichungs-Button beim größten Online-Versandhändler drückte, kann ich bis heute nicht richtig beschreiben. Ich glaube, das war der Zeitpunkt, an dem ich das erste Mal merkte, wozu ich mich wirklich berufen fühle und was mich ausfüllt. Das Schreiben!

Nach wenigen Tagen zeichneten sich sogar erste Erfolge ab, und mein Debütroman verkaufte sich insgesamt rund 5.000 Mal. Das ist sicher weit von einem Bestseller entfernt, aber es bestätigte mich in meinem Vorhaben, mich von nun an auf meine liebste Tätigkeit zu konzentrieren.

So locker-leicht mir meine erste Geschichte von der Hand ging, so sehr stockt nun mein aktuelles Projekt – leider –, und ich kann noch nicht einmal sagen, warum das so ist. Ideen habe ich unendlich viele und fast täglich kommen neue hinzu, doch ich kann sie aus einem mir unerfindlichen Grund nicht umsetzen.

„Natürlich hier. In deinen miefigen vier Wänden, in denen du kaum lüftest, wirst du es nie schaffen, endlich weiter zu schreiben." Jordan streicht mir mit dem Zeigefinger über den Unterarm. „Und du könntest echt mal etwas Sonne vertragen. Du bist so bleich wie ein weißes, unbeschriebenes Blatt Papier deines nächsten Romans."

„Sehr witzig", zische ich.

Er beugt sich über die Mittelkonsole und sieht mir direkt in die Augen. „Das war kein Witz, sondern mein voller Ernst."

Seine dunkelbraune Iris funkelt, die Mimik ist starr.

„Kannst du mal aufhören, deine Augen so zu verengen, da bekommt man ja Angst."

Jordan schüttelt den Kopf und wendet sich von mir ab. „Du bist echt unglaublich, Tammi."

„Wieso ich?"

„Du weißt schon, woher meine Mutter stammt?", fragt er und hört sich dabei leicht angegriffen an.

„Natürlich weiß ich das. China."

„Meine Augen sind immer so!", tobt er plötzlich ungehalten.

Jordan ist ein richtiger Sunnyboy. Er hat schwarzes, seidiges, gestyltes Haar, einen Teint, der an Cappuccino erinnert, und natürlich einen bis auf den letzten Muskel durchtrainierten Körper. Auf der rechten Wange oberhalb der Lippe hat er ein kleines Muttermal, das in einem Lachfältchen verschwindet, sobald er die Mundwinkel nach oben zieht.

Das Einzige, was er nicht leiden kann, sind seine Augen, damit kann man ihn zur Weißglut treiben. Warum ich ihn gerade jetzt damit reize, weiß ich selbst nicht. Es blubberte einfach so aus mir heraus. Wie es bei mir so oft der Fall ist.

„Ja, ist ja schon gut, ich wollte dich nur ärgern", entschuldige ich mich.

„Du weißt, wie sehr ich das hasse!"

Keine Ahnung, warum der liebe Gott diesen gut aussehenden Kerl mit solchen Komplexen belegte. Der soll mich mal anschauen. Er ist derjenige, der das andere Geschlecht komplett um den Verstand bringt, sobald er irgendwo auftaucht.

Ich hingegen habe in dieser Beziehung noch weniger Glück als die Protagonistin meines aktuellen Manuskripts. Meine letzte Beziehung, wenn man das überhaupt so nennen kann, endete in einem Fiasko. Oder besser gesagt, mein Ex in einer Blondine.

Mein Mitbewohner und bester Freund suchte im Gegensatz zu mir noch nie nach der großen Liebe. Er genießt sein Singleleben in vollen Zügen, ist dabei aber wenigstens immer ehrlich und offen zu den Frauen, mit denen er sich trifft. Mit seinen 27 Jahren fühlt er sich noch zu jung, um sich fest zu binden. Er soll mal abwarten, bis er in mein Alter kommt, da sehen die Dinge ganz anders aus.

Vor einem halben Jahr erreichte ich das dritte Jahrzehnt und prompt an meinem Geburtstag, um Punkt Mitternacht, begann meine biologische Uhr zu ticken. Sie wird von Tag zu Tag lauter und hat sich mittlerweile zu einem nervenaufreibenden Tinnitus entwickelt.

Über Kinder dachte ich bisher noch keine Minute nach, aber mein Körper will mir suggerieren, dass ich mich zu paaren habe, und zwar möglichst schnell. Dieser Idiot. Der kann mich mal kreuzweise. Ich bin nicht auf der Suche nach einem Mann, sondern nach meiner Muse, die mich küsst, damit ich endlich weiterschreiben kann.

Jordan steigt aus dem Wagen und öffnet den Kofferraum. Er gab mir noch immer keine Antwort, wie lange er vorhat, hierzubleiben.

Ich folge ihm nach draußen und atme mehrmals tief durch, um endlich den künstlichen Pfirsichgeruch loszuwerden.

„Hier, dein Koffer und deine Laptoptasche."

Ich nehme ihm wortlos beides ab und hänge mir mein Heiligtum über die rechte Schulter.

„Dir wird es hier gefallen, da bin ich mir sicher", sagt er und geht voraus.

„Wird sich rausstellen", murmele ich und trotte ihm hinterher, ohne mich umzusehen.

Jordan hält vor der Rezeption, stellt seine schwarze Tasche auf den Boden und begrüßt die blonde, bis über beide Ohren grinsende junge Dame freundlich. „Ich habe zwei Zimmer auf den Namen Brown reserviert."

Die Frau schluckt schwer und kann ihren Blick kaum von ihm abwenden. Da ist es wieder! Dieses Ding, das passiert, wenn Jordan aufs andere Geschlecht trifft.

Ich stelle mich neben ihn, lege die Unterarme auf den Tresen und beobachte sie. Ob ihr wohl gleich die Spucke aus ihrem offenen Mündchen rinnt? Als nichts dergleichen passiert, stupse ich Jordan in die Seite. Er reagiert prompt.

„Könnten Sie bitte nachsehen? Meine Freundin hier würde gern ihr Zimmer beziehen ... ihr eigenes Zimmer", betont er.

Ich halte mir die flache Hand vor den Mund, gähne lautstark und rolle die Augen. Was für eine Show er wieder abzieht. Es würde mich nicht wundern, die junge Frau morgen früh in seinem Bett anzutreffen.

Sie räuspert sich und zupft sich das rote Jackett zurecht. „Natürlich. Entschuldigung." Ihr Blick wandert über den Bildschirm, der direkt vor ihr steht. Nach wenigen Sekunden erahne ich an ihrer Gesichtsfarbe, die sich von einem leuchtenden Rosé in ein fahles Weiß verwandelte, dass etwas nicht stimmt.

„Meredith", lese ich ihren Namen von dem Schild an ihrer Jacke ab, „ist etwas nicht in Ordnung?"

Sie sieht zu uns hoch, die Lippen vibrieren leicht, eine kleine Schweißperle rinnt ihr über die Stirn. Was ist denn in die gefahren?

„Ich ... ähm ... es tut mir leid ... aber auf den Namen Brown ist nur ein Zimmer vermerkt."

Wie bitte?

„Das muss ein Fehler sein. Ich habe zwei reserviert", entgegnet Jordan.

Meredith wird immer blasser, und ich habe Angst, sie kippt gleich um. Erneut senkt sie ihren Blick auf den Bildschirm. Nach einer Weile schüttelt sie den Kopf. „Nein, es tut mir wirklich leid."

„Und was machen wir jetzt?", wende ich mich an Jordan, der wutschnaubend neben mir steht.

„Keine Ahnung. Was ist das denn hier für ein Saftladen?", motzt er, und von seinem Gesicht kann ich ablesen, wie sehr er es bereut, hier gebucht zu haben.

Plötzlich erblicke ich einen Mann aus dem Augenwinkel, der von links in schnellen Schritten auf uns zuhält. Er stellt sich direkt zu meiner Rechten und sieht fragend zwischen uns hin und her. Er ist in etwa so groß wie ich – na gut, er misst doch noch ein paar Zentimeter mehr. Sein schwarzes Haar ist an den Seiten kurz, am Oberkopf länger und nach oben gegelt. Ein Dreitagebart umrahmt die vollen Lippen und unterstützt die markanten, eckigen Gesichtszüge. Er trägt einen schwarzen Anzug, darunter ein weißes Hemd. Sein Teint ähnelt meinem. Nein! Er ist eindeutig kalkweiß. Viel schlimmer als ich.

„Gibt es hier ein Problem?" Seine dunkle Stimme zieht mir sofort bis ins Mark.

Ich drehe mich zu ihm um und sehe in die blauesten und kühlsten Augen, die ich jemals zu Gesicht bekam. Ihr Ausdruck ist starr, eiskalt und sogar ein wenig angsteinflößend. Ohne auch nur eine einzige Wimper dabei zu bewegen, mustert er mich. Mir jagt ein Schauer über den Rücken.

„Was glotzen Sie denn so?", purzelt es unaufhaltsam aus meinem Mund.

Jordan kneift mir in die Seite.

Ich sehe ihn über die Schulter hinweg an. „Stimmt doch. Was glotzt er denn so?"

Mein Freund macht einen gekonnten Satz und schiebt mich ein Stück beiseite. „Haben Sie hier was zu sagen?", will er von dem Gaffer wissen.

Der reicht ihm die Hand. „Tyron Pine, ich bin der Manager des Hotels."

Jordan erwidert seine Begrüßung. „Freut mich, dann können Sie ja hoffentlich unser Problem lösen."

Tyron wendet sich der Frau hinter dem Empfangstresen zu, die bereits Tränen in den Augen hat. „Meredith, was ist los?"

„Die Herrschaften wollten zwei Einzelzimmer beziehen, aber ich habe im System nur ein Zimmer vermerkt", nuschelt sie und senkt den Kopf.

Der Adamsapfel des Managers bewegt sich sichtbar auf und ab. Ich kann sein Gesicht nicht sehen, aber an der verstört dreinblickenden Blondine erahnen. Wie kann man seinen Mitarbeitern nur solche Angst machen?

„Darüber reden wir später", sagt er bedrohlich klingend zu ihr und wendet sich wieder an uns. Nun sondiert er Jordan vom Scheitel bis zur Sohle. Nach wenigen Augenblicken runzelt er die Stirn. „Jordan Brown? DER Jordan Brown?"

Oh, Gott, nein, das auch noch. Woher kennt er ihn überhaupt? „Ja, ist er", teile ich ihm mit, ehe Jordan selbst antworten kann.

Tyron hebt die Augenbrauen, der Rest des Gesichts bleibt ausdruckslos. „Die Koryphäe im Bereich Fitness in meinem Haus."

Ich hebe die Hand. „Schön, Zucker in den Hintern pusten können Sie ihm später, lösen Sie lieber unser Problem."

Tyron streckt die offene Hand in Richtung der immer noch zitternden Frau aus. Ohne, dass er etwas sagen muss, legt sie ihm einen Zimmerschlüssel hinein. Dann wendet er sich an Jordan. „Herzlich willkommen in meinem Hotel, Mr. Brown. Das ist der Schlüssel zu unserer größten Suite. Sie hat zwei Schlafzimmer und ist zudem mit einigen Extras ausgestattet. Ich hoffe, das entschärft die missliche Lage etwas."

Mein Freund nickt. „Also gut." Er nimmt den Schlüssel in Kartenform an sich und steckt ihn in die Hosentasche.

Ich greife nach meinem Koffer, werfe der Frau am Empfang einen mitleidigen Blick zu und folge meinem leise vor sich hin schimpfenden Mitbewohner. „So schlimm ist es nun auch wieder nicht."

Jordan bleibt stehen und dreht sich zu mir um. „Ach nein?"

„Was denn? Ist wie zu Hause: eine Wohnung, zwei Schlafzimmer. Wo ist dein Problem?" Die Fragen, die ich ihm eben stellte, bereue ich bereits nach einer Sekunde wieder, denn ich kann mir denken, was er hier vorhat. Wilde Orgien feiern und so'n Zeug. Ich kneife die Augen fest zusammen und halte mir die Ohren zu. „Schon gut, ich will es nicht wissen."

„Wie schön, dass wir uns verstehen." Jordan seufzt leise.

„Weißt du, wer mir wirklich leidtut? Die arme Frau am Empfang", flüstere ich, da ich immer noch das Gefühl habe, von dem düsteren Kerl beobachtet zu werden.

„Warum?"

„Was denkst du, was er jetzt mit ihr macht? Meinst du, er schlägt sie?"

Jordan entgleisen zuerst alle Gesichtszüge, dann lacht er. „Du hast echt eine blühende Fantasie."

„Hast du nicht bemerkt, wie er sie angesehen hat?"

Jordan zuckt die Schultern. „Und wenn schon. Sie hat Mist gebaut, und zwar ziemlich großen. Meinetwegen kann er ihr dafür gern den kleinen Knackpo verhauen."

Männer! Ich glaube, ich spinne. Kopfschüttelnd folge ich dem hormongesteuerten Etwas in unser Schlafgemach.

„Sieht doch gar nicht so schlecht aus", stelle ich beruhigt fest, als wir uns die Suite ansehen. Es sind zwei durch eine Tür getrennte Schlafräume mit jeweils einem großen Kingsize-Bett. Zu meiner Freude gibt es sogar einen Schreibtisch in annehmbarer Größe. Eine Couch, die zugegebenermaßen die Farbe von hellem Durchfall hat, aber was soll's, und ein Badezimmer mit Dusche und Whirlpool.

Jordan lässt sich auf eines der Betten fallen und beobachtet mich, wie ich meinen Laptop aufbaue. „Ja, ganz wunderbar", stöhnt er.

„Was bist du denn auf einmal so zickig? Du wolltest doch, dass ich mitkomme."

Er rollt sich auf die Seite, stützt den Arm ab und legt den Kopf hinein. „Das werden tolle Wochen."

„Wochen? Von wie vielen sprechen wir denn?"

„Wenn ich diese Wohnsituation hier betrachte, dann nicht so viele wie gedacht", schnaubt er.

Ich gehe zu ihm, lasse mich neben ihm aufs Bett sinken und kuschele mich an ihn. „Ich dachte, du bist zum Arbeiten hier."

Jordan nimmt mich in den Arm und haucht mir ein Küsschen auf die Stirn. „Und um Spaß zu haben."

Ich lege den Kopf auf seine Brust und lausche dem Klang seines Herzens. „Und mit mir kannst du keinen Spaß haben?"

Er streicht mir zärtlich über den Rücken. „Dafür liebe ich dich zu sehr."

Ich bin froh, Jordan als Freund an meiner Seite zu haben, denn er ist ein guter Mensch. Was er als Liebhaber drauf hat, weiß ich nicht und will es ehrlich gesagt auch niemals herausfinden. Erstens hätte ich Angst, damit unsere Freundschaft zu riskieren, und zweitens bin ich kein Typ für offene Geschichten.

„Dieser Manager-Typ ist total beängstigend, findest du nicht?", wechsele ich das Thema.

„Der Kerl geht dir wohl gar nicht mehr aus dem Kopf."

„Ja, weil er mir mit seiner diktatorischen Art Angst macht."

„Du findest ihn also diktatorisch, nur weil er seine Angestellte zurechtweisen will? Das ist sein Job."

„Ich hatte wirklich das Gefühl, er will sie fressen. Die ganze Art und … einfach widerlich." Ich muss mich schütteln.

„So sehr, wie du dich mit ihm beschäftigst, solltest du ihn vielleicht in deinem nächsten Roman verarbeiten."

„Als was? Als Serienkiller?"

„Wenn der in deine Geschichte passt, warum nicht?", grinst er.

„Nein, danke", winke ich ab. „Da nehm ich lieber dich."

Jordan zieht den Arm unter mir heraus und setzt sich aufrecht hin. „Mich? Wieso?"

Ich zwinkere ihm zu. „Du würdest ganz gut in die Rolle eines Herzensbrechers passen."

„Ach ja, findest du?"

„Und wie!"

Jordan legt sich wieder neben mich, verschränkt die Hände auf seinem Waschbrettbauch und starrt an die Decke. „Jordan Brown, der Herzensbrecher ... ja, klingt gut." Er dreht den Kopf in meine Richtung. „Aber beschreib meine Augen ja nicht als Schlitze", merkt er drohend an.

Kapitel 2

Tyron

Ich sehe Jordan Brown und seiner Begleitung noch eine Weile nach, ehe ich mich wieder an Meredith wende. „Sag mal, hast du sie noch alle? Weißt du, wer das eben war?"

Sie deutet auf den Bildschirm. „Aber es ist wirklich nur ein Zimmer auf ihn reserviert."

Der Kragen meines Hemdes wird immer enger, da mein Hals unaufhörlich anschwillt. Ich öffne die ersten beiden Knöpfe, presse die Zahnreihen so stark aufeinander, dass die Wangenmuskeln zu zittern beginnen, und überlege mir, wo ich diese Frau am besten vergrabe, nachdem ich ihr den Hals umgedreht habe.

Es fällt mir schwer, mich zusammenzureißen und nicht laut loszuschreien. Mehrmals atme ich tief durch. „Meredith, ich bin mir sicher, dass Jordan Brown keinen Fehler bei der Buchung begangen hat."

Sie klimpert mich mit ihren langen Wimpern an. „Aber ... aber ich kann mich ..."

Ich greife über den Tresen und packe sie am Handgelenk. Sie verharrt augenblicklich in ihrer Bewegung und reißt die Augen weit auf. „Unsere Gäste machen keine Fehler, wann kapierst du das endlich?", unterbreche ich ihre Widerworte, zu denen sie gerade wieder ansetzt.

Sie lässt die Schultern hängen und senkt den Kopf. „Natürlich."

Manchmal frage ich mich, wer dieser Frau ins Hirn geschissen hat. „Wenn das nächste Mal ein Promi hier auftaucht, begrüßt du ihn überschwänglich und rufst mich auf der Stelle an. Hast du das verstanden?", untermauere ich den Ernst der Lage mit Nachdruck.

„Ich wusste ja nicht mal, dass er ein Prominenter ist", gibt sie leicht zickig zurück.

Diese Frau treibt mich an den Rand des Wahnsinns. Irgendwann werde ich sie wirklich vergraben. „Wie ungebildet kann man sein?"

Sie zuckt die Schultern und sieht mich dabei wie ein verängstigter Welpe an, wenn es gewittert. „Ich kann doch nicht jeden kennen."

Ich greife nach der neuesten Ausgabe des Stars Magazine, das rechts neben mir auf dem Tresen liegt, und halte es ihr unter die Nase. „Bitteschön, das wird ab sofort deine Abendlektüre."

Meredith rollt für mich gut sichtbar die Augen. Dieses kleine, blonde Biest. Meine Hände verkrampfen sich, und ich stelle mir unwillkürlich vor, wie sie sich um den Stiel einer Schaufel legen. Ich brauche nur noch den richtigen Platz, wo ich sie zum Einsatz bringen kann ...

„Hallo, wir sind Familie Hunter", erklingt mit einem Mal eine dunkle Männerstimme neben mir.

Meredith grinst breit in die Runde. „Herzlich willkommen."

Ich schlucke meine Wut hinunter, bedenke Meredith mit einem letzten bösen Blick und begrüße dann die neuen Gäste.

***

Auch nach zwei Stunden ist meine Laune noch immer getrübt. Wenn das meine Großmutter mitbekommen hätte. Sie würde sich sicher im Grab umdrehen. Dieses Hotel war ihr Ein und Alles, und seit meine Brüder und ich es von ihr geerbt haben, versuchen wir wirklich alles, um ihren hohen Ansprüchen gerecht zu werden. Der eine mehr, der andere weniger.

Ich kippe mit dem Bürostuhl ein wenig nach hinten und starre an die Decke. Alle um mich herum machen mich verrückt. Dashiel mit seiner rebellischen Art und Micah mit seiner funkensprühenden Freude. Igitt! Wie kann man nur den ganzen Tag grinsen? Und nicht zu vergessen – Meredith. Ich würde sie so gern feuern, doch das geht leider nicht, denn dann komme ich niemals an meine zwei Millionen.

Wie konnte unsere Großmutter uns nur so etwas auferlegen? Wie konnte sie MIR so etwas auferlegen? Ich bin eindeutig am schlimmsten dran. Ihre wahnwitzige Art, die sie bis zu ihrem Tod behielt, bringt mich nun zur absoluten Verzweiflung. Als meine Brüder und ich erfuhren, dass unsere Großmutter ihren Lottogewinn von sechs Millionen Dollar auf uns, ihre drei Enkelsöhne, aufteilen wollte, war ich für einen Augenblick am Ziel meiner Träume. Doch als sie kurz darauf erklärte, dass dieses Geld an Aufgaben geknüpft sei, stand ich kurz vor einem Infarkt.

Kopfschüttelnd drehe ich mich mitsamt Stuhl um 90 Grad und sehe aus dem Fenster. Dashiel erwischte es eindeutig am besten. Was musste er schon für seinen Anteil tun? Nichts, meiner Meinung nach. Er war schon immer ihr Liebling. Das Nesthäkchen eben. Der kleine, süße Dashiel. Mit seinen kullerrunden blauen Augen verzauberte er unsere Großmutter so sehr, dass sie ihm keinen Wunsch abschlagen konnte. Das Einzige, was er für seinen Anteil tun musste, war, hier im Hotel mitzuhelfen. Ganz toll! Was für eine blödsinnige und einfach zu erfüllende Aufgabe.

Ich grübelte schon oft darüber nach, warum sie das von ihm verlangte, und ich denke, sie wollte damit erreichen, dass er seinen leicht kriminellen Lebensstil aufgibt, wenn ich ihn unter den Fittichen habe. Doch weit gefehlt. Dashiel bleibt Dashiel, daran kann selbst ich nichts ändern. Die zwei Millionen interessierten ihn nicht die Bohne und richtig Bock, sich hier um die Finanzen zu kümmern, hatte er auch nicht, aber ich zwang ihn dazu, schließlich versprach er es unserer Großmutter, und so heimste er seinen Anteil bereits ein.

Er ist und bleibt ein Wildfang. So sehr ich es auch versuchte, ich konnte ihn nicht zähmen. Seine Freundin Laney allerdings, die er seit einiger Zeit hat, ist damit um einiges erfolgreicher als ich. Sie tut ihm gut, keine Frage. Dass ich die Abrechnungen neuerdings pünktlich auf meinem Schreibtisch habe, ist wohl ihr Verdienst. Bevor er mit ihr zusammen war, musste ich ihm deswegen ständig hinterherlaufen. Gott, wie froh ich bin, dass sie in sein Leben trat.

Micah hat es da schon um einiges schlimmer getroffen. Mein energiegeladener kleiner Bruder wollte in seinem Leben immer nur eins: reisen und die Welt entdecken. Er hielt sich nie länger an einem Ort auf. Was er dabei vergaß? Verantwortungsbewusst und seinem

Alter entsprechend zu handeln. Seine Abenteuer waren oft halsbrecherischer Art, und unsere Großmutter sorgte sich deshalb viel um ihn. Sein Alkoholgenuss, die vielen Frauen und seine uneingeschränkte Liebe zur Musik ließen ihn seine Pflichten vergessen. Das wollte sie unbedingt ändern.

Doch auch bei ihm stieß ich schnell an meine Grenzen. Erst Sienna, seine große Liebe, brachte ihn dazu, sich endlich pflichtbewusster zu verhalten. Jetzt geht er freudig seiner Arbeit im Hotel nach und ist sesshaft geworden, so wie es sich unsere Oma wünschte. Seine Freundin brachte Balance in sein Leben. Er spielt zwar immer noch Gitarre und hat ab und zu mal einen Kater, aber ansonsten hat Sienna ihn wirklich gut im Griff. Also bekam auch er vor Kurzem seinen Anteil des Lottogewinns ausbezahlt.

Mich hat es bei dieser Sache meiner Meinung nach am härtesten getroffen. Wie kam sie nur auf diese dumme Idee? Die Wörter Ehe und Tyron beißen sich, und zwar heftig! Pfff, dass ich nicht lache. Dafür bin ich überhaupt nicht der Typ. Meine ganze Energie stecke ich in unser kleines, schnuckeliges Hotel. Ich bin ein Arbeitstier und kein Mann zum Heiraten. Was sie damit bezwecken wollte, frage ich mich fast stündlich.

„Es gibt noch andere Dinge außer Arbeit. Du musst endlich anfangen, Gefühle zu zeigen. Die Stunden, in denen wir liebten, sind es, die am Ende deines Lebens wirklich zählen." Diese Aussage warf sie mir oft um die Ohren. Zu oft! Ich will nicht lieben. Frauen sind zuckersüß und ich nasche gern an ihnen, mehr aber auch nicht – und wer braucht schon Gefühle?

Als urplötzlich die Tür zu meinem Büro aufgerissen wird, zucke ich erschrocken zusammen. Ich drehe mich samt Stuhl wieder in Richtung Schreibtisch und sehe eine lasziv guckende Meredith auf mich zu kommen. „Noch nie was von Anklopfen gehört?"

Sie reagiert nicht auf meine barschen Worte, sondern setzt sich breitbeinig vor mir auf den Tisch und umschließt mich mit ihren langen Beinen. „Ich war heute ein böses Mädchen, willst du mich nicht bestrafen?", kichert sie und klimpert mit ihren angeklebten Wimpern.

Soll ich ihr sagen, dass ich mir heute ernsthaft überlegte, sie umzubringen und irgendwo hinter dem Hotel zu verbuddeln? Ihr scheint der Ernst der Lage immer noch nicht bewusst zu sein, und das nervt mich tierisch.

Ich rolle nach hinten, entziehe mich so den Fängen ihrer sexy Gliedmaßen und befeuere sie mit zornigen Blicken. „Ich bin nicht in der Stimmung für deine blöden Spielchen."

Sie verschränkt die Arme vor ihren Silikonbrüsten, neigt den Kopf leicht zur Seite und sieht mich siegessicher an. „Ach nein?"

„Kannst du jetzt deinen Hintern von meinen Finanzen nehmen?!", fordere ich sie auf.

Sie hebt die rechte Pobacke leicht an und grinst. „Auf so etwas habe ich noch nie gesessen."

Was zum Teufel will sie mir damit schon wieder sagen? Ich entferne mich noch ein Stück weiter von ihr und sehe sie genervt an.

Sie rollt die Augen ... schon wieder. Sie weiß, dass ich das hasse. „Du kennst wohl Pretty Woman nicht", seufzt sie theatralisch. „Und du sagst, ich sei ungebildet!"

„Pretty ... was?"

Sie stützt die Hände auf dem Tisch ab und beugt sich ein wenig nach vorn. „Das ist ein Film. Nein! Es ist DER Liebesfilm schlechthin, und weißt du, worum es darin geht?"

Ich mache eine abwehrende Geste. „Danke, will ich nicht wissen."

Sie nickt. „Oh, doch, das willst du. Es geht um eine Nutte und einen Millionär, und am Ende lieben sie sich."

„Sehr interessant", knurre ich.

Sie schlägt die Beine übereinander. „Das ähnelt unserer Geschichte, findest du nicht? Vielleicht sollten wir den Film mal zusammen angucken."

Sehe ich so aus, als hätte ich Interesse daran, mit ihr einen Pärchenabend zu verbringen? Jetzt spinnt sie komplett. „Du bist keine Nutte und ich kein Millionär. Ich wüsste also nicht, was dieser komische Film mit uns zu tun haben soll."

Sie hebt das Kinn an und sieht mich wissend an. „Du bist NOCH kein Millionär, aber sobald du mich geheiratet hast, dann schon."

„Damit bist du aber immer noch keine Nutte, und ich werde dich auch niemals lieben", gebe ich ihr barsch zu verstehen.

Sie zieht die Mundwinkel gekünstelt nach oben. „Das interessiert mich auch nicht. Denkst du etwa, ich liebe dich? Ich will nur eine Misses Pine werden."

„Du bist ein berechnendes Miststück!"

Meredith reißt die Augen weit auf. „Ach, und du etwa nicht? Und was war das überhaupt heute an der Rezeption?"

Ich verenge die Augen zu Schlitzen. „Ich habe dich zurechtgewiesen."

„Und ich habe so getan, als wäre ich ein Duckmäuschen, als du den bösen Chef gemimt hast." Sie öffnet ihre Beine so weit, dass ich direkte Aussicht auf ihre rasierte Scham habe. „Also ein Rollenspiel. Deshalb bin ich ja hier." Sie fährt sich zwischen die Schenkel. „Wenn du nicht Chef und Angestellte spielen willst, dann lass uns Nutte und Millionär spielen."

Wie konnte ich nur so dumm sein und dieser Frau den Vorschlag machen, mich zu heiraten? Sie ist wirklich dümmer als eine Scheibe Sandwichtoast. Niemals könnte ich sie ein Leben lang an meiner Seite ertragen, geschweige denn in meiner Nähe. Da verzichte ich lieber auf die zwei Millionen. Zugegebenermaßen fällt es mir schwer, ihr nicht unter den Rock zu schauen. Sie ist schon ein heißes Gerät. Ich atme tief durch und sammele mich. Nein! So kann das nicht weitergehen.

„Meredith, du bist gefeuert", teile ich ihr mit.

Sie wackelt mit den Augenbrauen, hüpft vom Tisch und kniet sich vor mich. „Du willst also, dass ich bettele", sagt sie und streicht langsam mit ihren spitzen Krallen über meine Männlichkeit.

Ich halte die Luft an und versuche, eine Erektion zu verhindern, indem ich tief in mich gehe und an einen fettigen Burger denke. Es gibt nichts Ekelhafteres als diesen Fraß. Und Tatsache – es klappt.

Als ich wieder ganz bei Sinnen bin, stehe ich auf, stecke die Hände in die Anzughose und sehe Meredith von oben herab an. „Das war kein Spiel. Das war mein Ernst. Ich will nicht mit dir spielen, weder Rollenspiele noch etwas anderes, und heiraten werde ich dich schon gleich dreimal nicht." So, jetzt ist es raus, und ich fühle mich gleich um einiges besser.

Meredith entgleisen auf der Stelle sämtliche Gesichtszüge. Langsam erhebt sie sich und sieht mich dann fragend an.

„Pack deine Sachen und verschwinde aus meinem Hotel."

Ihre Augenlider füllen sich mit Flüssigkeit.

„Du solltest Schauspielerin werden."

„Weißt du eigentlich, was für ein Arsch du bist, Tyron Pine?!", schreit sie mich an.

Am liebsten würde ich ihr auch so einiges an den Kopf werfen, zum Beispiel ihre nicht vorhandene Intelligenz, ihre Unfähigkeit bei der Arbeit oder ihren miesen Charakter, jedoch verbietet mir das meine gute Kinderstube.

Als ich ihr vor drei Wochen vorschlug, mich zu heiraten, war ich sturzbetrunken. Ja, das ist es, was Alkohol mit Menschen anrichtet, das habe ich jetzt davon. Ich vertrage dieses Zeug einfach nicht. Ende der Geschichte. Und wer ist daran schuld, dass ich trank? Meredith! Sie überredete mich dazu, mit ihr auf ihren Geburtstag anzustoßen. Keine Ahnung, warum ich mich darauf einließ. Vermutlich, weil ich ihrer Muschi höriger war als bisher angenommen. Doch das ist jetzt endgültig vorbei.

„Danke für deine Dienste und jetzt verlasse bitte mein Büro."

Meredith wird knallrot im Gesicht, ihre Nasenflügel vibrieren, sie fletscht die Zähne und spielt mit ihren Fingern. Möglicherweise rammt sie mir gleich ihre bunt lackierten Krallen in den Unterleib, deshalb entferne ich mich aus ihrer Reichweite, gehe zur Tür, öffne sie und winke die tobende Blondine hinaus.

Wutschnaubend rennt sie an mir vorbei. „Das wird dir noch leidtun, mein Lieber!"

Echt? Das glaube ich nicht. Es war die beste Entscheidung seit Langem.

Nachdem meine Ex-Affäre abgezogen ist, beschließe ich, meiner einzigen Freizeitbeschäftigung nachzugehen, die ich habe. Trainieren! Mein Körper verlangt nach einem Ausgleich und sehnt sich nach dem neu eingerichteten Fitnessbereich unseres Hotels.

Dashiel und Micah waren beide gegen diese Investition. Sie lachten mich aus, als ich mit der Idee kam, den Bereich von Grund auf zu sanieren. Ihrer Meinung nach brauchen wir keinen Fitnessraum, schließlich haben wir den Strand direkt vor der Nase und es sei viel schöner, am Meer entlang zu laufen als auf einem Laufband. Und dazu die frische Meerluft, die einem um die Nase weht, während man seine Bauchmuskeln mit Situps trainiert.

Die beiden haben manchmal nicht alle Tassen im Schrank. Die Sonne, die einem auf die Haut knallt und womöglich Hautkrebs auslöst, haben sie wohl vergessen, oder wie? Nein! Weder frische Luft noch der blöde Sand, oder die salzige Brühe und schon gar nicht dieser helle, brennende Himmelskörper bringen mich dazu, außerhalb des Hotels Sport zu treiben.

Ich schließe die Tür hinter mir ab, mache mich auf den Weg und betrete wenig später den Raum, der mit allem ausgestattet ist, was das Sportlerherz begehrt.

In der Tat sind hier kaum Gäste anzutreffen, da wohl die meisten Menschen so denken wie meine Brüder. Was mir allerdings zugutekommt, denn ich bin sehr gern allein. Ich stelle meine mitgebrachte Flasche Wasser neben eines der drei Laufbänder und beginne, mich abzureagieren.

Gerade als ich die Augen schließen will, um dem Alltagsstress und den Resten von Meredith, die noch durch meinen Kopf spuken, zu entfliehen, betritt jemand den Raum. Ich blicke über die Schulter hinweg zur Tür und entdecke Jordan Brown. Er ist mein absolutes Vorbild in Sachen Fitness. Dass er sich vor Kurzem auf die Körper von jungen Müttern spezialisierte, finde ich persönlich zwar nicht so prickelnd, aber wer weiß, warum er das tat. Sicher war es eine rein wirtschaftliche Entscheidung. So würde ich das zumindest sehen.

Er nickt mir zur Begrüßung zu, was ich erwidere, und stellt sich dann auf das rechte Laufband neben mir. Wenn er diesen Fitnessraum benutzt und nicht am Strand rumrennt, kann ich nicht so falsch liegen. Das werde ich meinen Brüdern berichten, sobald ich sie das nächste Mal zu Gesicht bekomme.

Einige Minuten laufen wir schweigend nebeneinander her, ehe sich Jordan an mich wendet. „Toller Raum. Hier hat sich jemand wirklich Mühe gegeben. Sehr schön."

„Es freut mich, das von einem Jordan Brown zu hören", bedanke ich mich höflich, aber mit ernster Miene. Innerlich springe ich allerdings gerade durch die Luft.

Jordan hält mir die Hand hin. „Ich bin Jordan, einfach nur Jordan."

„Tyron", stelle ich mich erneut vor.

Er drückt meine Hand fest und bedenkt mich mit einem leicht mürrischen Blick. „Die Suite ist zwar ganz okay, aber zwei Einzelzimmer wären mir lieber gewesen."

„Es tut mir wirklich sehr leid. Sobald wir wieder etwas frei haben, kannst du gern umziehen. Ich werde heute noch veranlassen, dass die nächsten beiden Einzelzimmer, die frei werden, dir und deiner Begleitung gehören."

Merediths Fehler bringt noch unser ganzes Hotel in Verruf. Ich dachte, ich kann ihn mit einem unserer besten Zimmer zufriedenstellen, aber dem ist wohl nicht so. Wenn wir schon mal einen prominenten Gast haben, soll er sich bei uns rundum wohlfühlen und im besten Fall weiterempfehlen.

Jordan lacht leise. „Klingt nach einer guten Lösung. Allerdings glaube ich nicht, dass meine Begleitung die Suite freiwillig räumt. Sie hat den Whirlpool und den riesigen Schreibtisch entdeckt."

Ich sehe ihn verständnislos an.

„Ach, nicht so wichtig. Ich werde es schon mit ihr aushalten", winkt er ab.

„Nein, das kommt nicht infrage. Deine Begleitung darf natürlich in der Suite bleiben und du bekommst das nächste freie Zimmer", mache ich ihm den nächsten Vorschlag, da er sich gerade nicht sehr glücklich anhörte.

Warum will er denn unbedingt von ihr weg? Und wer ist sie überhaupt? Dass der Rotschopf Haare auf den Zähnen hat, bemerkte ich auch schon. Am liebsten würde ich ihn fragen, doch das steht mir nicht zu.

Jordan nickt zufrieden. „Wunderbar, dann kann ich ja doch noch ..." Er unterbricht seinen Satz und erhöht die Geschwindigkeit des Lauftrainers.

„Darf ich euch heute Abend in unserem hauseigenen Restaurant zum Essen einladen?", frage ich und hoffe, ihn damit restlos besänftigen zu können.

„Ja, klingt gut", antwortet er knapp.

„Dann werde ich einen Tisch für zwei um 20 Uhr reservieren. Ist das in Ordnung?"

„Müssen wir uns auf die Uhrzeit festlegen? Denn wenn meine Freundin gerade im Flow ist, lässt sie sich nicht unterbrechen."

In was für einem Flow? „Nein, natürlich nicht. Ich halte einfach den Tisch den ganzen Abend frei." Nun reicht es aber mit den Nettigkeiten. Ich denke, der Fehler sollte damit ausgebügelt sein.

Jordan zeigt mir einen Like-Daumen und erhöht das Tempo des Laufbands ein weiteres Mal.

Kapitel 3

Tammi

Als die Tür des Hotelzimmers unerwartet aufgerissen wird, zucke ich erschrocken zusammen. Muss er immer so einen Krach machen? Jordan besticht nicht nur durch sein Aussehen, sondern vor allem auch durch seine Art, die ihn nichts leise tun lässt.

Vor zwei Stunden verzog er sich in den Fitnessraum, um ihn auf seine Tauglichkeit hin zu testen, und ich war froh darüber, denn so konnte ich in Ruhe plotten. Zumindest war das mein ursprüngliches Vorhaben. Nachdem mich aber das Brett vor meinem Kopf erneut gehemmt hat, legte ich mich auf das Durchfallsofa, schloss die Augen und grübelte vor mich hin.

Was, wenn meine Entscheidung, den Job bei St. Augustins Tageszeitung zu kündigen, um einen auf Autorin zu machen, doch nicht richtig war? Jordan sprach mir damals Mut zu. Ich solle mich verwirklichen, sagte er. Mir meinen Traum erfüllen, hart an mir arbeiten, dann habe ich auch die Chance, glücklich zu werden. Vielleicht schloss er dabei von sich auf mich. Er riskierte alles und gewann. Ich ging mein persönliches Risiko ebenfalls ein und sehe mich bereits jetzt scheitern.

Die Verkaufszahlen meines ersten Romans sinken jeden Tag weiter. Die Leser warten auf Nachschub, schließlich habe ich ihnen den schon lange auf diversen Online-Portalen angekündigt. Dass ich in der Krise stecke, wissen sie jedoch nicht.

Warum nur bin ich so dermaßen gehemmt? Was hindert mich daran, in eine neue Geschichte abzutauchen? Ist es die Angst zu versagen, oder die Tatsache, dass ich selbst mit Liebe nichts am Hut habe? Wie kann man auch über etwas schreiben, das man selbst nicht erlebt?

Wenn ich nicht bald herausfinde, was mich so blockiert, damit ich es schleunigst beheben kann, bin ich auch noch pleite. Der Geier kreist bereits über mir und ich kann den Luftzug seiner Flügelschläge auf meiner Haut spüren.

„Hey, Babe, was tust du da? Ich dachte, du bist schon längst mitten im Schreibfieber", ertönt Jordans leicht amüsierte Stimme neben meinem Kopfende.

Ich richte mich auf und sehe ihn an. „Ich versuche gerade herauszufinden, warum ich nicht mehr schreiben kann."

Jordan wischt sich mit einem weißen Handtuch, das ihm um den Hals hängt, die perlenden Schweißtropfen aus dem Gesicht. „Es geht also immer noch nichts?", hakt er vorsichtig nach.

Ich lasse die Schultern hängen und schüttele den Kopf. „Nicht die Bohne."

„Vielleicht setzt du dich einfach nur zu sehr unter Druck. Lass doch erst mal die neue Umgebung auf dich wirken. Ich bin mir sicher, dir fällt spätestens morgen etwas ein", versucht er, mich zu beruhigen.

„Und was, wenn nicht?"

Jordan verzieht den Mund. „Es gibt immer für alles eine Lösung. Das Einzige, was ich dir raten kann, ist, nicht zu schnell aufzugeben." Er setzt sich zu mir und legt den Arm um mich. „Guck mal, du hast nach nur einem Roman bereits viele Fans gefunden. Sie folgen dir auf Facebook, Instagram und Twitter. Sie wollen mehr von dir lesen, das ist es doch, was zählt. Du solltest dich daran erfreuen. Es hätte auch durchaus passieren können, dass niemand dein erstes Buch liest, was wäre denn dann gewesen?"

„Dann hätte ich mit Sicherheit nicht gekündigt", murmele ich.

Jordan atmet tief durch. „Du hast Existenzangst! Das ist es."

„Ja, das auch", gebe ich zu.

„Aber das ist doch Quatsch. Du weißt doch, dass du dir um Geld keine Sorgen machen musst, du hast doch mich", rühmt er sich.

Ich muss schmunzeln. „Du glaubst doch nicht ernsthaft, dass ich mich von dir aushalten lasse?"

Jordan steht auf und sieht mich bitterböse an. „Das hat doch nichts mit Aushalten zu tun. Ich habe so viel Geld, dass ich es niemals alleine ausgeben kann, und du bist meine große Liebe … platonisch gesehen natürlich. Du bist meine Seelenverwandte, meine bessere Hälfte, und ich will dir dabei helfen, deinen großen Traum zu leben, also zick hier nicht rum. Wenn du Kohle brauchst, dann bekommst du sie." Er zwinkert mir zu. „Du kannst mir alles nach deinem ersten Bestseller zurückzahlen. Ich werde Buch führen, keine Sorge."

„Besteller, dass ich nicht lache", pruste ich.

„Siehst du, das ist dein zweites Problem, du glaubst einfach nicht an dich und dein Können."

„Entschuldige, dass ich nicht genauso selbstsicher bin wie du."

Er rümpft die Nase. „Und zickig bist du außerdem."

Ich blase die Wangen auf und rolle die Augen. „Ich bin nicht zickig, sondern frustriert."

Jordan geht in Richtung Badezimmer. „Gut, dann gehen wir gleich essen, ich muss nur noch schnell duschen."

„Essen ist immer gut", rufe ich ihm noch hinterher, bevor er die Tür schließt. Da sich Jordans Ich-muss-nur-schnell-duschen erfahrungsgemäß sehr in die Länge zieht, lege ich mich wieder aufs Sofa und grübele weiter. Was, wenn ich einfach im falschen Genre bin? Vielleicht sollte ich es mal mit einem Thriller oder einer Horrorgeschichte versuchen. Da spielen ganz andere Gefühle eine Rolle als die Liebe, von der ich keine Ahnung habe, das böse Wort, das ich seit dem Eklat mit meinem Ex nicht mehr in den Mund genommen habe.

In meinem ersten Roman verarbeitete ich unsere große Liebe und das noch viel größere und bittere Scheitern. Ja, er wurde ziemlich realistisch, genau das mochten meine Leser so sehr. Jeder konnte mit meiner Protagonistin fühlen, denn das, was sie durchmachte, erlitt wohl jeder schon einmal.

Okay, Jordan ausgeschlossen, aber er ist auch keine Frau und zählt damit nicht zu meiner Zielgruppe. Irgendwie ist er schon ganz schön gewieft. Er holt sich seine körperliche Zuneigung, wenn er sie braucht, und ist ansonsten unabhängig, kann tun und lassen, was er will, muss mit niemandem Kompromisse eingehen und das Wichtigste: Sein Herz nimmt dabei keinen Schaden. Jordan ist einfach immer glücklich.

Eventuell sollte ich ihm nacheifern, auch so werden wie er. Dann würde ich nicht mehr Trübsal blasen, könnte die blöde Liebe viel nüchterner betrachten. Doch könnte ich dann auch noch über sie schreiben? Wohl kaum. Denn wer sie nicht fühlt, kann sie auch nicht beschreiben. Das ist die nächste Sackgasse! Dann bleibt mir wohl doch nur noch ein Genrewechsel.

Als die Badezimmertür geöffnet wird, schrecke ich hoch. „Du bist schon fertig?", staune ich.

Jordan rubbelt sich mit einem weißen Frotteetuch die Haare trocken. „Ich hab doch gesagt: schnell."

Ironisch ziehe ich den Zeigefinger am rechten Unterlid entlang. „Als ob das schon jemals gestimmt hätte."

„Siehst du doch, heute war es so weit. Es gibt für alles ein erstes Mal." Jordan wirft das Handtuch unachtsam hinter sich und beäugt mich kritisch. „Du willst doch nicht etwa so zum Essen gehen?"

Was hat er denn gegen meinen rosa Jogginganzug? „Doch eigentlich schon, wieso?", frage ich ernst.

„Das meinst du nicht so, oder?" Seine Augen werden weit – so weit es eben geht. Die Art, wie er dabei das Gesicht verzieht, lässt mich schmunzeln.

„Wo willst du denn überhaupt hin? Gibt es hier ein gutes Restaurant in der Nähe? Ich ziehe mich dann dementsprechend an."

„Wir essen im Restaurant des Hotels", gibt er mir zu verstehen.

Ich lege die Stirn in Falten. „Das machst du doch sonst nie? Hast du nicht mal erwähnt, dass du Hotelessen hasst?"

Jordan geht in sein Schlafzimmer und kehrt mit einem schwarzen Shirt in der Hand zurück. Seine strammen Muskeln beeindrucken mich jedes Mal aufs Neue. Warum muss ich nur so ein Couchpotato sein?

„Bist du neidisch oder warum starrst du mich so an?", feixt er.

„Ziemlich", gebe ich zu und deute auf seinen nackten Oberkörper. „Du ziehst ja auch nur Shirt und Jeans an, dann kann ich doch auch so gehen." Ich weise auf mein bequemes, gemütliches Kleidungsstück.

„Im Jogginganzug? Nein, vergiss es, das kommt nicht in die Tüte. Zieh dir was Hübsches an und dann geht's los", weist er mich an und geht erneut ins Bad.

Was meint er mit hübsch? Nachdenklich gehe ich zu meinem Koffer, der noch ungeöffnet auf dem Bett liegt, und suche darin nach etwas Passendem. Mir fällt ein geblümtes Sommerkleid ins Auge. Bis zur Taille eng geschnitten, mit dünnen Trägern und knielang. Ja, das nehme ich. Dazu noch weiße Ballerinas, das sollte gut aussehen. Zufrieden kleide ich mich in meine Auswahl und bürste meine lange, rote Mähne.

„Sieht doch schon besser aus, wenn auch etwas zu blumig, aber in jedem Fall geeigneter als der Jogginganzug", findet Jordan, als er meinen Schlafraum betritt.

Ich hake mich bei ihm unter. „Gut, dann lass uns gehen, Sunnyboy."

***

Der Speisesaal passt zum familiären Stil des restlichen Hotels. Mir gefällt die Kombination aus Holzpaneelen, weißen Wänden und dem gemusterten Fliesenboden. Jordans Geschmack dürfte es hingegen weniger treffen.

„Sehr rustikal ... aber okay", murmelt er prompt. Dachte ich es mir doch.

„Das Hotel war deine Wahl", necke ich ihn.

„Alles nur dir zuliebe, Babe." Jordan schlendert sich umsehend neben mir her.

„Suchst du etwas?"

„Jemanden!", antwortet er knapp und bleibt inmitten des großen Raums stehen.

„Jordan, da bist du ja", erklingt mit einem Mal die dunkle, unverkennbare Stimme des Hotelmanagers hinter uns, die mich erneut bis ins Mark erschüttert.

Mein Freund dreht sich zu ihm um. „Wir haben einen Mordshunger. Ich hoffe, du hast etwas Tolles für uns vorbereitet."

Das ist wieder mal typisch Jordan. Die unterschwellige Anspielung, dass er sich für das Wichtigste auf der Welt hält, nett verpackt. Alles muss sich am besten immer um ihn drehen. Als ob sie in diesem kleinen Restaurant ein Menü nur für den großen, berühmten Jordan Brown vorbereiten und dann darauf warten, bis er zu erscheinen und es zu verspeisen gedenkt.

„Natürlich, ich habe ein Drei-Gänge-Menü genau nach deinen Vorstellungen und Wünschen in der Küche geordert", gibt der angsteinflößende Kerl im schwarzen Anzug zurück und straft mich damit Lügen. „Darf ich euch zu eurem Tisch bringen?"

Jordan nickt. Zu unserem Tisch? Er sagte mir nicht, dass er extra reservierte. Mit ein wenig Abstand folge ich den beiden.

Mein Freund nimmt Platz, und als ich mich ihm gegenüber setzen will, zieht der schwarzhaarige Anzugtyp den Stuhl für mich zurück. Nachdem er es sich bei Jordan wegen des Zimmers verscherzt hat, versucht er jetzt wohl, sich mit Manieren der alten Schule einzuschleimen.

Seine meerblauen, kühlen Augen weisen mich an, mich zu setzen. Nachdem ich mein dreißigjähriges, nicht mehr ganz so knackiges Hinterteil auf dem Stuhl positioniert habe, hält er mir die Hand hin. „Ich bin Tyron", stellt er sich vor.

„Und ich bin Miss Thompson."

Sein Händedruck ist sehr energisch, fast beängstigend fest. Er sieht mich von oben herab an. „Miss oder Misses?"

„Einfach nur Thompson", umgehe ich seine merkwürdige Frage mit einem schiefen Grinsen.

Zähneknirschend lässt er von mir ab. „Was möchtet ihr trinken?"

„Zwei große Wasser bitte", teilt Jordan ihm mit.

„Das veranlasse ich und bitte die Küche, euch umgehend die Vorspeise zu servieren." Er schenkt Jordan noch einen männlich-freundschaftlichen Blick, mich bedenkt er mit einem Serienkillerblick und lässt uns dann allein.

„Was war das denn?", wende ich mich an Jordan, sobald der Manager außer Sichtweite ist.

„Ich habe ihn heute im Fitnessraum getroffen, und er wollte sich mit diesem Essen noch einmal wegen des Zimmerproblems bei uns entschuldigen."

„Hättest du mich nicht wenigstens vorwarnen können?"

Jordan kraust die Nase. „Wieso? Es ist umsonst, ist doch klasse."

Ich lehne mich zurück und verschränke die Arme vor der Brust. „Ich dachte, du hast genug Geld?"

Er zuckt die Schultern. „Hab ich auch, aber ich muss es doch nicht sinnlos zum Fenster rausschmeißen."

„Wir reden hier von Essen und nicht vom Kauf einer Jacht."

Jordan blickt zur Seite und legt die Stirn in Falten. „Würde dir eine Jacht gefallen? Ich könnte sie dir kaufen!"

Ich trete ihm unterm Tisch gegens Schienbein. „Hör auf, mich zu verarschen."

„Babe, wieso hätte ich seine Einladung denn ablehnen sollen? Er beziehungsweise seine Angestellte hat Mist gebaut und er versucht, es nun wieder geradezubiegen, was auch überhaupt nicht verwunderlich ist. Der Kerl hat Schiss, dass ich ihm den Ruf seines Hotels ruiniere. Stell dir vor, ich twittere über die Fehlbuchung und dann ..."

„Weißt du, wie großkotzig du manchmal rüber kommst?", unterbreche ich ihn.

Jordan zupft am Kragen seines T-Shirts. „Die Frauen stehen drauf. Sie wollen keinen Ja-und-Amen-Sager. Sie brauchen jemanden, der ihnen den Weg zeigt, sie hart ran nimmt und scheiße zu ihnen ist."

„Wo hast du das denn gelernt? Auf der Akademie für Idioten?"

Er hebt die rechte Augenbraue. „Auf der Akademie für Bad Boys."

Ich tippe mir mit dem Zeigefinger gegen die Stirn. „Alles klar, du spinnst doch."

„Ich habe ja wohl in Bezug auf Frauen eine Menge Erfolg, also geht mein Konzept doch auf, oder etwa nicht?"

„Die gehen mit dir mit, weil du Jordan Brown bist, und nicht, weil du vorgibst, ein Arschloch zu sein", mache ich ihm klar.

„Ach, das ist doch Quatsch. Frauen stehen auf Macho-Typen", entgegnet er mir.

Eine kleine, sehr zierliche Kellnerin serviert uns die Vorspeise. „Das ist unser Fitnesssalat des Hauses", teilt sie uns lächelnd mit, während sie die Teller vor uns abstellt. „Ich wünsche Ihnen einen guten Appetit und ..." Sie senkt verlegen den Kopf und dreht sich zu Jordan. „Dürfte ich ein Autogramm von Ihnen bekommen?"

Jordan setzt sein Pokerface auf. Er sieht sie nicht direkt an, seine Augen werden noch schlitziger, dabei atmet er leicht genervt aus. „Nach dem Essen. Jetzt will ich nicht mehr gestört werden", knurrt er.

Sein Auftritt ist mir peinlich, denn die junge Frau hält bereits einen Block und einen Stift in der Hand. Der Salat kann nicht kalt werden und es würde nur wenige Sekunden dauern, seine dumme Unterschrift auf dieses Stück Papier zu setzen, aber nein, Jordan muss mal wieder den Kotzbrocken raushängen lassen.

Leicht verschämt versteckt sie den Block hinter ihrem Rücken. „Vielen Dank, Mister Brown", freut sie sich und entfernt sich im Rückwärtsgang von unserem Tisch.

„Musste das jetzt sein? Du hättest ihr das Autogramm auch sofort geben können", blaffe ich Jordan an.

Er nimmt die Gabel in die Hand und sieht mich wissend an. „Du hast doch gesehen, wie glücklich sie abzog.

Nun denkt sie bis zum Ende des Essens über mich nach. Hätte ich es ihr sofort gegeben, dann ... Nein, jetzt geht ihr Höschen meinetwegen bestimmt in Flammen auf", feixt er.

Jordan ist ein hoffnungsloser Fall. Kopfschüttelnd greife auch ich nach der Gabel, zögere aber, mit dem Essen zu beginnen.

„Was ist denn? Willst du nicht anfangen?"

Ich beuge mich so weit es geht über den Tisch. „Was, wenn er uns vergiften will?", flüstere ich.

„Was stimmt nicht mit dir, Tammi?"

„Dieser komische Kerl macht mir Angst. Hast du eigentlich bemerkt, dass hinter der Rezeption jetzt jemand anderes steht? Was hat er nur mit ihr gemacht?"

Jordan sticht in seinen Salat und schiebt sich genüsslich die volle Gabel in den Mund, dabei sieht er mich an, als ob ich nicht mehr alle Tassen im Schrank habe. „Deine Fantasie geht mit dir durch. Vielleicht solltest du die mal mehr für deinen aktuellen Roman nutzen, anstatt für diesen unbedeutenden Manager", nuschelt er mit halb vollem Mund.

Er nimmt mich einfach nicht ernst. Ich liebe ihn, weil ich weiß, dass er im Herzen ein guter Mensch ist, und weil ich weiß, dass er mich nur mit hierher nahm, um mir einen Gefallen zu tun, und auch dieses Hotel nur meinetwegen buchte, aber dass ihm sein Erfolg zu Kopf steigt, ist kaum mehr zu verkennen. Seine Spitzen in meine Richtung sind auch nur gut gemeint, aber sie treffen mich.

„Nun iss schon", brummt er säuerlich.

„Ich steh nicht auf Anweisungen", kontere ich.

Und plötzlich werden Jordans Gesichtszüge samtweich. So wie ich es mag. Auf seine schmalen, dunklen Lippen wandert ein Lächeln. „Babe, nun iss schon ... bitte. Der Manager will uns nichts tun, und du weißt doch, wie sehr ich dich als Mensch schätze und liebe, ich würde dich nie so behandeln wie all die anderen Frauen." Er weiß also genau, was mir eben so sauer aufstieß.

„Findest du ihn nicht komisch?", hake ich noch einmal nach.

„Was hast du nur mit diesem Kerl? Man könnte fast meinen, du stehst auf ihn", feixt er.

Ich rümpfe die Nase. „Was? Niemals! Er ist total frauenverachtend und ..."

„Und woran machst du das fest? Nur weil er seine Angestellte zurechtgewiesen hat? Das Thema hatten wir doch heute schon. Er ist ein knallharter Geschäftsmann und mit diesem kleinen, heimeligen Hotel hat er es sicher nicht leicht, auf dem Markt zu bestehen. Die ganzen großen, exklusiven Bunker, die sie hier aus dem Boden stampfen, sind eine starke Konkurrenz. Da muss er eiskalt sein. Sonst geht er unter. Das hat doch nichts mit seiner Person an sich zu tun. Ich habe im Fitnessraum kurz mit ihm gesprochen und fand ihn eigentlich ganz sympathisch."

Ich muss mir wohl eingestehen, dass ich übertreibe und Jordan recht hat. Warum dieser Kerl mir solch einen Heidenrespekt einflößt, weiß ich auch nicht. Vielleicht kam ich in letzter Zeit zu wenig mit echten Menschen in Berührung. Oder ich drehe einfach nur komplett durch. Ja, das muss es sein, ich werde verrückt.

Mit einem leisen Seufzer, den Jordan von mir kennt und der ihm signalisiert, dass ich klein beigebe, beende ich das Gespräch und beginne zu essen.

***

Nach dem Essen, das meinem Geschmack überhaupt nicht, dafür aber Jordans umso mehr entsprach, sehnt sich mein Körper nach einem Verdauungsspaziergang.

„Wollen wir noch ein wenig an den Strand gehen?", frage ich meinen Freund, der sich den Bauch reibt.

„Gutes Thema! Heute findet eine der angesagtesten Beach-Partys ganz Miamis statt und wir sind eingeladen", freut er sich.

„Wir?"

„Du weißt schon, wie ich es meine. Ich bin eingeladen und du kommst mit", stellt er mich vor vollendete Tatsachen.

Auf Party hab ich ja mal so gar keine Lust. „Ich habe mich schon mit diesem Superfood gequält. Das muss reichen, und du weißt, dass ich Partys hasse. Da sind so viele Menschen und ..." Ich muss mich schütteln. „Nein, ich will nicht. Geh allein."

„Du solltest dich öfter gesund ernähren, dein Körper wird es dir danken."

Nicht auch noch dieses Thema! Ich esse nicht ausschließlich ungesund, aber ab und zu gönne ich mir eben auch mal Burger und Pommes. Dass das dem Herrn Fitnesscoach nicht geheuer ist und er Angst hat, meine Leber könnte verfetten, ist mir klar, aber die Diskussionen, die wir bereits darüber führten, sind einfach nur ermüdend und wir kommen auf keinen gemeinsamen Nenner.

Ich stehe auf, gehe zu ihm und hauche ihm ein Küsschen auf den Kopf. „Viel Spaß bei der Party, übertreib's nicht. Sei leise, wenn du zurückkommst, und benimm dich. Ich geh noch eine Runde spazieren."

„Bist du dir sicher? Du könntest dort vielleicht neue Eindrücke gewinnen. Nun komm schon", versucht er, mich zu überreden.

„Eindrücke von betrunkenen Menschen? Nein, danke." Ich streiche ihm über die Schulter. „Ich bin wirklich müde."

„Alles klar, Babe. Ich erzähl dir dann morgen, was du alles verpasst hast."

„Aber bitte wirklich erst morgen, nicht mehr heute Nacht", ermahne ich ihn.

Es kam schon öfter vor, dass Jordan betrunken in meinem Bett landete und mir die Ohren voll schwallte. Mister Superfood und Alkohol passt überhaupt nicht zusammen, aber auch diese Diskussion läuft bei uns in Endlosschleife.

Er wackelt mit den Brauen. „Vielleicht komme ich auch erst morgen wieder."

„Verhütung dabei?", erinnere ich ihn mütterlich an seine Pflichten, die es zu befolgen gilt, wenn er Casanova spielt. Jordan kramt in seiner Hosentasche. „Lass stecken, muss ich nicht sehen."

„Alles in bester Ordnung, und ich benehme mich ... wie immer", grinst er vorfreudig. Männer!

***

Eine frische Meeresbrise weht mir um die Nase, als ich am Sandstrand ankomme. Ich ziehe die Schuhe aus und genieße das Gefühl der kleinen, kalten Körner zwischen den Zehen. Der Abend ist lau, der Mond steht fast voll am Himmel und spiegelt sich in der Wasseroberfläche. Um diese Uhrzeit war ich schon lange nicht mehr draußen. Ich gehe ein paar Meter und tippe die Zehenspitzen ins Wasser. Erfrischend und anmutig liegt die Weite des Meeres schlafend vor mir. Die seichten Wellen, die ans Land schwappen, haben eine beruhigende Wirkung auf mich. Vielleicht hat Jordan recht und ich kann hier wirklich Inspiration finden.

Ich schlendere vor dem Hotel auf und ab, blicke zu dem hell leuchtenden Himmelskörper über mir und frage mich, ob Frauen tatsächlich auf diese Bad Boys stehen, wie sie Jordan nannte. Bisher dachte ich immer, mein Geschlecht will Männer, die einen auf Händen tragen, liebevoll mit ihnen umgehen und ihnen die Welt zu Füßen legen, aber scheinbar ist dem nicht so. Ich muss an meine Großeltern und die Zeit denken, in der sie aufwuchsen. Damals bemühten sich die Frauen, endlich als vollwertige Mitglieder der Gesellschaft anerkannt zu werden. Meine Großmutter und später auch meine Mutter, die in den Zeiten der feministischen Bewegung groß wurde, kämpften darum, nicht nur als Ehefrau, Mutter und Hausfrau gesehen, sondern als gleichwertige Partner geachtet und geliebt zu werden.

Da frage ich mich: Was ist nur geschehen? Warum wollen die Frauen heute all das, wofür sich unsere Vorfahrinnen einsetzten, nun wieder kaputt machen, indem sie sich freiwillig Männern unterwerfen, sich wie Dreck behandeln, bevormunden und sich sexuell ausbeuten lassen? Das geht über mein Verständnis definitiv hinaus. Ist es das, was sie in Liebesromanen lesen wollen? Einen Mann, der sie zwingt, Dinge zu tun, die sie im Herzen gar nicht wollen? Der sie betrügt, hart anpackt und sie wie Sklavinnen hält?

Jordan hat mir schon viele seiner Abenteuer erzählt, doch bisher war mir nie klar, wie ernst es um meine Spezies wirklich steht. Diese Erkenntnis kam mir erst heute beim Essen. Er ist immer ehrlich zu den Frauen, sagt ihnen, dass er nur das eine von ihnen will, und doch behandelt er sie herablassend und entwürdigend, aber nicht, weil er im Grunde so ist – das ist er ganz und gar nicht –, sondern weil sie selbst so darauf abfahren. Ich habe nichts gegen freie Liebe, keineswegs, das sollte jeder selbstbestimmt so handhaben, wie es ihm gefällt. Nur die Vorstellung, dass mein Geschlecht auf einmal wieder rückwärts rudert und auf die Spezies Mann abfährt, die ihnen ... Nein! Ich kann mich mit diesem Gedanken nicht anfreunden. Das hat nichts mehr mit normalen Herzensbrechern zu tun, wie man sie früher nannte, sondern das ist eine ganz andere ... üble Art. Ich muss mich schütteln.

Wieso wird mir das erst jetzt klar? Bin ich in meiner Fantasiewelt so sehr gefangen, dass ich nicht mehr merke, was um mich herum abgeht? Sieht wohl so aus. Somit stehe ich also vor dem nächsten Problem. Über welchen Typ Mann schreibe ich denn nun? Den, den ich für mich gern hätte, oder doch den für meine Begriffe total bescheuerten Bad Boy? Ob ich das meiner Protagonistin wirklich antun will?

Grübelnd setze ich mich, stelle die Schuhe neben mich und vergrabe die Finger im Sand. Oder aber eine Mischung aus beidem, außen pfui und innen hui? Wider Erwarten muss ich bei dieser Idee aber nicht an Jordan, sondern an diesen doofen Manager denken. Der nach außen hin eiskalte, angsteinflößende Bad Boy mit Anzug und Dreitagebart, der aber dennoch zuvorkommend und höflich ist, indem er der Frau den Stuhl zurechtrückt, und innen drin ein liebevoller, verständnisvoller Mann ist, der seine Angebetete auf Händen trägt. Ich muss laut lachen. Niemals! Der Typ ist nicht nur außen, sondern auch innen kälter als kalt.

Ich reibe die Hände aneinander, um sie vom Sand zu befreien, stehe auf und schüttele das Kleid aus. Mir schwebt das Wort „Thriller" durch den Kopf, als ich ins Hotel zurückkehre. Womöglich sollte ich doch das Genre wechseln …

Kapitel 4

Tyron

Jordan und auch seine etwas kuriose Begleitung waren mit dem Essen zufrieden. Durchatmen ist angesagt. Ich hasse es, wenn Dinge passieren, die das Geschäft ruinieren können. Nun muss ich dem Guten nur noch sein eigenes Zimmer besorgen. Er sagte zwar, es sei okay für ihn, mit Miss Thompson in der Suite zu wohnen, doch ich las zwischen den Zeilen. Der Kerl ist ein Lebemann, er will Spaß haben, sich nach einem anstrengenden Tag abreagieren. Da ist die große Rothaarige eindeutig im Weg.

Wie jeden Tag drehe ich eine nächtliche Abschlussrunde durch das Hotel, um zu kontrollieren, ob alles in Ordnung ist. Die Rezeption ist im Nachtmodus. Im Restaurant wird geputzt und in den Gängen herrscht Ruhe. Absolute Stille, so wie ich es gern mag.

Einen Ersatz für Meredith fand ich auch. Die etwas ältere Dame, die bisher nur als Springerin für uns arbeitete, freute sich sehr, als ich sie vorhin anrief und ihr mitteilte, dass sie ab sofort Vollzeit bei uns arbeiten kann. Ich entschied mich nicht nur für sie, weil sie wirklich gute Arbeit leistet und ihren Job versteht, sondern vor allem, weil sie völlig außerhalb meines Interesses liegt. Womit ich wieder bei meinen zwei Millionen wäre. So eine verdammte Scheiße!

Meine Grübelei wird vom Anblick der hereinspazierenden, leise pfeifenden Rothaarigen unterbrochen. Was ist sie? Wer ist sie? Und vor allem in welcher Beziehung steht sie zu Jordan Brown?

Meine Neugier ist geweckt, denn nicht nur ihre abweisende Art macht mich rattenscharf, sondern auch ihr Aussehen. Die blasse Schneewittchenhaut und dazu das feuerrote, lange, dichte, leicht gewellte Haar. Ihre Größe – ich schätze sie auf gute 1,80 m –, ist ebenfalls ein Anreiz. Ich stehe auf große Frauen. Und die weiblichen Rundungen, in die ich gern einmal beißen würde, gefallen mir erst recht.

Ich brauche Ablenkung von Meredith, definitiv! Mit ihr könnte ich mir den Kopf freivö... Ob sie auf lockere Geschichten steht? Meistens brodelt hinter einer strengen Fassade ein wildes Feuer. Das würde ich nur allzu gern zu spüren bekommen.

„Na los, Tyron, jetzt nähere dich ihr schon und mach sie klar", feuert meine innere Stimme mich an. Also gut!

Gerade als sie, ohne mich auch nur eines Blickes zu würdigen, an mir vorbeigeht, halte ich sie auf. „Miss Thompson, ich hoffe, Ihnen hat das Essen geschmeckt?"

Sie verharrt in ihrer federleichten Gangart, dreht sich zu mir um und zieht die Nase kraus. Ihr Blick wirkt leicht genervt. „Leiden Sie an Alzheimer? Das haben Sie uns schon vorhin im Restaurant gefragt, und ich sagte Ihnen bereits, dass es okay war."

Mist! Klar, das fragte ich sie bereits, mir fiel nur auf die Schnelle nichts Besseres ein. Jetzt denkt sie womöglich auch noch, ich sei dumm. Keine gute Voraussetzung für mein Vorhaben. Mir muss zügig etwas einfallen. „Das weiß ich doch, aber ein Okay ist für mich nicht ausreichend. Ich würde gern von Ihnen wissen, was Sie daran gestört hat", gebe ich mich geschäftsorientiert.

Sie deutet an sich herunter. „Sehe ich aus wie ein Fitnesshäschen?"

Nein, aber dennoch bist du genau mein Fall. Ich sehe sie verständnislos an.

„Sie wollten mit diesem Superfood-Zeug Jordan imponieren, und ich kann Ihnen sagen: Es hat geklappt. Also machen Sie sich wieder locker. Mich müssen Sie nicht beeindrucken", erklärt sie augenrollend.

Jackpot! Jetzt weiß ich aus erster Hand, dass ich Jordan Brown beeindruckt habe. Sehr gut. „Aber ich will, dass alle meine Gäste zufrieden sind."

„Dann bringen Sie mir beim nächsten Mal einen Burger."

Nicht ihr Ernst? Sie steht auf dieses Zeug? Das kleine Flämmchen, das bei ihrem Anblick in meiner Hose flackerte, verlischt auf der Stelle.

„Sie stehen wohl nicht auf Burger essende Frauen", schmunzelt sie.

Sieht man mir das etwa an? Ich versuche, mein Gesicht zu entspannen, und räuspere mich. „Nein, das ist es nicht. Ich habe mir das nur gerade vermerkt", lüge ich.

„Gut! Und gehen Sie netter mit Ihren Angestellten um. Wissen Sie eigentlich, wie angsteinflößend Sie auf Menschen wirken?" Ihre Stimme klingt auf einmal nicht mehr halb so raffiniert wie beim vorherigen

Thema. Sie blickt zu Boden und scharrt mit der Schuhspitze über die Fliesen. Miss Thompson wirkt, als hätte sie plötzlich Angst vor mir.

„Wie meinen Sie das?", hake ich nach.

„Was haben Sie mit der Angestellten an der Rezeption gemacht?", will sie wissen, ohne mich dabei direkt anzusehen.

„Ich habe ihr gekündigt", antworte ich wahrheitsgemäß.

Miss Thompson schluckt. „Nur weil sie etwas falsch gebucht hat? Das ist nicht Ihr Ernst. Wie unmenschlich sind Sie eigentlich?"

Die will es aber genau wissen. Was ist sie von Beruf, Reporterin? „Wie wäre es, wenn ich Sie auf einen Drink an der Hotelbar einlade?", lenke ich vom Thema ab.

Sie hebt den Kopf und sieht mich irritiert an. „Warum?"

Ich falte die Hände vor meiner Körpermitte und nehme die Schultern nach hinten. „Eine Wiedergutmachung für das nicht gut angenommene Essen."

Sie schüttelt den Kopf. „Ich habe Ihnen bereits gesagt, dass Sie sich nicht bei mir einschleimen müssen, und außerdem habe ich noch zu tun."

Ich drehe den Kopf nach rechts und blicke auf die große Wanduhr, die oberhalb der Rezeption hängt. „Um diese Uhrzeit?"

„Ja, genau um diese Uhrzeit. Es soll Menschen geben, die auch nachts arbeiten."

„Sie arbeiten?", rutscht mir die dümmlichste Frage heraus, die ich je stellte.

„Sie sind ganz schön neugierig, wissen Sie das?"

„Sie auch", kontere ich. Jetzt habe ich mich sowieso schon bis auf die Knochen blamiert, also kann ich mich auch genauso gut auf einen Schlagabtausch einlassen.

Miss Thompson atmet tief aus. „Ich wünsche Ihnen eine angenehme Nacht, Mr. Pine", beendet sie das Gespräch abrupt.

„Schlafen Sie gut, Miss ... Wie heißen Sie eigentlich mit Vornamen?", rufe ich ihr hinterher.

„Tammi", antwortet sie, ohne sich nach mir umzudrehen, und verschwindet nur wenige Sekunden später aus meinem Blickfeld.

Tammi Thompson, was für ein Name. Ich muss lachen. Sie heißt nie und nimmer so. Das muss ein Künstlername sein. Oder waren ihre Eltern bekifft, als sie nach einem Namen für ihr Baby suchten? Ihre eiskalte und zugleich leicht verängstigte Art gefällt mir. Sie ist eine Mischung aus Bambi und Shir Khan aus dem Dschungelbuch. Einerseits auf Konfrontation gebürstet, bereit, jederzeit zuzubeißen, und auf der anderen Seite wirkt sie in einigen Momenten nahezu hilflos und eingeschüchtert.

Mit diesen beiden Kinderfilmen quälte unsere Großmutter uns immer. Schrecklich! Dass ich einmal daraus Vergleiche zu einer Person ziehen würde, wäre mir auch nie in den Sinn gekommen.

Ich lege diese wirren Gedanken beiseite, setze mich im Foyer in einen Sessel und reflektiere meine Lebenssituation. Die zwei Millionen kann ich mir bis auf Weiteres in die Haare schmieren. Was für eine blöde Aufgabe. Unserer Großmutter muss doch klar gewesen sein, dass ich die niemals bewältigen kann. War das vielleicht sogar ihre Intention dahinter? Sie wusste, wie wichtig mir das Geld ist. Viel wichtiger als meinen Brüdern.

Wollte sie mir damit zeigen, dass ich auch ohne die Millionen ein glückliches Leben führen kann? Das Hotel ist mein Ein und Alles, es füllt mich aus und ich bin glücklich. Allerdings ist es nicht von der Hand zu weisen, dass ich mit dem Geld im Nacken ruhiger schlafen könnte. Wofür ich es bräuchte, weiß ich noch nicht einmal wirklich, nur, dass ich es haben muss. Genauso, wie ich die Rothaarige vernaschen will. Das Warum ist doch eigentlich völlig egal. Ich will es einfach! Punkt, Ende, aus!

Durch einen lauten Knall werde ich urplötzlich aus meinen Gedanken gerissen. Was zur Hölle? Ich springe auf und renne in Richtung Hintereingang, da ich das Geräusch aus dieser Richtung lokalisierte.

Ehe ich darüber nachdenken kann, was es war, fällt mir schon ein sturzbetrunkener Gast in die Arme. Jordan Brown! Im ersten Moment bin ich entsetzt. Wie kann er sich nur so schnell so gehen lassen? Bei näherer Betrachtung bin ich jedoch froh, dass es er ist und nichts Schlimmeres. Warum müssen immer mir diese Alkoholleichen vor die Füße fallen? Durch Micahs Vergangenheit bin ich glücklicherweise im Umgang mit solchen Mumien erprobt.

Dass aber mein Fitnessidol sich auch so dermaßen abschießt, lässt mich kurz erschaudern. Es passt absolut nicht zu seiner sonst so gesunden Lebenseinstellung. Whatever! Jeder muss sich in irgendeiner Art und Weise ab und an abreagieren. Bei ihm ist es eben der Hang zum Alkohol und bei mir sind es kurzweilige Bettgeschichten.

Als ich ein Geräusch aus dem Foyer vernehme, beschließe ich, Jordan, der wie ein nasser Sack an mir hängt, durch die Küche hindurch schleunigst in die Suite zu bringen. Was ich absolut nicht gebrauchen kann, sind Paparazzi-Bilder, die einen stockbesoffenen Jordan Brown in meinem Hotel zeigen.

Im Gegensatz zu den großen Bunkern um uns herum haben wir für solche Fälle kein Sicherheitspersonal, das ihn so gut es geht abschirmt. Wenn Meredith früher geschaltet hätte, wer da bei uns reserviert, hätte ich ihm sogar noch einen Bodyguard besorgt.

Nein! Solche Schlagzeilen sind Gift für unser beider Geschäft. Ich will, dass er unser Vorzeige-Promi wird. Ein zufriedener Gast, dem man alle Wünsche von den Augen ablas und der uns beim nächsten Aufenthalt in Miami wieder die Ehre erweist. Er soll der Vorreiter der Promigäste werden, die zukünftig bei uns einchecken. Hoffe ich!

Ich greife nach Jordans schlaffer Hand und lege seinen rechten Arm um meine Schultern. „Ich bring dich auf dein Zimmer", rede ich beruhigend auf den vor sich hin murmelnden Jordan ein.

„Aber ... leise ... hicks", lallt er laut.

Ich halte ihm den Mund zu. „Schscht, wir wollen doch kein Aufsehen erregen."

Er legt den Kopf auf meine Schulter, öffnet das rechte Lid und fixiert mich. „Du bist ... ein guter ... hicks ... Kerl."

Das ist wohl der allgemeine Entschuldigungsspruch von Betrunkenen. Den kenne ich auch von Micah. Wenn ich ihn mal wieder aus irgendeiner brenzligen

Situation rettete, schwallte er mich mit exakt denselben Worten zu. „Ja, schon gut, und jetzt immer schön einen Fuß vor den anderen setzen", flüstere ich ihm zu.

Der Weg bis hinauf zu seiner Suite ist Spießrutenlaufen im Schneckentempo. Immer wieder bleibt er stehen, sackt in sich zusammen – Gott, ist der Kerl schwer! – und lallt wirres Zeug. Und das auch noch viel zu laut. Erschwerend kommt die Tatsache hinzu, dass doch noch mehr Gäste wach sind als gedacht. Hier und da hört man eine Tür ins Schloss fallen oder leises Getuschel. Kleine Schweißtropfen bilden sich auf meiner Stirn. Jetzt nur die Ruhe bewahren!

Als ich endlich das Ziel vor Augen habe, atme ich erleichtert aus. Nur noch wenige Schritte trennen uns von der Zimmertür.

„Hast du deine Karte dabei?", will ich von ihm wissen. Er reagiert nicht. Vorsichtig schüttele ich ihn. „Jordan, ich brauche deine Zimmerkarte."

Wieder legt er den Kopf auf meine Schulter und blickt zu mir auf. „Vergessen ... hicks."

Klasse! Kann es denn noch schlimmer kommen? Ich sehe mich um. In diesem Teil des Flurs herrscht absolute Ruhe. Wenn ich ihn also einfach in die Ecke setze und schnell nach unten renne, um die Universalkarte zu holen ... Ich zweifele. Nein, besser nicht. Falls doch jemand kommt und ihn so fotografiert, ist unser Hotel geliefert. Dann bleibt wohl nur noch eins ... „Dann müssen wir Miss Thompson aufwecken."

Urplötzlich steht Jordan wie ein kleiner Zinnsoldat neben mir, die Augen weit aufgerissen, der Körper straff gespannt. Ich hätte mit allem gerechnet, nur nicht damit. „Nein, das sollten wir nicht tun. Sie ist da sehr empfindlich", erklärt er, als wäre er vollkommen nüchtern, klappt aber schon im nächsten Moment wieder zusammen wie ein Schweizer Taschenmesser. Shir Khan also!

Mir egal! Ich will nur noch eins: Ihn in seinem Zimmer wissen, und das so schnell wie möglich.

Vorsichtig klopfe ich an. Nichts passiert! Das Ganze wiederhole ich drei Mal. Wenn ich lauter gegen die Tür hämmere, kommt womöglich jemand aus den anderen Zimmern, um nachzusehen, wer hier solchen Krach veranstaltet. Mein zweites Problem heißt Jordan. Seine Beine tragen den schlaffen Torso nicht mehr. Ich hieve ihn in eine Ecke, um ihn dort zu platzieren, bis ich eine Lösung gefunden habe. Dabei fällt ihm das Handy aus der Hosentasche. Jackpot! Dann rufe ich sie eben an.

Ich nehme das schwarze Smartphone an mich und untersuche es. iPhone mit Fingercode. Perfekt. Vorsichtig lege ich nacheinander Jordans Finger auf den Knopf. Mit dem Daumen der rechten Hand lässt es sich entsperren.

Zum Glück fragte ich sie heute nach ihrem Vornamen, sonst stünde ich jetzt vor dem nächsten Problem. Somit werde ich schnell fündig, zögere noch einen kurzen Augenblick ... dann rufe ich sie an. Es läutet ... und läutet und ... die Mailbox springt an. Klasse! Ich starte einen zweiten Versuch. Wenn sie mir die Wahrheit sagte und noch arbeitet, kann ich sie auch nicht wecken, also muss ich deshalb auch kein schlechtes Gewissen haben. Wieder die Mailbox! ARGH! Letzter Versuch, dann suche ich mir eine Decke, werfe die über den zusammen gekauerten Jordan und hole mir unten die Universalkarte.

Gerade als ich im Begriff bin, nach dem dritten Läuten aufzulegen und meinen neuen Plan in die Tat umzusetzen, nimmt sie ab …

Kapitel 5

Tammi

Verdammt, Jordan, ich wusste es! „Ich hoffe für dich, es ist was passiert", knurre ich und gähne lautstark.

„Miss Thompson, hier ist Tyron Pine, könnten Sie bitte umgehend die Tür öffnen?" Die Stimme des Managers klingt leicht panisch.

Wieso hat er Jordans Telefon? Hoffentlich ist Jordan nichts zugestoßen! Oder veräppelt er mich und will mich so doch noch mit auf diese Party schleppen? Mein Mitbewohner ist nämlich manchmal ein echter Witzbold – NICHT!

„Nun machen Sie schon die blöde Tür auf", schimpft Tyron am anderen Ende.

Der Manager würde sich wohl nicht auf Jordans dumme Spielchen einlassen. Wobei? Immerhin versucht er, seitdem wir hier sind, meinem Freund in den Allerwertesten zu kriechen.

„Ich lasse Jordan jetzt hier liegen, Miss Thompson", zischt er, und ich vernehme ein leises Hämmern an der Tür zur Suite.

Okay, er meint es also ernst! Ohne darauf zu achten, was ich gerade trage, renne ich zur Tür, schließe auf und entdecke meinen völlig betrunkenen Freund auf dem Boden. Wieso? Ich kann es nicht verstehen. Es gibt keinen einzigen Grund für ihn zu trinken, zumindest nicht so viel. Ich gehe in die Hocke, streichele ihm vorsichtig die Wange und versuche, ihn aufzuwecken. „Jordan, du musst jetzt aufstehen und ins Bett gehen. Hast du verstanden?", flüstere ich ihm ins Ohr.

Es dauert wenige Sekunden, dann öffnet er die Augen und grinst breit, als er mich erkennt. „Babe ... ich ... bin ... betrunken ... aber es war ... super ... hicks."

„Kannst du aufstehen?", will ich von ihm wissen.

Jordan schüttelt den Kopf, zieht einen Schmollmund und wirkt dabei wie ein bockiger Vierjähriger. „Du musst ... mir helfen", jammert er in einer Tonlage, die ich einem angeschossenen Reh zuordnen würde.

„Ich helfe ihm." Der Manager nimmt Jordan bei der Hand, zieht ihn hoch und schleift ihn unsanft in die Suite.

Ich folge ihnen, renne an ihnen vorbei und deute in Jordans Schlafraum. „Sein Bett ist dort."

Tyron legt Jordans schlaffen Körper auf der Matratze ab, wischt sich mit dem Handrücken über die Stirn und streicht sich den Anzug glatt.

Tatsächlich ist mir die Situation ein wenig peinlich. Mir schießen mit einem Mal dutzende Fragen durch den Kopf. Was, wenn er Jordan damit erpresst? Hat er womöglich sogar Fotos von meinem betrunkenen Kumpel geschossen und will sie an die Klatschpresse verkaufen? Jordan sagte, Tyron sei Geschäftsmann. Diese Bilder, sollten sie existieren, wären Gold wert. Der Fitnessguru, der von allen geliebt und für seine Disziplin verehrt wird, dargestellt als Trunkenbold. Ein solches Verhalten passt zu einem Rockstar, meinetwegen auch noch Schauspieler, aber niemals zu Jordans Position. Ich muss etwas tun!

„Es ist wohl selbstverständlich, dass diese Angelegenheit unter uns bleibt", stelle ich mich dem Manager mit verschränkten Armen in den Weg, da er gerade im Begriff ist, die Suite zu verlassen.

Tyron Pine steckt die Hände in die Taschen seiner schwarzen Anzughose. Seine blauen Augen funkeln kühl. Er betrachtet mich von Kopf bis Fuß. Als ein verschmitztes Lächeln auf seine Lippen wandert, wird mir klar, wie ich gerade vor ihm stehe. Peinlich ist nicht der richtige Ausdruck! Ich würde vor Scham am liebsten im Boden versinken.

„Arbeiten Sie immer in diesem Outfit?", amüsiert er sich.

„Also, kann ich mich auf Sie verlassen?", reagiere ich nicht auf seine Bemerkung bezüglich meiner Nachtwäsche.

Er runzelt die Stirn und mustert mich erneut. „Dieses Teil steht Ihnen wirklich gut, es unterstreicht Ihre …"

„Verarschen Sie mich gerade?", unterbreche ich ihn und blicke ihn gereizt an. Wenn Jordan sich nicht wieder so abgeschossen hätte, säße ich jetzt nicht wie ein kleines, scheues Mäuschen vor der Schlange und müsste mich wegen meines hellblauen Satinkleids mit Krönchenaufdruck rechtfertigen.

Er zieht die rechte Hand aus der Hosentasche und hält sie mir hin. „Noch mal, ich bin Tyron."

Was will er? Mit mir Freundschaft schließen? Der Kerl ist wirklich unglaublich. Bereits als ich ihn vorhin im Foyer traf, musste ich all meinen Mut zusammennehmen, um gegen diesen für mich immer noch furchteinflößenden Kerl zu bestehen. Das gelang mir vorhin ganz gut – hatte ich zumindest den Eindruck –, aber jetzt, in Nachtwäsche, fühle ich mich entwaffnet. Das Einzige, was mir übrig bleibt, ist mitzuspielen, also reiche ich ihm die Hand. „Und ich bin Tammi ... jetzt zufrieden?"

Er nickt. „Gut, Tammi, wie wäre es, wenn du jetzt etwas mit mir trinken gehst?" Dass es keine Bitte, sondern eine Aufforderung ist, erkenne ich an seiner Stimmlage, die rau und barsch klingt, ebenso an seinem markanten Gesichtsausdruck, der keine Widerrede erlaubt.

Erpresst er mich gerade? Mir jagt ein kalter Schauer über den Rücken. „Um diese Uhrzeit? Können wir das nicht auf morgen verschieben?", versuche ich, mich aus der Affäre zu ziehen.

„Ich dachte, du arbeitest nachts, dann dürfte ein kleiner Drink wohl drin sein. Sieh es als Pause an und als ... Verschwiegenheitsvereinbarung", teilt er mir ohne Umschweife mit.

Ja, er erpresst mich. Ich muss also etwas mit diesem düsteren Kerl trinken gehen, nur weil Jordan ihm besoffen in die Arme lief. Wenn der morgen wieder nüchtern ist, kann er sich was anhören, das verspreche ich ihm. Dafür will ich eine Entschädigung haben, und zwar eine große.

„Darf ich mir wenigstens noch schnell etwas anderes anziehen?"

Tyron verschränkt die Arme vor der Brust und fixiert mich mit einem siegreichen Blick. „Aber beeil dich, ich warte unten."

Ich setze ein gespieltes Lächeln auf. „Natürlich."

„Sehr schön, dann bis gleich", freut er sich und verlässt bis über beide Ohren grinsend den Raum.

Ich sehe zu Jordan. Die Alkoholleiche schnarcht, was das Zeug hält, sein Hintern ist in meiner Reichweite. Am liebsten würde ich ihm einen Arschtritt verpassen. Kopfschüttelnd gehe ich in meinen Schlafraum und ziehe mich um. Ein weißes Top, lange, helle Röhrenjeans und dazu die weißen Ballerinas. Ja, das sollte passen. Während ich meine Mähne bändige, indem ich sie zu einem Dutt zusammen zwirbele, frage ich mich, warum ich mir überhaupt Gedanken über mein Outfit mache. Schließlich beruht diese Verabredung zu einem Drink auf einem Zwang.

Urplötzlich wird mir leicht flau im Magen, als mich eine Erkenntnis erreicht. Ist es etwa genau dieses Verhalten, was die heutigen Frauen so sexy und anziehend finden? Dominanz und Hingabe! Hmmmm ... mir kommt da gerade die Idee. Vielleicht sollte ich mitspielen und gucken, was Tyron so im Repertoire hat. Dass er irgendwas von mir will, ist ziemlich offensichtlich, ich bin ja nicht doof. Dann soll der gute Kerl mal auspacken. Ich werde mir alles merken, fein säuberlich notieren und sehen, ob ich daraus einen für mich annehmbaren Protagonisten basteln kann. Die Nervosität, die ich bisher in seiner Nähe spürte, rührte wohl nicht von Angst, wie ich bisher annahm, sondern eher von einer Art eigenartiger Anziehung. Haarsträubender Gedanke!

Ich sehe noch ein letztes Mal nach Jordan, und als ich feststelle, dass er friedlich schlummernd in seinem Bett liegt, mache ich mich auf den Weg zu Tyron Pine.

***

In den Gängen des Hotels herrscht eine gespenstische Ruhe. Wie spät ist es eigentlich? Es muss doch mindestens schon zwei Uhr morgens sein. Als ich die kleine Bar erreiche, die etwas versteckt in der hintersten Ecke des Foyers liegt, staune ich nicht schlecht. Tyron Pine steht mit einem silbernen Becher in der Hand hinter der Theke und shaked, was das Zeug hält.

„Da bist du ja endlich", sagt er, als er mich entdeckt, öffnet den Becher und schenkt eine helle, schaumige Flüssigkeit in zwei Cocktailgläser.

Ich setze mich auf einen der Barhocker und sehe Tyron fragend an. „Willst du mich abfüllen?"

Er rümpft die Nase. „Sehe ich so aus, als würde ich auf betrunkene Frauen abfahren?"

Merke: Er mag weder Frauen, die Alkohol trinken, noch welche, die Fast Food essen!

„Also, warum bin ich hier?", erkundige ich mich in einem strengen Ton.

Tyron sieht mich verständnislos an. „Das habe ich dir doch schon gesagt, ich wollte mich bei dir für das misslungene Essen entschuldigen."

„Ähm, nein, du hast mich gezwungen, etwas mit dir zu trinken, damit du darüber Stillschweigen bewahrst, in welchem Zustand du Jordan Brown aufgegriffen hast. Das hat für mich nichts mit einer Entschuldigung, sondern mit Erpressung zu tun", entgegne ich ihm bestimmt, aber freundlich.

Unbeeindruckt schiebt Tyron mir eines der Gläser über den Tresen. „Lass es dir schmecken. Es ist ein Orange fresh, kennst du den Cocktail?"

Ich kenne mich mit Cocktails nicht die Bohne aus. Das muss er aber nicht wissen, deshalb nicke ich und koste ihn. „Schmeckt gut!", lobe ich seine Mixkünste ehrlich, denn die Mischung aus der Süße einer reifen Orange und der leicht säuerliche Geschmack einer Zitrone schmecken mir gut und kommen als einzelne Komponenten, trotz des Mixens, optimal zum Vorschein und beflügeln meine Geschmacksknospen.

„Danke", freut er sich sichtlich über mein Kompliment, nimmt ebenfalls einen Schluck, stellt dann sein Glas beiseite und lehnt sich zu mir über den Tresen. Das Blau seiner Iris glitzert wie die Meeresoberfläche im Mondschein. „Und ich habe dich nicht erpresst, ich habe nur den Vorfall zu meinen Gunsten genutzt."

„Schön, und ich bin der erpresserischen Einladung nur gefolgt, um Jordan zu schützen."

Tyron lacht leise. „Denkst du wirklich, ich würde Jordan Brown an die Presse liefern?"

Ich zucke die Schultern. „Sah für mich so aus."

Er beugt sich noch ein bisschen weiter zu mir. Für meinen Geschmack dringt er schon zu sehr in meinen tolerierbaren Abstand zu fremden Menschen ein. „Ich würde damit mein eigenes Hotel in Verruf bringen. Jordan Brown, der von allen hochangesehene Fitnesstrainer sturzbetrunken im Hotel der Pines aufgefunden. Was glaubst du, wie viele Promis hier dann noch absteigen?"

Er rettete ihn also aus Eigennutz und nutzte die Situation dann aus, um seinen Willen, mit mir etwas trinken zu gehen, durchsetzen zu können. Verstehe! „Dann kann ich ja jetzt wieder gehen."

Seine Blicke werden genauso derb wie die, die er der armen Angestellten zuwarf, als er erfuhr, welchen Fehler sie beging. „Du bleibst!"

Ich muss mich zusammenreißen, um nicht laut loszulachen, presse die Lippen fest aufeinander und schlucke mehrmals. Sein Ernst? Darauf können Frauen doch nicht wirklich abfahren. Du bleibst ... von wegen!

Schnell merkt er, dass er mit seiner Bad Boy-Nummer, wie Jordan es wohl nennen würde, bei mir nicht ankommt, also wechselt er die Taktik. Er umrundet den Tresen und setzt sich neben mich. „In welcher Beziehung stehst du zu Jordan?", will er wissen.

„Bist du immer so neugierig?"

Er verengt die Augen und starrt für einige Sekunden geradeaus an die Wand. „Nur manchmal. Also, sagst du es mir?"

Merke: Testperson schwenkt von Bad Boy auf neugieriges Getue um. Denkt er, wenn er vorgibt, er würde sich für mein Leben interessieren, dass ich dann auf ihn anspringe? Eigentlich könnte ich ihn auch direkt fragen, was er von mir will, aber das wäre zu einfach, und mein Protagonist würde doch wieder nur einer sein, der durch mein Buch wandelt und mit nur einem gekonnten Blick alle Frauen um den Finger wickelt, meine arme Protagonistin in irgendeiner Ecke vernascht und ihr dann das Herz bricht. Nein! Jetzt habe ich Blut geleckt, ich will herausfinden, wie er tickt.

Wie Jordan tickt, weiß ich, aber bei dem Gedanken, in seine Privatsphäre und Innerstes einzudringen, nur um mir einen tollen Protagonisten zu basteln, ist mir nicht ganz wohl. Er soll seine Einzigartigkeit behalten. Ich will sie nicht für eines meiner Bücher ausschlachten. Bei dem Exemplar, das ich allerdings gerade vor mir habe, ist es mir herzlich egal.

„Jordan und ich sind Mitbewohner. Wir leben zusammen in St. Augustin", beantworte ich seine Frage ehrlich, aber mit so wenigen Infos wie möglich.

„Jordan Brown hat doch keinen Mitbewohner nötig?", murmelt er perplex vor sich hin. Was dachte er denn, wer ich sonst bin? Wie seine Schwester sehe ich ja wohl kaum aus. „Weshalb wohnt ihr zusammen?"

Er ist tatsächlich ganz schön neugierig. „Frag das Jordan, wenn er wieder nüchtern ist."

Tyron greift nach seinem Cocktail und bleibt für einige Momente still neben mir sitzen. Sind ihm die Fragen ausgegangen, oder sucht er bereits nach einer neuen Taktik? Wie viele gibt es denn überhaupt? Die Sache wird immer spannender.

„Welcher Tätigkeit gehst du nach?", wendet er sich schließlich mit der nächsten Frage an mich.

Wahrheit oder Lüge? Ich entscheide mich für Ersteres. „Ich bin Autorin."

Tyron dreht sich samt Barhocker in meine Richtung und mustert mich zum wiederholten Male von den Zehenspitzen bis zum Haaransatz. „Moment, lass mich raten ..." Er neigt den Kopf leicht zur Seite, fährt sich über den Dreitagebart und räuspert sich. „Kinderliteratur."

Wie kommt er denn darauf? „Falsch ... Thriller", lüge ich, ohne dabei eine Miene zu verziehen. Ich sollte es so lange wie möglich vor ihm geheim halten, in welchem Genre ich mich tatsächlich bewege. Er soll denken, ich interessiere mich nicht für die Liebe.

„Du bist also eine spannungsgeladene Persönlichkeit", sagt er wenig überzeugt.

„Beurteilst du Menschen immer nach ihrem Aussehen?"

Er schüttelt den Kopf. „Nein, das nicht, aber du wirkst überhaupt nicht so ... Wie soll ich es ausdrücken?"

„Manchmal trügt der Schein eben", fahre ich dazwischen, ehe er weitere Mutmaßungen anstellen kann.

„Deshalb arbeitest du also nachts, da ist die Stimmung besser", fabuliert er vor sich hin.

„Ja, so ist es", stimme ich seiner falschen Annahme zu. Ist es nun an der Zeit, auch an ihm Interesse vorzutäuschen? Ich bin mir unsicher. Wenn dann nur ein klein wenig, sodass ich ihn noch gut auf Abstand halten kann. „Und was machst du so, außer das Hotel managen?", gebe ich vor, auch an ihm interessiert zu sein.

„Das Hotel managen", antwortet er knapp.

Tolle Antwort! „Willst du mir nicht auch etwas über dich erzählen, sonst wird das Ganze hier ziemlich einseitig, findest du nicht?", hake ich nach.

Tyron steht auf und geht wieder hinter die Bar. „Ich bin nicht so interessant", winkt er ab.

Merke: Testperson gibt vor, für sein Gegenüber uninteressant zu sein, und erhofft sich dadurch, Neugier an seiner Person zu wecken!

Auf diesen Spielzug sollte ich mich vorerst aber nicht einlassen. Ich denke, ich habe für heute genug Informationen gesammelt.

Ich trinke höflichkeitshalber den Cocktail aus und schiebe Tyron dann das leere Glas zu. „Dann bist du eindeutig zu langweilig für mich, Tyron Pine. Ich stehe auf spannungsgeladene Persönlichkeiten", lasse ich ihn abblitzen, zwinkere ihm zu und lasse ihn mit offenem Mund allein zurück.

***

Erst als ich in der Suite die Tür hinter mir schließe, hole ich das nächste Mal Luft. Das hat gesessen! Ich fühle mich gut, sehr gut, um genau zu sein. Was wird wohl sein nächster Schachzug sein? Er wird nicht aufgeben, dessen bin ich mir ziemlich sicher.

Ehe ich aber weiter darüber nachdenke, sollte ich meine ersten Ergebnisse der heutigen Recherche notieren, bevor sie in meinem Kopf verschwimmen. Ich setze mich an den Schreibtisch, klappe den Laptop auf und schreibe meine Beobachtungen stichpunktartig auf ...

Als ich das nächste Mal auf die Uhr sehe, ist es bereits halb sechs. Ich stehe auf, strecke mich und sehe aus dem Fenster. Der Ausblick ist atemberaubend. Am Horizont steigt ein leuchtend gelber Ball in den Himmel. Einige Minuten beobachte ich das Naturschauspiel, ehe meine Lider schwer werden und ich beschließe, ins Bett zu gehen.

Gähnend ziehe ich meine Klamotten aus und krieche nur mit Höschen bekleidet unter das dünne, weiße Laken. Es dauerte nicht einmal 24 Stunden und ich bin mit dem Anlegen meiner Figurendatenbank weiter gekommen als daheim in den vergangenen vier Wochen. Jordan hatte wohl recht. Ich musste einfach mal daheim raus. Zufrieden schließe ich die Augen und döse ein ...

Es dauert gefühlt nur wenige Minuten, da werde ich von Jordans schriller Weckermelodie seines Handys in den Hallo-Wachzustand zurückgerissen. Meine Augen brennen jedoch so sehr, dass ich es nicht vermag, sie zu öffnen, also versuche ich, es zu ignorieren. Als es verstummt, rolle ich mich auf die Seite und will aufs Neue Schlaf finden.

Mein Vorhaben wird allerdings von Jordans heiterer Stimme im Keim erstickt. „Guten Morgen, Babe."

„Morgen und gute Nacht", murmele ich.

Ich spüre, dass er sich neben mich legt. „Sag mal, weißt du, wie ich gestern hierhergekommen bin?"

„Tyron Pine hat dich hier abgeliefert", teile ich ihm mit, ohne dabei die Augen zu öffnen.

„Im Ernst? Ich kann mich an nichts mehr erinnern."

„Ja, im Ernst. Lässt du mich jetzt bitte schlafen? Ich hab die ganze Nacht gearbeitet", gähne ich.

„Du hast also deine Muse gefunden", freut er sich, und mir weht dabei seine Restalkoholfahne um die Nase.

„Du solltest weniger trinken", knurre ich.

Er streicht mir über den Kopf und gibt mir ein Küsschen auf die Stirn. „Babe, ich habe alles unter Kontrolle."

„Na, dann ist ja gut."

„So, ich geh dann mal duschen. Meine Kundschaft wartet auf mich."

„Mach das."

Wenigstens hält er sich an das Motto: Wer saufen kann, kann am nächsten Tag auch arbeiten.

Nachdem Jordan ins Badezimmer gegangen ist, denke ich über seine Worte nach. Ich habe die Muse gefunden. Eventuell stimmt das sogar. Was, wenn dieser Tyron meine Muse ist, nach der ich so lange suchte? Nein, ich spinne mir da mal wieder etwas zusammen. Das ist das wirre Autorengehirn, das oft Dinge vermischt, die gar nichts miteinander zu tun haben. Realität oder Fantasie, der Übergang ist bei mir oft fließend.

    Ich ziehe mir die Decke über den Kopf. Die Müdigkeit vernebelt mir die Sinne. Mit den Worten: Es kommt, wie es kommt! fliege ich ins Land der Träume.

Kapitel 6

Tyron

Wie jeden Morgen betrete ich mein Büro energieladen und voller Tatendrang. Auf dem Schreibtisch finde ich die angeforderte Monatsabrechnung sowie den Zimmerbelegungsplan für die nächsten acht Wochen. Dashiel wird immer zuverlässiger. Klasse!

Ich stelle meinen Kaffee ab, den ich am Vormittag kannenweise und nur schwarz trinke, setze mich und schlage die Abrechnung auf. Zahlen erfreuen mich, ja, ich liebe sie sogar, vor allem, wenn es schwarze sind, ebenso das morgendliche Glück, das in meiner Tasse schwimmt.

Das Hotel läuft gut. Großmutter wäre stolz auf uns. Mit viel harter Arbeit und Konsequenz erreicht man eben auch viel. Wir können neben den ganzen noblen Luxusresorts, die um uns herum aus dem Boden gestampft werden, bestehen und ich hoffe, es wird noch lange so bleiben.

Mir kommt Jordan Brown wieder in den Sinn. Was, wenn wir eine Art Wohlfühloase für Promis werden könnten, die sich einfach nur wie zu Hause fühlen wollen, als wären sie bei ihren Eltern oder Großeltern zu Gast? Damit könnten wir punkten. Ich sollte herausfinden, warum er bei uns buchte. Vielleicht lässt sich daraus etwas ableiten, auf was Prominente Wert legen und was man bei uns findet und die Luxushotels nicht bieten. Ja, das sollte ich schnellstmöglich tun, aber erst, wenn unser berühmter Gast restlos zufrieden ist.

Ich klappe die Finanzen zu und sehe mir die Zimmerbuchungen an. Es muss doch irgendeine Möglichkeit geben, auch wenn wir so gut wie ausgebucht sind, dass wir Jordan in einem extra Zimmer unterbringen können. Ich schalte den PC ein und rufe das Belegungsprogramm auf.

Dass ich immer alles noch mal auf Papier haben möchte, eignete ich mir von meiner Großmutter an. So schön es auch ist, alles schwarz auf weiß zu haben, so unpraktisch ist es auch, wenn man etwas daran ändern will. Also bleibt mir nur der Computer.

Ich werde es möglich machen, und zwar so, dass er nicht ständig umziehen muss. Eifrig starte ich mein Vorhaben, unserem Ehrengast noch heute ein neues Zimmer präsentieren zu können ... Als ich das nächste Mal auf die Uhr sehe, ist es bereits kurz vor der Mittagszeit. Meine Kaffeekanne ist leer, dafür war ich aber sehr erfolgreich. Ich greife nach dem Telefon und rufe an der Rezeption an.

„Mr. Pine, was kann ich für Sie tun?", erklingt nach nur einmaligem Läuten die Stimme der älteren Dame. So lob ich mir das!

„Kate, rufen Sie das Zimmerbuchungsprogramm auf und sehen Sie sich die neue Belegung an, damit es nicht den nächsten Fauxpas gibt."

„Wird erledigt."

„Sofort, wenn ich bitten darf!"

„Natürlich, Mr. Pine", murmelt sie eingeschüchtert.

Das Zuckerwatte in den Hintern blasen, wie es unsere Großmutter mit ihren Angestellten immer praktizierte, liegt mir nicht. Sie müssen mit strenger Hand geführt werden, sonst funktioniert auf Dauer nichts. Wenn sie ihre Arbeit zufriedenstellend erledigen, bekommen sie keinen Anschiss von mir, das sollte ihr höchstes Ziel sein. Nettigkeiten sind in diesem Business total fehl am Platz. Auch wenn meine Brüder da etwas anderer Meinung sind, folge ich diesem Grundsatz und kann mit vollster Zufriedenheit sagen: Es läuft!

„Kann ich sonst noch etwas für Sie tun, Mr. Pine?"

„Finden Sie heraus, ob sich Jordan Brown im Moment in unserem Haus aufhält und wenn ja, dann sagen Sie mir umgehend Bescheid."

„Mr. Brown hat heute Morgen gegen neun Uhr das Hotel verlassen und ist bisher noch nicht zurückgekehrt. Seine Begleitung habe ich heute noch gar nicht gesehen", teilt sie mir wie aus der Pistole geschossen mit. Ja, Kate versteht ihren Job! Zum Glück ist sie nun Vollzeit bei uns.

„Danke, und rufen Sie mich an, sobald Sie ihn sehen." Ich lege auf, drehe mich mitsamt Stuhl in Richtung Fenster und beobachte die kleinen, weißen Schleierwolken, die vorbeiziehen. Jordan wird hocherfreut sein, wenn ich ihm mitteile, dass er sofort umziehen kann.

Meine Gedanken schwenken auf seine Begleitung um. Tammi Thompson, das rothaarige Luder, das mich gestern so gekonnt abblitzen ließ. Sie ist frech, gewieft und immer noch genau mein Fall. Tammi ließ mich total im Regen stehen. Ich bin mir sicher, dass sie genau weiß, was ich von ihr will, doch sie ignorierte es. Die

Idee mit der kleinen Erpressung nahm sie mir aber nicht wirklich übel, sonst hätte sie anders reagiert, und mit meiner anfänglichen Vermutung, dass sie Angst vor mir hat, lag ich auch voll daneben. Sie spielt mit mir, ganz klarer Fall. So leicht wie gedacht werde ich also wohl nicht an ihr Höschen kommen.

Der Reiz, dass sich eine Frau mir nicht direkt an den Hals wirft, bestärkt mein Ziel, sie demnächst flachzulegen, noch mehr. Das Einzige, was mich daran hindert, ist die Frage, was Jordan dazu sagen würde. Möglicherweise schieße ich mich damit ins Aus. Wie die beiden miteinander verbunden sind und zueinander stehen, muss ich vorher definitiv noch herausfinden, sonst riskiere ich noch meine angestrebte Promibelegung. Nein! So viel wären mir ihre heißen Rundungen dann doch nicht wert.

Das Läuten des Telefons reißt mich aus meinen Gedanken. Ich drehe mich zum Schreibtisch zurück und nehme ab. „Ja, bitte?"

„Mr. Pine, Jordan Brown beritt soeben das Hotel."

„Halten Sie ihn auf, Kate. Ich komme sofort", verlange ich, knalle den Hörer auf und begebe mich schnellen Schrittes an die Rezeption.

Als ich dort eintreffe, steht ein etwas gelangweilter Fitnesstrainer am Empfang und kratzt mit den Fingernägeln über den Holztresen.

„Hallo, Jordan, ich habe gute Neuigkeiten für dich", begrüße ich ihn freundlich.

Das scheint für ihn zunächst zweitrangig zu sein, denn er klopft mir dankbar auf die Schulter. „Du hast mich gestern in mein Zimmer gebracht."

„Keine Ursache", tue ich das Ganze ab und hoffe gleichzeitig, dass ich dieses Dilemma nicht noch einmal durchmachen muss.

„Sorry! Wird nicht wieder vorkommen", entschuldigt er sich prompt.

„Vergessen wir die Sache einfach", winke ich ab. „Ich wollte dir mitteilen, dass ich ein eigenes Zimmer für dich habe. Es liegt am anderen Ende des Ganges, auf dem sich auch die Suite befindet, hat einen Schlafraum, das Badezimmer ist mit Dusche und Wanne ausgestattet und ein großer Balkon ist auch dabei. Nicht ganz so komfortabel wie das jetzige, aber du hättest dein eigenes Reich."

Jordan hebt die Augenbrauen und nickt. „Sehr schön." Er grinst schelmisch. Was schwebt ihm jetzt schon wieder vor? „Und die Minibar?"

Ich muss kurz überlegen, was er mir damit sagen will. „Ähm, die ist natürlich voll."

Er reibt sich die Hände. „Fein, dann werde ich heute Abend eine kleine Einweihungsparty steigen lassen. Bist du dabei?"

Party in meinem Haus. Mir schwant Böses. Als ich nicht sofort auf sein Angebot eingehe, boxt er mir auf den rechten Oberarm. „Das war eine Einladung."

Ich räuspere mich. „Ich komme natürlich gern." Meine spontane Zusage beruht auf zwei Dingen: Erstens habe ich das Ganze dann besser unter Kontrolle und zweitens erfahre ich vielleicht etwas mehr über ihn und Tammi.

Er sieht auf die Wanduhr, die über der Rezeption hängt. „Sagen wir acht Uhr?"

„Ich werde da sein."

„Super."

Kate, die glücklicherweise mitdenkt, reicht Jordan die neue Zimmerkarte. Er nimmt sie an sich, wedelt damit und zwinkert mir zu. „Freiheit, Tyron, das ist wahre Freiheit."

„Wir sehen uns später", verabschiede ich mich und gehe wieder meines Weges.

Wenn er sich doch so sehr freut, von Tammi wegzukommen, wieso wohnt er dann mit ihr zusammen? Am Geld kann's nicht liegen. Verbindet die beiden womöglich doch mehr? Nur was? Das muss ich unbedingt herausfinden, ehe ich mich ihr noch einmal nähere.

So wie er auf mich wirkte, erzählte sie ihm zumindest bisher nichts von meiner kleinen Erpressung. Verzwickte Sache! Hoffentlich endet der heutige Abend nicht in einem Chaos. Ruhezeit ist bei uns ab 22 Uhr. Nachdem aber zu urteilen, wie ich ihn gestern vorfand, bin ich mir nicht so sicher, ob er vorhat, sich daran zu halten.

Ich schiebe dieses Problem bis auf Weiteres von mir und wende mich wieder meinen Finanzen zu. Alles zu seiner Zeit!

***

Es ist kurz nach 20 Uhr, als ich die Etage betrete, auf der Jordan Browns Zimmer liegt. Keine laute Musik, nichts Verdächtiges ist zu hören. Ich sehe mich kurz um, verharre mit dem Blick auf der Tür zur Suite. Was der rothaarige Feger wohl gerade macht? Bestimmt tippt sie an ihrer neuen Geschichte. Wo sie wohl veröffentlicht? Ob man sie in Buchhandlungen findet? Ich lese gern, aber nur Zahlen, seltener Buchstaben. Dazu bleibt mir keine Zeit.

Vielleicht werde ich sie heute noch googeln. Tammi Thompson, die Thrillerqueen. Ich muss schmunzeln. Nein, es passt einfach nicht, egal ob man es sich durch den Kopf gehen lässt oder es laut ausspricht. In mich hinein grinsend mache ich auf dem Absatz kehrt und begebe mich auf die andere Seite des Flurs.

Vor Jordans Zimmer verweile ich kurz, ehe ich anklopfe. Nichts zu hören! Merkwürdig. Als die Tür unerwartet aufgerissen wird und mich ein bis über beide Ohren grinsender Fitnesstrainer anstrahlt, bin ich für eine Sekunde sprachlos. In beiden Armen hält er jeweils eine Bikinischönheit. Er nickt mir auffordernd zu. „Na los, komm rein."

Jordan ist im Gegensatz zu mir leger gekleidet. Kurze Short und luftiges Shirt. Obwohl das absolut nicht mein Kleidungsstil ist und ich Shirt und kurze Hosen maximal zum Trainieren anziehe, beneide ich ihn in diesem Augenblick dennoch darum. Es ist heiß, brütend heiß in diesem Zimmer. Funktioniert etwa die Klimaanlage nicht? Ich blicke verstohlen in die rechte Ecke des Raums, wo sie angebracht ist.

Die Kontrolllampe leuchtet rot. Verdammt. Ein Techniker muss her, aber erst morgen, sobald Jordan außer Haus ist, damit er nicht mitbekommt, dass bei ihm schon wieder etwas nicht funktioniert. So ein Dreck! Innerlich reiße ich die Hausdame in Stücke. Es ist ihr gottverdammter Job, nachdem das Putzpersonal im Zimmer gewesen ist, noch einmal alles zu kontrollieren, Klimaanlage eingeschlossen.

„Was willst du trinken?" Jordan entreißt mich meiner Wut.

Ich ziehe die Mundwinkel nach oben und drehe mich zu ihm. „Etwas Kühles."

„Kein Wunder, dass dir in deinem Anzug heiß ist, soll ich die Klima anmachen?", erkundigt er sich.

„Ich bin die Temperaturen und die Anzüge gewöhnt. Los, lass uns zu den Mädels gehen", lenke ich eilig ab, ehe er noch merkt, dass er die Klimaanlage gar nicht anmachen kann.

Jordan springt sofort darauf an, legt den Arm um meine Schultern und deutet mit einer Flasche Bier in seiner Hand in Richtung Balkon, wo sich die Grazien versammelt haben und wild durcheinander plappern. „Braunes Haar, schwarzhaarig, ein Stich von Rot und ... die Blondine fehlt noch."

„Sind das alle Gäste?"

Er sieht mich stirnrunzelnd an. „Reicht das nicht? Ich dachte, vier für zwei wäre okay."

Die größte Sorge, er könnte heute Abend hier eine riesige Party steigen lassen, die man nicht mehr unter Kontrolle bekommt, fällt von mir ab. Jordan ist also nicht nur dem Alkohol, sondern auch schönen Frauen zugetan. Laster Nummer zwei ist mir mehr als nur verständlich. Wenn ich mir die sechs langen Beine, die runden, wohlgeformten Pobacken, die Hüften und die prallen Oberweiten ansehe, würde ich am liebsten sofort ...

Jordan klopft mir auf die Schulter. „Bier?"

„Wasser", versuche ich, um um den Alkohol herumzukommen.

„Vergiss es, ein Bier muss drin sein", protestiert er. „Wie sieht das auch aus? Ich mit Bier, die Mädels mit Schampus und du stehst mit einem Wasser daneben", feixt er.

„Also gut, ich nehme ein Bier", stimme ich schließlich doch zu.

Jordan lässt sich das nicht zweimal sagen und kehrt nur wenige Augenblicke später mit einer eiskalten, grünen Flasche zu mir zurück und drückt sie mir in die Hand. „Prost."

Ich nehme einen kleinen Schluck. Die Flasche muss den Abend über reichen. „Und? War deine ... Begleitung erfreut, als du aus der Suite ausgezogen bist?", hake ich ganz beiläufig nach.

Jordan zuckt die Schultern. „Tammi war das egal. Sie hätte mich auch behalten."

„Auch mit den Frauen da draußen?"

Er lacht leise. „Sie ist hart im Nehmen. Tammi und ich kennen uns seit Kindertagen. Sie kennt mich besser als jeder andere Mensch, aber ich denke, es tut ihr ganz gut, mal allein zu sein. Sie braucht für ihren Job viel Ruhe, und ich will was erleben, wenn du verstehst, was ich meine."

„Klar, solche Schauergeschichten fallen einem auch nicht so nebenbei ein."

Jordan grinst. „Sie hat dir also erzählt, dass sie Autorin ist. Das macht sie eigentlich nie. Sie ist damit sonst sehr zurückhaltend und behält das für sich. Schauergeschichten, geiler Ausdruck für diesen Schnulz."

„Wie? Ich verstehe nicht."

Jordan lässt seine Flasche gegen meine klirren. „Keine Sorge, ich auch nicht. Liebe ist nichts für mich. Ich will nur Spaß."

Mir kommt es so vor, als redeten wir aneinander vorbei, doch ich will mich in Sachen Tammi vorsichtig an ihn herantasten. Sie kennen sich also schon ewig, dann sind sie sich bestimmt sehr nahe, wenn auch nicht körperlich. Das allerdings könnte mir unter Umständen noch zum Verhängnis werden. Stress mit ihm kann ich mir absolut nicht erlauben. „Ganz meine Meinung", pflichte ich ihm bei.

„Dann lass uns zu den Mädels auf den Balkon gehen und Spaß haben."

Nickend folge ich ihm nach draußen.

Jordan hat es wahrlich nicht schwer, Frauen kennenzulernen. Die Grazien, die uns hier gerade umringen, benötigen allerdings alle keinen Fitnesscoach. Wo hat er die also so schnell aufgetrieben? Bestimmt gestern Abend. Wo immer er da auch war. Die drei Frauen wirken auf mich wie IT-Girls, vermutlich sind sie das auch. Sie überschütten ihn mit Komplimenten über seinen Job, singen Lobeshymnen auf seine neue After-Baby-Spezialisierung und wollen unbedingt aus ihm herauskitzeln, wen er hier in Miami gerade betreut. Dazu schweigt er sich allerdings vehement aus. Keine der drei interessiert sich für mich, was mich nicht im Geringsten stört. Sie sind alle wunderschön, keine Frage, aber irgendwie ...

Meine Gedanken werden von einem lauten Hämmern unterbrochen. Jordan läuft schnellen Schrittes in Richtung Tür. „Ich habe eine Überraschung für dich", grinst er mich im Vorübergehen an.

Für mich? Was meint er damit? Mir schwirrt kurz das Wörtchen Tammi durch den Kopf. Die Frau lässt mich mit ihrer Art nicht mehr zur Ruhe kommen. Als ich jedoch eine quäkige, mir gut bekannte Stimme meinen Namen säuseln höre, vergeht mir alles, und zwar auf der Stelle.

„Hey, Tyron." Meredith! Dieses Miststück. Wie kommt er nur dazu, sie hierher einzuladen und dann auch noch als Überraschung für mich?

Jordan geleitet sie zu mir. „Ich dachte, ihr zwei solltet euch mal aussprechen", sagt er und lässt uns allein.

Die blonde Bestie will nach meiner Hand greifen, doch ich kann sie noch schnell genug wegziehen. „Was willst du hier?", fauche ich leise.

„Ich bin Jordan Brown gestern Abend auf einer Strandparty begegnet. Wir haben uns nett unterhalten, und ich erzählte ihm, wie sehr ich an meinem Job und an dir hänge. Er versprach mir, mir zu helfen." Sie klimpert mit ihren viel zu langen Wimpern. „Wir tauschten Nummern aus und heute rief er mich an, ob ich nicht vorbeischauen will."

„Du bist so eine ..." Ich schlucke den Rest des Satzes hinunter. Bitch! Jede Sekunde, die ich sie vor meinen Augen habe, vergrößert sich meine Wut auf sie.

Plötzlich stoßen die anderen zu uns und bringen ein Tablett mit, auf dem sechs Shots stehen. „Lasst uns feiern und Spaß haben", tönt Jordan.

Das kann er vergessen, das Zeug trinke ich nicht. Das letzte Mal, als ich mich darauf einließ, machte ich dieser dummen Person rechts neben mir einen Heiratsantrag. Never ever!

Alle greifen nach den kleinen Gläsern, nur ich nicht, woraufhin Jordan mich mit einem abfälligen Blick straft.

„Wenn du kneifst, denkt er, du bist ein Weichei", flüstert Meredith mir ins Ohr.

Ich geb ihr gleich Weichei! Ohne auf sie zu reagieren, nehme ich das Glas, stoße mit den anderen an und kippe mir den Whiskey in die Kehle. Dabei muss ich allerdings aufpassen, das Gesicht nicht zu verziehen.

***

Drei Stunden und unzählige Whiskeyshots später hängt Meredith mir immer noch wie ein Klotz am Bein und ich werde sie einfach nicht mehr los. Jordan amüsiert sich mit den anderen drei Mädels köstlich.

Leider konnte ich nicht mehr viel über ihn und Tammi in Erfahrung bringen, denn meine Ex-Affäre folgte mir auf Schritt und Tritt und versuchte ständig, mich zu begrapschen. Trotz des Alkoholspiegels in meinem Blut blieb ich jedoch standhaft. Die kann mich mal. Blöde Kuh!

Als Jordan mit seinen drei Anhängseln im Schlafzimmer verschwindet, bin ich zugegebenermaßen ein wenig neidisch auf ihn.

„Und was machen wir zwei Hübschen jetzt noch?" Meredith streicht mir mit ihren bunt lackierten Krallen über die Brust.

Ich stoße sie von mir weg. „Ich gehe jetzt ins Bett. Allein! Und du solltest hier verschwinden, und zwar ziemlich schnell."

Von Jordan kann ich mich nicht mehr verabschieden, denn die Tür zum Schlafzimmer ist bereits geschlossen.

„Ich will aber noch nicht gehen", jammert sie gespielt.

„Dann geh doch zu den anderen und frag, ob du dort mitspielen darfst", knurre ich sie an und verlasse das Zimmer mit schnellen Schritten.

Im Flur bleibe ich stehen und hole mehrmals tief Luft, und prompt steht die Klette auch schon wieder hinter mir.

„Aber ich will doch nur dich."

Ich drehe mich zu ihr um und funkele sie wütend an. „Verschwinde aus meinem Hotel. Ich will dich nicht mehr sehen, warum kapierst du das nicht? Zisch ab und komm nie wieder her. Es ist mir scheißegal, ob dich ein Jordan Brown einlädt, du hast ab sofort Hausverbot."

Doch anstatt abzuziehen, springt sie mich urplötzlich wie ein kleines Äffchen an und umklammert mich mit ihren langen Beinen und Armen.

Durch den Schnaps ist mein Stand nicht mehr der beste. Ich gerate ins Wanken, mache einige Ausfallschritte nach vorne, und Meredith knallt unsanft mit dem Rücken gegen die Wand. Wider Erwarten lässt sie jedoch nicht von mir ab, sondern bleibt hartnäckig an mir hängen und drückt mir völlig unerwartet ihre weichen Lippen auf den Mund.

In der ersten Sekunde will ich mich noch wehren, doch als sie an meiner Unterlippe zu saugen beginnt, bäumt sich Lust in mir auf. Sie weiß nach all unserer gemeinsamen Spielzeit genau, wo sie meinen Schalter findet. Ich reibe mein Becken an ihrer Körpermitte, was sie leise aufstöhnen lässt, und als sie den Mund öffnet und meine Zunge zu sich bittet, sind all meine guten Vorsätze dahin ...

Kapitel 7

Tammi

Als Jordan mir heute mitteilte, dass der Manager ihm ein eigenes Zimmer besorgt hat und ich in der Suite bleiben darf, versuchte ich, mich dagegen zu wehren. Ein kleineres Hotelzimmer würde mir durchaus genügen, aber mein Freund bestand darauf. Ich solle mich voll und ganz ausbreiten, meinen Gedanken freien Lauf und mich nicht durch einen Umzug ablenken lassen.

Als ob es mich stören würde, meine paar Klamotten in den Koffer zu schmeißen und ihn in ein anderes Zimmer zu tragen. Allerdings komme ich mit Forderungen oder Bitten bei Jordan nie weit. Wenn er sich etwas in den Kopf gesetzt hat, dann ist das so und er duldet keine Widerrede. Also fügte ich mich, sah ihm beim Packen zu und verabschiedete mich anschließend mit einem breiten Lächeln von ihm.

Nachdem Ruhe in der Suite eingekehrt war, lümmelte ich mich mit Stift und Block bewaffnet auf das Durchfallsofa und begann, den männlichen Gegenpart für meine unglückliche Protagonistin zu konstruieren. Dass er gut aussehen muss, steht außer Frage, aber welche Eigenschaften verpasse ich dem Guten?

Nach einer Stunde stehe ich jedoch weiterhin auf dem Schlauch. Noch immer ringe ich mit diesem Bad

Boy-Syndrom. Er soll weder eine Heulboje noch ein Weichei, kein Ja–Sager und auch kein arroganter, hintertriebener Mistkerl sein. Und ein Herz soll er haben. Ja, das wünsche ich mir für meine Protagonistin. Wenn ich allerdings alle Eigenschaften, die nicht dazu passen, wegstreiche, bleibt nur ein farbloser, langweiliger, gut aussehender Kerl übrig. Für eine Geschichte gänzlich ungeeignet. Was soll man auch über eine solche Persönlichkeit erzählen? Wieso muss schreiben nur so verdammt schwierig sein?

Ich komme mit diesem Thema einfach nicht weiter, also lege ich es vorerst wieder ad acta und denke über meine Protagonistin nach. Welche Art von Mann würde sie wollen? Welche Art von Mann würde zu ihr passen? Und welche Art von Mann soll sie am Ende glücklich machen?

Je mehr ich über sie nachdenke, wird mir bewusst, wie ähnlich sie mir ist. Nein, diese Parallelen hatte ich bereits in meinem ersten Roman. Sie muss flippiger, selbstbewusster und autark werden. Also das komplette Gegenteil von mir. Ein neues Bild von ihr erscheint vor meinem geistigen Auge und urplötzlich wird mir eines klar: Sie braucht einen Mistkerl. Ja, genau, so einen richtigen Fiesling, den sie bekehren kann, ein netter Mensch zu werden.

Spontan denke ich an Tyron Pine. Er behandelt seine Mitmenschen herablassend und schmiert seinen Gästen, von denen er glaubt, sie würden seinem Geschäft nützen, Honig ums Maul. Er flößt einem mit seiner Art Respekt ein und ist ein durchtriebener Typ, der mit allen Mitteln versucht, das zu bekommen, was er will.

Genau das denke ich über ihn, nachdem ich mit ihm an der Bar gesessen habe. Was er allerdings mit seiner Art bei mir erreichen will, leuchtet mir noch nicht ganz ein, aber ich schätze, er will mich benutzen, um noch weitere Pluspunkte bei Jordan zu sammeln. Ganz klarer Fall. Also sollte ich es ihm gleichtun. Ich werde mich an seine Fersen heften, herausfinden, wie der Kerl tickt, und versuchen zu eruieren, was Frau an ihm noch so findet, außer Angst. Ob der Anzugheini überhaupt auf Frauen steht? Vielleicht verkalkuliere ich mich ja auch total und er steht auf Männer oder er ist gar asexuell.

Meine Rechercheader pulsiert. Ich fühle mich wie Castle, der Schriftsteller aus der gleichnamigen Fernsehserie. Gut, er klärt beim NYPD zusammen mit dem weiblichen Detective Beckett Mordfälle auf, also ist der Vergleich vielleicht etwas hochgegriffen, aber erstens ist er Thrillerautor und zweitens ist es eine fiktive Serie. Ich hingegen befinde mich in der bitterbösen Realität und schreibe Liebesromane. Mein Plan steht. Operation Tyron Pine Kapitel 1 soll ab morgen beginnen. Schluss für heute.

Ich lege den Block und den Stift auf den Tisch und beschließe, nach Jordan zu sehen. Wie ich ihn kenne, hat er sein Gepäck nur in eine Zimmerecke gefeuert, gammelt auf dem Bett herum und zappt durchs Fernsehprogramm. Oder aber er vergnügt sich mit dem weiblichen Geschlecht. Egal, ich muss mir die Beine vertreten. Ein kurzer Besuch wird ihn schon nicht stören.

Ich blicke an mir herunter. Rosa Jogginghose und weißes Trägertop. Ob ich mich noch umziehen soll? Ach, was soll's, sein Zimmer ist nur den Gang runter und er kennt mich so. Wenn ich in Schreibekstase bin, kämme ich mir meistens nicht einmal die Haare und auf meinem Kopf bilden sich lauter Nester, in denen Vögel brüten könnten. Da ist mein heutiger Anblick noch sehr zivilisiert, und wen sollte ich um diese Uhrzeit auch schon damit verschrecken?

Ohne weiter über mein Schlafanzugoutfit nachzudenken, greife ich nach der Schlüsselkarte und öffne schwungvoll die Tür. Doch anstatt mich in Bewegung zu setzen, verharre ich wie versteinert im Türrahmen und starre mit offenem Mund auf die Szenen, die sich vor meinen Augen abspielen. Was zur Hölle ...?

Eine blonde Frau, die ich im ersten Moment nicht erkenne, hängt an meinem Spionageobjekt wie ein Koala am Baum und knabbert genüsslich an ihm, als wäre er ein wohlschmeckendes Eukalyptusblatt. Na, wenigstens hat sie danach kein Problem mit ihrem Atem. Das ist das Erste, was mir dazu einfällt. Ich kann es nicht glauben. Er, der strenge Manager, vergnügt sich mitten auf dem Flur.

Spucke sammelt sich in meinem Mund und ist gerade dabei, sich ihren Weg über mein Kinn zu suchen, als ich den Unterkiefer schnell nach oben klappe.

Der Koala mit den extrem langen Beinen wird immer fordernder. So sehr ich mich auch bemühe, ich kann nicht wegsehen. Dutzende Fragen ploppen in meinem Hirn auf. Wie ...?

Meine Grübelei wird umgehend von einer weiteren unerwarteten Handlung unterbrochen. Tyron entreißt sich den Fängen der Blondine, und als sie wieder einen festen Stand hat und sich ihre Kleidung zurecht zupft, erkenne ich sie. Das ist Meredith, die Frau von der Rezeption. Die, die er feuerte und mehr als nur unmenschlich behandelte.

Wieso in aller Welt biedert sie sich diesem Mann so an? Sie versucht doch nicht etwa, so ihren Job zurückzubekommen? Und wie kommt er überhaupt dazu, mit einer Angestellten – okay, Ex-Angestellten – anzubandeln? Das ist doch wirklich die Höhe! Mir jagt es einen eiskalten Schauer über den Rücken. Ich muss mich schütteln.

Mit aller Gewalt versuche ich, meinen Körper dazu zu bringen, sich in Bewegung zu setzen, und gerade als ich dabei bin, auf dem Absatz kehrtzumachen, höre ich, wie Tyron Meredith des Hauses verweist. „Das, was du dir damit erhoffst, wird nie passieren. Wann kapierst du das endlich? Und jetzt verschwinde und lass dich hier nie wieder blicken", knurrt er sie an.

„Du bist ein Arschloch, Tyron Pine. Ein manipulativer Vollidiot und ein selbstgefälliger Idiot", beschimpft sie ihn.

„Raus!", schreit er so laut, dass ich zusammenzucke.

In Zeitlupe bewege ich mich zurück in mein Zimmer, doch ehe ich die Tür schließen kann, wird sie wieder aufgerissen und Tyron steht mit hochrotem Kopf vor mir. Seine Stirn ist schweißnass, seine Haare zerzaust und sein Blick entschuldigend. „Es ist nicht das, wonach es aussieht."

Mal abgesehen davon, dass er mir keinerlei Rechenschaft schuldig ist, schäme ich mich dafür, dass ich von ihm ertappt wurde, in Grund und Boden. Ich bin eindeutig kein guter Spionageagent. Ich muss dringend an meiner Unsichtbarkeit arbeiten. Was mache ich jetzt nur?

Ich senke den Blick, und was ich dann zu sehen bekomme, lässt mich schmunzeln. Mit zittrigen Fingern deute ich auf seine Körpermitte. „Sieht mir aber nicht danach aus."

Er verschränkt die Hände vor seinem zusammenfallenden Hosenzelt und versperrt mir damit die Sicht. „Das ist alles ein riesiges Missverständnis."

Was will er mit seiner gespielten Reue nur bei mir bezwecken? „Wenn Missverständnisse bei Ihnen so aussehen, dann gute Nacht", stichele ich, drehe mich von ihm weg und schließe die Tür hinter mir. Was für ein Idiot!

Ich lasse mich auf Jordans Bett fallen, verschränke die Arme auf dem Bauch und starre an die Decke. Männer!

***

Ich werde von einem markdurchdringenden Hämmern geweckt. Schlaftrunken krieche ich aus dem Bett und schlurfe zur Hotelzimmertür.

„Babe, wie siehst du denn aus?", begrüßt Jordan mich grinsend. „Wir wollten doch gemeinsam frühstücken, hast du das vergessen?" Wieso muss er nur immer so früh so wach sein? Ich kann vor meiner ersten Tasse Kaffee kaum reden und er?

„Bin gleich so weit", lasse ich ihn wissen und wende mich dem Badezimmer zu.

„Ich warte unten auf dich", teilt er mir mit und stolziert pfeifend den Gang entlang. Er hatte Sex, eindeutig!

Nach einer Tammi-Katzenwäsche, die sich auf Zähneputzen, Haare zusammenbinden und eine Deodusche beschränkt, begebe ich mich auf die Suche nach dem schwarzen Glück.

Jordan sitzt bereits kauend an einem kleinen Tisch in der rechten hinteren Ecke des Hotelrestaurants und winkt mich zu sich.

„Kaffee mit viel Milch und Zucker, Eier, Speck und Toast und, ach ja, Marmelade und Erdnussbutter habe ich dir auch schon besorgt", erklärt er und deutet auf den Tisch.

Der Mann weiß eben, was ich brauche! Ich setze mich zu ihm, und bereits nach dem ersten Schluck hebt sich meine Laune merklich. „Wie gefällt dir dein neues Zimmer?", frage ich.

„Normales Hotelzimmer, nicht Besonderes ... aber das Bett ist klasse", findet er mit einem mir gut bekannten Unterton.

Ich hebe abwehrend die Hand. „Ich will es nicht wissen!"

„Du bist ganz schön verklemmt", amüsiert er sich.

„Das hat doch nichts mit verklemmt zu tun, nur weil ich nichts über deine neue Bettgefährtin wissen will", wehre ich mich.

Jordan schwelt die Brust. „Drei, nicht nur eine."

„Du hast den Hang zu übertreiben, mein Lieber", kommentiere ich seine Aussage mit spitzer Zunge und tadelndem Augenaufschlag.

Während ich mir ein krosses, saftiges Stück Speck in den Mund schiebe, setzt Jordan seine Erzählung fort. „Weißt du, wer gestern auch bei meiner Zimmerparty war? Tyron Pine."

„Ganz toll", murmele ich mit halb vollem Mund. „Und lass mich raten: Er hat die Blonde abbekommen."

„Woher weißt du das?", hakt er neugierig klingend nach.

Ich zucke die Schultern. „Nur geraten."

„Weißt du, was mich sehr gewundert hat? Tyron weiß, dass du schreibst. Du erzählst doch sonst niemandem davon", wechselt er das Thema.

„Ich wurde ja auch von ihm erpresst", zische ich und stochere nebenbei im Rührei.

„Wie bitte?", fragt Jordan etwas zu laut.

„Als er dich total besoffen in der Suite ablieferte, zwang er mich, mit ihm etwas trinken zu gehen", kläre ich ihn auf.

„Und das sagst du mir erst jetzt?"

„Das hatte ich schon wieder verdrängt, und außerdem war es halb so wild", versuche ich, meinen aufgebrachten Freund zu beruhigen. Was ich jetzt gar nicht gebrauchen kann, ist eine Szene. „Ich kann ganz gut auf mich selbst aufpassen."

„Und was wollte er von dir?", hakt er nach.

„Keine Ahnung, ich denke, er versucht, über mich an dich ranzukommen."

Jordan lehnt sich zurück und verschränkt die Arme vor der Brust. „Das glaube ich kaum. Mir sieht es eher danach aus, als ob er was von dir will. Weißt du eigentlich, was er von Liebesromanen hält? Er nennt sie Schauergeschichten."

Ich muss lachen. „Ich habe ihm ja auch weisgemacht, dass ich Thriller schreibe."

Jordan verzieht das Gesicht. „Schämst du dich etwa neuerdings für das, was du schreibst?"

„Ach, Quatsch, aber was geht es ihn an?"

Er schüttelt den Kopf. „Soll einer die Frauen verstehen."

„Er hat mir eine Unterhaltung aufgezwungen, die ich nicht führen wollte, also!"

„Und deshalb lüftest du das gut gehütete Geheimnis um deine Arbeit? Hast du dir schon mal überlegt, was ist, wenn er dich googelt?"

„Wieso sollte er das tun? Und selbst wenn, dann findet er eben einen Liebesroman. Was soll's?", gebe ich mich cool.

„Das passt irgendwie so gar nicht zu dir", meint er.

„Dass ich ihn angelogen habe? Das ist doch total unwichtig."

Jordan stöhnt leise. „Finde ich nicht. Du weichst nach nur wenigen Stunden in Miami von deinen Prinzipien ab."

Ich rolle für ihn gut sichtbar die Augen. „Nun übertreib es nicht. Der Kerl geht mir am Hintern vorbei. Ich war nur was mit ihm trinken, weil ich dachte, ich würde dich dadurch schützen."

„Vor was denn bitte? Vor ihm etwa?", zieht er die ganze Sache ins Lächerliche.

„Ich dachte, wenn er die Presse holt oder ihnen Bilder zuspielt, wie du sturzbetrunken im Gang herumlungerst und ... Was weiß ich, wie dieser Kerl tickt", versuche ich, mich zu erklären.

Jordan ballt die rechte Hand zur Faust und hält sie sich vor den Mund. „Du hast eindeutig eine blühende Fantasie. Denkst du, er würde sein eigenes Hotel in Verruf bringen? Er weiß, dass ich ihn dann fertigmachen würde."

Ich lasse die Schultern hängen. „Können wir das Thema wechseln?", bitte ich ihn. Eigentlich wollte ich Jordan davon erzählen, dass ich Castle spielen will, aber nach dem, was ich gestern zu Gesicht bekam, bin ich mir nicht mehr sicher, ob ich wirklich herausfinden will, wie dieser Managertyp tickt.

„Wie läuft's mit dem Schreiben?", fragt er.

„Ganz gut", flunkere ich.

Auf Jordans Gesicht zeigt sich Zufriedenheit in Form eines strahlenden Lächelns. „Siehst du, ich hab dir doch gesagt, du brauchst nur mal einen Tapetenwechsel."

„Bist du heute lange unterwegs? Ich dachte, wir könnten vielleicht am Abend irgendwo essen gehen? Also, außerhalb des Hotels", schlage ich vor.

„Du willst also ausgehen. Fein! Ich bin gegen acht zurück."

„Klingt gut. Hast du schon eine Idee, wohin wir gehen?"

„Ich überleg mir was."

„Aber nicht in einen Nobelschuppen."

„Wir können ja zu McDonald's gehen", sagt er zähneknirschend.

„Gute Idee, bin dabei", amüsiere ich mich über seinen sicher nicht ernst gemeinten Vorschlag.

Er tippt sich mit dem Finger gegen die Stirn. „So weit kommt's noch."

∗∗∗

Jordan machte sich nach dem Essen sofort aus dem Staub, und ich beschloss, mir ein schattiges Plätzchen am Pool zu suchen. In einer ruhigeren Ecke, mit einer

Hecke im Rücken und guter Aussicht auf die Umgebung, klappe ich meinen Laptop auf und beginne, die Figurendatenbank meiner Protagonistin zu überarbeiten. Manchmal benötige ich beim Arbeiten absolute Ruhe, aber heute empfinde ich die Hintergrundgeräusche, die um mich herum sind, als angenehm.

Ich füge gerade die neuen Eigenschaften in die Liste ein, als jemand einen Cocktail neben meinem Laptop abstellt. Noch ehe ich aufsehen kann, ertönt Tyrons Stimme neben mir. „Ein Orange fresh für die schwer schuftende Dame."

Ich schiebe meine Sonnenbrille auf den Kopf, lege ihn in den Nacken und blicke Tyron fragend an. „Ich habe nichts bestellt."

„Geht aufs Haus", erklärt er und schielt auf meinen Bildschirm. „Dangerous Love. Komischer Titel für einen Thriller", stellt er fest.

Ich klappe mein Arbeitsgerät zu und funkele ihn böse an. „Soll ich mal in Ihr Büro gehen und in Ihren Zahlen schnüffeln?"

Er verschränkt die Arme vor der Brust. „Ich habe damit kein Problem. Komm mich doch mal besuchen."

Der spinnt wohl, das mache ich ganz bestimmt nicht. Ich deute auf seine Hose. „Na, haben Sie Ihr Genital wieder unter Kontrolle?", lenke ich von meiner Geschichte ab.

„Waren wir nicht schon beim Du?", fragt er leicht irritiert.

Ich schüttele den Kopf. „Ich bleibe vorsichtshalber lieber beim Sie."

„Ach ja? Und wieso?"

„Schlafen Sie nur mit Angestellten und ehemaligen Angestellten, oder auch mit Hotelgästen?", erkundige ich mich, ohne dabei eine Miene zu verziehen.

Seine kühlen, blauen Augen funkeln im Sonnenlicht. „Willst du es herausfinden?"

Ich muss mir ein Lachen verkneifen. „Wollen Sie mich etwa anmachen?"

Er lockert den Knoten seiner Krawatte, antwortet mir aber nicht. Dass er in seinem dunkelbauen Anzug nicht schwitzt, wundert mich.

„Nach gestern Abend nehme ich an, Sie stehen mehr auf Blondinen", lege ich nach.

„Was du nicht alles zu wissen glaubst", bleibt er cool.

Ich nehme einen Schluck des Cocktails und sehe Tyron dann direkt in die Augen. „Auf welche Art von Frauen stehen Sie denn?"

„Wieso willst du das wissen?"

„Wieso haben Sie gestern versucht, sich mir gegenüber zu erklären?", stelle ich ihm eine Gegenfrage.

Er räuspert sich. „Mein Verhalten war unangemessen und nicht für deine Augen bestimmt." Ah, der Manager außer Kontrolle also.

„Dann kopulieren Sie doch bitte demnächst in Ihren Privatgemächern."

„Ich steh auf schlagfertige Frauen", gibt er zu.

„Meinen Sie damit etwa mich? Wenn ja, dann sagen Sie mir bitte, auf welchen Typ Frau Sie gar nicht abfahren, dann werde ich den ab sofort mimen."

Tyron fährt sich über den Dreitagebart. „Auf Frauen, die sich mir an den Hals werfen. Sie sind keine Herausforderung für mich." Seine Antwort klingt ehrlich und erschreckend zugleich. „Aber wenn du es mal versuchen willst, vielleicht gefällt es mir ja doch", fordert er mich auf und zwinkert mir dabei zu.

Pah! Was für ein Idiot. Ich muss wieder an den Koala denken und kann mir nun ein leises Lachen nicht mehr verkneifen. Zeitgleich bekomme ich allerdings ein schlechtes Gewissen, denn Meredith tut mir immer noch leid. Sicher wollte sie nur ihren Job wieder haben, koste es, was es wolle.

Hoffentlich gerate ich nie in solch eine Lage. Gut, ich würde niemals meinen Körper einsetzen, aber was, wenn sie jetzt wegen des Jobverlusts Hunger leiden muss, vielleicht noch eine kranke Grandma oder ein kleines Kind daheim hat? Und er macht sich auch noch über sie lustig. Wut kocht unaufhaltsam in mir hoch. „Wieso behandeln Sie Menschen so schlecht?"

„Ich habe dir gerade einen Cocktail gebracht", erwidert er verständnislos.

„Ich meine nicht mich oder Jordan, dem Sie in den Allerwertesten kriechen, sondern Meredith. Erst stauchen Sie sie zusammen, dann feuern Sie sie und zu guter Letzt lassen Sie sich von ihr bespringen, als wären Sie ein Eukalyptusbaum, nur um sie dann wieder abblitzen zu lassen und ein weiteres Mal aus dem Hotel zu scheuchen. Sie sind ziemlich unmenschlich, Mr. Pine", mache ich ihm meinen Standpunkt klar.

Er legt die Stirn in Falten. „Eukalyptusbaum?"

Ich greife nach dem Cocktailglas, leere es mit einem großen Schluck und halte es ihm dann hin. „Danke für den Drink, ich muss jetzt wieder arbeiten."

„Du reimst dir da etwas ganz Falsches zusammen", sagt er und nimmt mir das Glas ab.

Als sich unsere Hände für eine Sekunde berühren, durchfährt mich ein stechender, sehr unangenehmer Blitz. Ich ziehe die Hand weg. „Dann klären Sie mich doch auf."

Tyrons Gesichtszüge werden genauso düster wie in dem Moment, als er die arme Meredith am Empfangstresen zusammenstauchte. „Das geht dich nichts an, Tammi. Konzentriere dich lieber wieder auf deinen Thriller mit dem merkwürdigen Namen", sagt er so überheblich, als wäre ich ein Schulkind, das die Rechenaufgabe auch nach der hundertsten Wiederholung noch immer nicht versteht, und er mein Lehrer, der dabei ist, die Geduld zu verlieren.

Meine aufgesetzte Coolness fällt abrupt in sich zusammen. All meine Schlagfertigkeit ist wie weggeblasen. Ich will noch weiter kontern, ihm sagen, was ich von ihm halte, aber meine Zunge fühlt sich wie gelähmt an. Sollte ich jetzt zu stottern beginnen, würde ich mir vor Scham in die Hose pinkeln. Also schlucke ich mehrmals, setze mir die Sonnenbrille wieder auf die Nase und klappe den Laptop auf. „Gute Idee", sind die einzigen Worte, die mir noch klar über die Lippen kommen.

Tyron verlässt meinen Tisch, ohne sich von mir zu verabschieden, geschweige denn, mich noch einmal direkt anzusehen.

Ich sehe ihm grübelnd nach. Seine plumpen Anmachversuche empfand ich ja noch als ganz witzig und aufschlussreich, aber die Reaktion eben war mir ganz und gar nicht geheuer. Er musste nicht mal schreien, und doch sind meine Knie weich wie Wackelpudding. Das Thema Meredith scheint ihn zu wurmen. Nur warum?

Kapitel 8

Tyron

Die lästige Blondine und der gottverdammte Alkohol. Wenn ich mit beiden Komponenten gleichzeitig kollidiere, endet das stets in einer Katastrophe. Wie konnte ich nur so dumm sein und es zulassen, dass sie mich so anspringt, noch dazu im Flur des Hotels? Was, wenn noch mehr Gäste mich so gesehen hätten?

Ich richte den Knoten meiner dunkelblauen Krawatte und gehe zur Rezeption.

Kate empfängt mich mit einem offenen Lächeln. „Hallo, Mr. Pine."

Sie erinnert mich ab und zu an meine Großmutter in etwas jüngeren Jahren.

„Hören Sie, Meredith Lambert hat hier ab sofort Hausverbot. Ich will, dass weder Sie noch ein anderer Mitarbeiter die Frau jemals wieder in mein Hotel lassen."

Kate hatte gestern Abend Schicht, deshalb weiß ich, dass sie Meredith gesehen haben muss.

„Ich wusste nicht, dass sie hier nicht mehr erwünscht ist", entschuldigt sie sich sofort.

Meine Wangenmuskeln verspannen sich. „Das konnten Sie auch nicht wissen. Aber ab sofort wird dieses Hausverbot geachtet", gebe ich ihr möglichst freundlich zu verstehen. Die ältere, doch sehr fähige Dame kann nichts dafür, das ist mir klar. Und doch sitzt mir wegen dieses Fauxpas so viel Wut im Nacken, dass ich mich kaum dazu bringen kann, höflich zu bleiben.

Meredith schaffte es, dass ich mich vor Tammi bis auf die Knochen blamierte. Nicht, dass sie mich mit einer Frau sah, das ist mir herzlich egal, sondern dass sie sah, wie sich das Aushängeschild des Hotels, also ich – denn meine Brüder wollen nicht und sind dazu auch nicht geeignet – öffentlich so gehen lässt. Meine Güte, ja, ich ficke gern, aber doch nicht im Hotelflur. Wie soll der rothaarige Feger mich nun noch als ernsthaften Geschäftsmann ansehen?

„Kann ich sonst noch etwas für Sie tun?", entreißt Kate mich meiner Nachdenklichkeit.

Ich bin alles, aber sicher nicht unfair, also versuche ich, mich zusammenzureißen und sie nicht mürrisch anzusehen. „Nein, das war's. Ach ja, haben Sie Dashiel oder Micah heute schon gesehen?"

Sie nickt. „Micah ist am Strand. Er leitet eine Gruppe mit fünf unserer Gäste für einen großen, geplanten Ausritt an, und Dashiel ist vorhin mit seiner Freundin irgendwo hingefahren."

Wenigstens geht einer der beiden seiner Arbeit nach. Mein jüngster Bruder hingegen scheint sich mal wieder anderweitig zu amüsieren. Wie konnte er nur so schnell an die zwei Millionen Dollar kommen? Ein weiteres Thema, das mir extrem zusetzt. Unsere Großmutter mit ihrer dummen Idee, mich zu verheiraten. Ihr war wohl klar, dass das nie passieren wird. Ja, das muss es sein, ihr war bewusst, wie sehr ich hinter dem Geld her bin, und deshalb gab sie mir diese unerfüllbare Aufgabe. Innerlich werden sich die beiden über mich kaputtlachen. Unser großer Bruder, der Versager.

Ich presse die Zahnreihen so fest aufeinander, dass meine Wangen zu zittern beginnen. Es muss einen Weg geben, an dieses Geld zu kommen, und ich werde ihn finden.

„Hat er wenigstens die Tagesabrechnung von gestern vorbeigebracht?", will ich von Kate wissen.

Sie holt einen Umschlag, der leicht zerknittert aussieht, unter dem Empfangstresen hervor und reicht ihn mir. „Ja, hat er."

„Und wieso in aller Welt sieht der so aus?" Ich nehme ihn schnaubend an mich. Wie kann man nur so mit meinen heiligen Zahlen umgehen?

Kate senkt leicht verlegen den Kopf. „Entschuldigen Sie. Ich war noch nie gut im Fangen."

Im was? Ich sehe sie fragend an.

„Ihr Bruder warf ihn mir zu, als er hier vorhin vorbeikam, und ich ..." Sie stockt. „Es tut mir leid, es ist meine Schuld, ich wollte Ihren Bruder nicht ..."

„Verpfeifen! Sie meinen verpfeifen", entfährt es mir.

Ein älteres Ehepaar tritt neben uns. Die Frau wendet sich an Kate, um auszuchecken, der Herr sieht mich zufrieden an. „Sie machen Ihrer Großmutter alle Ehre", lobt er mich.

„Sie kannten meine Großmutter, Sir?", erkundige ich mich.

„Meine Frau und ich kommen seit Jahrzehnten in dieses Hotel. Sie war eine tolle Frau."

„Ja, das war sie", stimme ich ihm zu.

„Sie und Ihre beiden Brüder leisten tolle Arbeit. Wir kommen nächstes Jahr sehr gern wieder hierher."

Dass meine Brüder die Lorbeeren zu gleichen Teilen ernten, war schon immer so. Aber was soll's, es ist mir wichtig, dass hier alles läuft. „Das freut mich sehr", bedanke ich mich für die erfreuliche Rückmeldung.

Nachdem die beiden Herrschaften das Hotel verlassen haben, gehe ich in mein Büro.

***

Nach einer Stunde konzentrierter Arbeit lehne ich mich zufrieden im Stuhl zurück. Wenigstens war die Abrechnung, die Dashiel erstellte, korrekt. Bald steht die Halbjahresbilanz an, hoffentlich denkt er daran.

Ich nehme einen Block mit gelben Post-its und schreibe auf zwanzig kleine Zettel das Wort Bilanz. Die werde ich in seiner Suite verteilen, damit er auch ja daran denkt. Einen von den kleinen, gelben Denkzettelchen sollte ich vielleicht auf seiner Freundin anbringen.

Gerade als ich aufstehen will, um Dashiels Zimmer damit zu verzieren, klingelt das Telefon. Es ist die Nummer der Rezeption. Ich nehme ab. „Kate, was gibt es denn?"

„Ich habe Mr. Brown in der Leitung. Er würde Sie gern sprechen", teilt sie mir mit.

„Stellen Sie ihn durch", gebe ich mein Okay.

„Sofort."

Es piept zwei Mal und dann ist er auch schon in der Leitung.

„Tyron, ich bin's. Könntest du mir bitte einen riesigen Gefallen tun?" Der Fitnessguru klingt gestresst.

„Um was geht es denn?" Sofern es nichts mit Alkohol und Meredith zu tun hat, dann gern.

„Ich möchte heute Abend essen gehen, habe aber keine Zeit, einen Tisch für zwei zu reservieren. Es wäre nett, wenn du das für mich übernimmst."

Der Kerl braucht dringend einen Manager. „Natürlich, kein Problem", stimme ich seiner Bitte zu. „Wie wäre es mit dem Restaurant Laios, dort kann man das bunte Treiben auf dem Ocean Drive bestens beobachten. Auch das Bongos Cuban in Downtown wäre zu empfehlen. Ich bin mir sicher, ich bekomme einen guten Tisch für dich", schlage ich vor.

„Klingt beides gut."

„Um welche Art von Verabredung handelt es sich denn?", versuche ich herauszufinden, welches der beiden Restaurants besser geeignet wäre.

„Ich möchte Tammi ausführen", antwortet er.

„Dann werde ich zusehen, dass ich einen Tisch für zwei im Laios bekomme, dort gibt es auch Burger."

Am anderen Ende herrscht kurz Stille. „Du hast deine Hausaufgaben gemacht, das gefällt mir", segnet er meinen Vorschlag ab.

„Wenn meine Gäste zufrieden sind, dann bin ich es auch."

„20:30 Uhr bitte", sagt er und legt auf.

Das Wort Burger spukt durch meinen Kopf und mir wird leicht übel. Wie kann sie nur? Meine Neugier bezüglich der rothaarigen, großen Schönheit, die mir Gegenfeuer gibt – wenn sie nur wüsste, wie scharf mich das macht –, ist erneut geweckt.

Ich beschließe, Mister Google einen Besuch abzustatten, um endlich mehr über sie herauszufinden. Im Suchfeld gebe ich Tammi Thompson ein, und der erste Eintrag, der mir angezeigt wird, ist ein Link zu einem Buch, das es beim größten Online-Versandhändler zu kaufen gibt.

Das Buchcover ist schwarz, darauf ist eine verzweifelt wirkende Frau zu sehen und zwei Schattengestalten hinter ihr, die sich offensichtlich von ihr abwenden. Der Titel lautet: You, Me & She. Klingt überhaupt nicht nach Thriller.

Ich lese mir die Inhaltsbeschreibung durch und stelle fest, dass es sich um eine Liebesschnulze handelt. Sie ist also gar keine Thrillerautorin. Ich klicke ihren Namen an und lande auf der Autorenseite. Leider finde ich dort kein Foto. Aber das muss sie sein. Dangerous Love, oder wie war das? Ja, ich denke, das ist sie. Warum hat sie mich deshalb angelogen? Tammi ist also eine zartbesaitete Liebesromanautorin, die nur an eins denkt: die große Liebe. Oder zumindest muss sie sie verstehen, sonst könnte sie wohl nicht darüber schreiben.

Ich drehe mich mitsamt meinem Bürostuhl in Richtung Fensterfront und sehe hinaus. So hätte ich die schlagfertige Frau nicht eingeschätzt. Ob ich mich unter diesen Umständen noch weiter an sie heften und mein Glück bei ihr versuchen soll? Was, wenn ich sie rumkriege und sie dann nicht mehr loswerde? Eine zweite Meredith kann ich ganz und gar nicht gebrauchen und eine Frau, die nur Liebe im Kopf hat, schon gleich zweimal nicht. So sehr es mich auch reizt, mit ihr eine Nacht zu verbringen – nein, ich muss das Ganze schnellstmöglich vergessen. Rot ist ja nicht umsonst eine Signalfarbe. Merke: Lass die Finger von den Rothaarigen. Ja, das wird das Beste sein.

Das Klingeln meines Telefons entreißt mich meiner Gedanken. Ich drehe mich wieder in Richtung Schreibtisch und nehme ab. „Tyron Pine am Apparat."

„Hi, ich bin's", erklingt eine helle, aufgeregte Stimme am anderen Ende.

Gott, nein, nicht die auch noch! „Betty, was gibt es?", frage ich, obwohl ich genau weiß, was sie von mir will.

„Wir haben schon lange nicht mehr rumgemacht, meine Muschi sehnt sich nach dir, Tyron", jammert sie gespielt.

Die schwarzhaarige Schönheit ist eine langjährige Gespielin, die ganz im Gegensatz zu Meredith wirklich nur eins von mir will: vögeln! Sie stellt keine Ansprüche, ist gut im Bett, sieht fantastisch aus und gibt mir das, was ich brauche. Ich befriedige sie und sie befriedigt mich. Ohne jegliche Verpflichtungen.

„Betty, ich habe im Moment wirklich viel zu tun", will ich sie abwimmeln.

„Ach, komm schon, ein Quickie muss doch drin sein. Danach kannst du dich wieder viel besser konzentrieren, das verspreche ich dir."

Und wie sie mich dazu bringen kann, mich wieder besser zu fühlen. Vielleicht hat sie recht und ich sollte mir den ganzen Scheiß, der mir durchs Hirn spukt, rausvögeln. „Also gut, ich bin ab neun in meiner Suite."

***

Es ist kurz vor 21 Uhr, als ich aus der Dusche steige. Ich lege Eau de Toilette auf, kämme mir die Haare und will mir gerade eine schwarze Boxerbrief anziehen, als es drei Mal an die Tür klopft. Das ist sie! Ich werfe die Unterwäsche hinter mich – völlig unnötig, denn in wenigen Minuten bin so sowieso wieder nackt –, binde mir ein weißes Handtuch um die Hüften und lasse sie herein.

Betty, die einen schwarzen, langen Mantel, hohe Absatzschuhe und knallroten Lippenstift trägt, zwinkert mir zu, schließt die Tür mit einem gekonnten Tritt und öffnet den Verschluss an ihrem Gürtel. Sie trägt unter dem Mantel ein Hauch von Nichts. Ein schwarzer Spitzen-BH verdeckt ihre kleinen Brüste. Ein durchsichtiger, schwarzer Spitzenslip verhüllt nur dürftig ihre Scham.

Ich ziehe sie an mich und küsse sie leidenschaftlich. Betty, die ebenfalls keine Zeit verlieren will, reißt mir das Handtuch vom Leib und drückt ihren heißen Body an mich. Ich fahre ihre Rundungen nach, packe sie an den Hüften. Als sie leise in meinen Mund hinein stöhnt, reagiert mein Unterleib prompt. Betty haucht mir einen zärtlichen Kuss auf die Lippen und kniet sich vor mich.

Sie sieht noch einmal zu mir hoch und schenkt mir ein Lächeln, ehe sie meinen Schwanz mit ihrer Zunge bespielt. Ich lege den Kopf in den Nacken, schließe die Augen und genieße ihre Künste. Es vergehen Sekunden, in denen ich alles um mich herum vergesse. Ich bin einfach nur geil auf diese Frau, will sie vögeln, sie glücklich machen und ...

Doch urplötzlich schießen mir Bilder durch den Kopf. Ein Geldberg bestehend aus zwei Millionen Dollar, eine fies grinsende Meredith und eine abwertend dreinschauende Rothaarige. Als dann auch noch Betty von mir ablässt, aufsteht und mich mitleidig ansieht, wird mir klar, dass ich das heute nicht kann und es mir auch nicht zur Ablenkung nützt. Jetzt kann ich wegen dieser ganzen Scheiße noch nicht mal mehr in Ruhe vögeln. Prima! Was für ein Dreck!

„Du bist nicht bei der Sache. Was ist denn los?", erkundigt Betty sich.

„Ich hab im Moment einfach so viel Mist um mich herum ..." Ich beende meinen Satz vorzeitig, denn wenn ich eins nicht brauche, ist es jemanden zum Reden. Ich mache meine Probleme mit mir allein aus.

„Verstehe. Dann sollten wir das Ganze wohl doch besser verschieben", gibt sie sich verständnisvoll, lässt von mir ab und zieht sich den Mantel wieder an. Sie haucht mir noch ein Küsschen auf die Wange und wendet sich von mir ab. „Meld dich bei mir, wenn du wieder einen Kopf für mich hast."

„Mach ich", rufe ich ihr noch hinterher, ehe sie die Tür hinter sich schließt.

„Fuck!", schreie ich. Jetzt funktioniert noch nicht mal mehr das! Ich gehe ins Badezimmer, ziehe meine Sportsachen an und beschließe, in den Fitnessraum zu gehen. Dann muss ich mir das Scheiß-Hirn eben freilaufen!

***

Eine Stunde lang renne ich, was das Zeug hält. Es herrscht eine angenehme Stille um mich herum. Dicke

Schweißtropfen perlen mir über die Stirn. Meine unbefriedigte Erregung habe ich inzwischen ausgeschwitzt, jetzt muss ich noch etwas gegen meinen restlichen Frust unternehmen.

Ich hüpfe vom Band, nehme die Flasche Wasser, die ich neben das Laufband stellte, und trinke einen ganzen Liter auf ex. Speicher aufgefüllt, jetzt kann ich die nächste Sache ausschwitzen. Ich springe wieder aufs Band und laufe weiter.

Die blöde Idee meiner Großmutter wird mich noch in den Wahnsinn treiben. Ich habe keine Zeit und auch keine Nerven, über einen neuen Plan nachzudenken, wie ich an das gottverdammte Geld kommen soll. Ich erhöhe die Geschwindigkeit des Laufbands und renne um mein Leben ...

„Sie haben es wohl ganz eilig." Eine belustigt klingende Frauenstimme, die urplötzlich hinter mir ertönt, lässt mich zusammenfahren.

Ich sehe mich über die Schulter hinweg um und erblicke Tammi. Sie trägt eine schwarze, enge Leggings und ein weißes, eng anliegendes Trägertop. Das Hirngespinst Nummer drei, das mir den Abend mit Betty versaute, in voller Pracht.

„Du musst wohl deinen Burger abtrainieren", murmele ich.

Sie hängt sich ein rosa Frotteetuch um den Hals, geht zu einem Rad und setzt sich darauf, ohne mir eine Antwort zu geben. Aus dem Augenwinkel beobachte ich ihr Tun. Sie tritt wie eine alte Oma in die Pedale.

„Ich hasse Sport", höre ich sie nach einer Weile vor sich hin murmeln.

Sehe ich auch so. Ich halte mein Laufband an und gehe zu ihr. „Warum trainierst du dann?"

Tammi verschränkt die Arme vor der Brust und sieht mich giftig an. „Weil ich es kann."

Ich wische mir den Schweiß aus dem Gesicht. Du kleines, biestiges Luder. Ich würde dich am liebsten ... Ich presse die Lippen aufeinander und versuche, meine unchristlichen Gedanken zu vergessen.

„Sie haben da Farbe an der Wange", teilt sie mir mit einem abfälligen Blick mit und deutet auf meine rechte Gesichtshälfte.

Ich wische mit dem Handtuch, das ich mir um den Hals hängte, darüber und sehe rote Spuren am weißen Frottee. Bettys Lippenstift. Wasserdichter Mist! „Warum hast du mich angelogen?", lenke ich schnell von mir ab.

„Wer hat Sie denn diesmal angesprungen? Sie duften diesmal nicht nach Eukalyptus, also war es wohl kein Koala ..." Sie kraust die Nase. „Riecht im Moment eher nach Fuchsbau."

Will sie mir damit sagen, dass ich stinke? Das ist ja wohl nun definitiv nicht der Fall! Sie will mich ganz offensichtlich aus der Fassung bringen, aber das kann sie vergessen. „Wieso hast du mir nicht gesagt, dass du Liebesromane schreibst?", gehe ich nicht auf ihre Spitzfindigkeiten ein.

Sie springt mit einem Satz vom Rad. „Wer hat Ihnen das erzählt? Jordan?"

„Nein, Mister Google", antworte ich ehrlich.

„Sie haben mich gegoogelt? Warum?"

Ihre Frage ist berechtigt, aber ich kann sie ihr nicht beantworten, denn über das Warum bin ich mir selbst nicht wirklich im Klaren. „Wieso bist du hier, wenn du Sport hasst?"

„Wenn Sie mir ständig Gegenfragen stellen, wird das hier nie eine anständige Unterhaltung", erwidert sie.

„Du willst also eine Unterhaltung mit mir führen, klingt gut. Wie wäre es, wenn wir ein wenig frische Luft schnappen gehen?", schlage ich vor.

Sie sieht mich abwartend an.

„Das war mein Ernst."

Sie nickt verhalten. „Also gut, alles ist besser, als diese Mordinstrumente benutzen zu müssen."

Ich halte ihr die Tür auf. „Wie schaffst du es, mit den Essgewohnheiten und der Sportverweigerung deine Figur in Form zu halten?"

Tammi geht an mir vorbei, dreht sich dann aber noch einmal zu mir um. „Gute Verdauung, schätze ich." Sie geht mit schnellen Schritten zielstrebig in Richtung Ausgang. Ich folge ihr und begutachte dabei ihr wohlgeformtes Hinterteil.

So viel zum Thema: Lass die Finger von Rothaarigen!

Kapitel 9

Tammi

Keine Ahnung, wieso ich Tyrons Vorschlag zustimmte. Jordan gängelte mich wegen meines fettigen Burgers beim Essen so sehr, dass ich ihm versprach, mich danach eine Stunde lang zu bewegen. Warum ich mich darauf einließ, ist die zweite Frage, die mir durch den Kopf spukt. Ich hasse Fitnessräume. Beine vertreten ist okay, aber warum ausgerechnet mit Tyron?

Der Kerl, der in seinem schwarzen Sportoutfit nicht mehr annähernd so angsteinflößend auf mich wirkt, als wenn er Anzüge trägt, starrt mir aufs Hinterteil, das spüre ich. Sicher denkt er: Die beiden mit Burger und Pommes gezüchteten Arschbacken.

Vor dem Hotel bleibe ich stehen, atme mehrmals tief durch und sauge die frische Meeresluft tief in meine Lungen.

Tyron tritt vor mich. „Wollen wir an den Strand gehen?"

Er will wirklich mit mir spazieren gehen? Und das, nachdem ich ihn heute am Pool so blöd von der Seite angequatscht hatte? Der hat wirklich Nerven.

„Ja, wieso nicht?", stimme ich zu. Vielleicht bekomme ich ja doch noch mehr aus ihm heraus. Dass dieser Typ Mann überhaupt einen Fuß vor sein Hotel setzt, um einen nächtlichen Spaziergang zu machen, hätte ich bis eben auch nicht für möglich gehalten. Er ist wie eine Überraschungsbox.

Als wir den Strand erreichen, ziehe ich meine Schuhe aus und grabe meine nackten Füße in die kleinen, kalten Körner. Tyron beobachtet mich skeptisch. „Versuchen Sie es doch auch mal", sage ich und deute auf seine Turnschuhe.

Er verzieht das Gesicht und schüttelt den Kopf. „Nein, danke."

„Wieso laufen Sie denn nicht hier unten? Die Luft ist um einiges besser als in diesem stickigen Raum", versuche ich, eine Unterhaltung anzufangen.

„Ich mag weder das Meer noch den Strand", gibt er zu und setzt sich dann langsam in Richtung Wasser in Bewegung.

„Und wieso sind Sie dann jetzt hier?", hake ich nach.

Er bleibt stehen, steckt die Hände in die Hosentaschen und sieht mich vergnügt an. „Weil du offensichtlich keinen Bock auf Sport hattest und du aber ..." Er hält kurz inne und tritt noch einen Schritt näher an mich heran. „Moment, lass mich raten ... du Jordan versprochen hast, dich zu bewegen, da du gesündigt hast."

Seine Nähe macht mich nervös, also weiche ich einen Schritt zurück. Was ist er, Hellseher? „Wie kommen Sie denn darauf?"

„Ich habe für euch den Tisch reserviert und ... Ach, ist doch auch nicht so wichtig, erzähl mir lieber von deiner Arbeit", wechselt er das Thema abrupt.

Jordan bat ihn, die Reservierung für uns vorzunehmen? Was dachte er sich nur dabei? Wieso ließ er mich das nicht machen? Wahrscheinlich dachte er einfach überhaupt nicht, das kommt auch des Öfteren bei ihm vor. Und dass der Manager sich tatsächlich für mich und meine Schreiberei interessiert, ist ebenfalls schwer vorstellbar. Die beiden werden dieses Treffen doch nicht etwa eingefädelt haben? Ich hoffe nicht. Nein, wieso sollte mein Freund das tun? Ich leide mal wieder unter Verfolgungswahn – glaube ich.

„Was wollen Sie denn wissen?", frage ich schließlich, nachdem ich beschlossen habe, mich auf diese Unterhaltung so gut es geht einzulassen.

„Du schreibst also Liebesschnulzen. Wieso hast du mir das verheimlicht?", fragt er missgestimmt.

Schon wieder! Ich zucke die Schultern. „Keine Ahnung, es war einfach nicht wichtig."

„Wenn du also denkst, Dinge wären nicht wichtig, lügst du die Menschen an, sehe ich das richtig?" Tyron geht einen Schritt langsamer.

Nicht nur Hellseher, sondern auch noch Psychologe. „Sie haben doch auch Ihre Gründe, die komische Verbindung zu Meredith geheim zu halten. Jeder hat für alles irgendwelche Gründe", antworte ich leicht flapsig.

Tyron atmet hörbar aus. „Das eine hat mit dem anderen doch gar nichts zu tun. Kennst du das Wörtchen privat?" Er sieht mich so streng an, dass ich mich ein weiteres Mal wie ein kleines Schulmädchen fühle. Ich nicke. „Gut, dann erkläre ich dir jetzt den Unterschied. Das, was zwischen Meredith und mir war, ist privat, aber das, was du machst, ist ganz und gar nicht privat. Wenn man deinen Namen googelt, landet man in einem Online-Shop. Du bist also eine öffentliche Person."

Meine Güte, was ist er nur für ein Klugscheißer. „Ja, Sie haben recht", gebe ich zähneknirschend zu.

„Also, ich höre", fordert er eine Erklärung ein.

„Ich weiß überhaupt nicht, warum ich Ihnen davon erzählt habe, normalerweise mache ich das nicht."

„Und wieso nicht?" Tyron dreht den Kopf zu mir und sieht mich abwartend an. Er scheint meine Unsicherheit zu spüren, denn mit einem Mal setzt er sich in den Sand, sieht zu mir hoch und stellt eine andere Frage: „Was hast du vorher gemacht? Ich meine beruflich."

Einerseits komme ich mir vor wie bei einem Verhör, andererseits ist er der erste Mensch seit Langem, der mich etwas fragt und dabei tatsächlich den Eindruck erweckt, ich würde ihn interessieren.

„Ich war Journalistin bei einer Tageszeitung", gehe ich auf die zweite Frage ein und ignoriere die erste. Auf die wüsste ich auch gar keine Antwort.

Jordan findet es bis heute dämlich, dass ich mich verstecke. Er meint, die Social-Media-Kanäle und der Kontakt zu meinen Lesern würden viel besser funktionieren, wenn sie ein Bild von mir vor Augen hätten. Ich bin da ganz anderer Meinung. Sie sollen mögen, was ich schreibe, und nicht, wie ich aussehe. Es ist wohl eine Art Selbstschutz. Was, wenn sie mein zweites Buch hassen? Es womöglich zerreißen und mich gleich mit in der Luft zerfetzen? Das alles könnte ich viel besser ertragen, wenn die Leute mein Gesicht nicht kennen.

Ich glaube, ich habe einfach nur Angst. Ja, panische und nackte Angst zu versagen, an den Pranger der Literatur gestellt, verhöhnt, verspottet und ausgelacht zu werden. Jordan sagt, sobald man in der Öffentlichkeit steht, braucht man ein dickes Fell. Ich habe definitiv keins. Dafür aber eine ausgeprägte Angststörung.

„Du bist Journalistin. Deshalb bist du so schlagfertig und spitzzüngig." Tyron stellt die Beine auf, legt die Arme darauf und sieht aufs Meer hinaus.

Ich setze mich neben ihn. Wenn er wüsste, wie ich wirklich bin. „Und warum sind Sie so eiskalt und ...?" Mir schnürt es den Hals zu, als Tyron sich mir zuwendet und mir tief in die Augen sieht.

„... und was?", bohrt er mit dunkler Stimme nach.

„Berechnend. Ja, genau berechnend", presse ich leise hervor.

Tyron verengt die Augen zu Schlitzen. „Was bringt dich zu der Annahme, ich sei eiskalt und berechnend?"

„Warum sind Sie mit mir hier? Was wollen Sie?"

Er räuspert sich, und ich sehe ihm an, dass er sich diese Frage bisher selbst nicht stellte. Berechnung war das hier jedenfalls nicht.

„Ich wollte mit dir eine Unterhaltung führen", macht er mir glaubhaft klar.

„Dafür sind Sie ziemlich verschlossen."

Tyron atmet hörbar ein und aus. Irgendetwas bedrückt ihn. „Ich lebe für meine Arbeit, für dieses Hotel hier, das ist das Einzige, was für mich zählt."

„Und Frauen", purzelt es unaufhaltsam aus mir heraus.

Er verzieht den Mund zu einem zaghaften Lächeln, was ihn gleich viel attraktiver wirken lässt, und wischt sich nebenbei über die Wange, die bis vor Kurzem mit Lippenstift verschmiert war. „Ich liebe schwarze Zahlen", weicht er meiner Anspielung aus.

„Und ich Buchstaben."

Tyron sieht wieder aufs Meer hinaus. „Wieso lebst du mit Jordan zusammen?"

„Jordan und ich sind zusammen aufgewachsen. Ich habe eine schwierige Zeit hinter mir und er nahm mich quasi bei sich auf. Das ist auch schon die ganze Geschichte", beantworte ich seine Frage ehrlich, aber so kurz wie möglich. Wenn ich über eins nicht mit ihm sprechen will, dann über die Sache mit meinem Ex und wie ich ihn in flagranti mit dieser Frau erwischte.

Eine Weile stellt sich Schweigen zwischen uns ein. Ich betrachte den Mond, wie er stolz am Himmel steht und die Wasseroberfläche mit seinem Schein zum Glitzern bringt.

„Lass mich raten, es war ein Mann. Du wurdest enttäuscht und Jordan nahm dich bei sich auf", reimt er sich die Wahrheit zusammen. Woher weiß er das? Ich antworte ihm nicht, sondern seufze nur leise. „Das erste Buch, handelt das von dir?", setzt er noch eins oben drauf.

„Zu privat", murmele ich.

Tyron nickt. Ich lasse mich nach hinten fallen, nehme die Hände hinter den Kopf und betrachte den Sternenhimmel. „Warum stehen Frauen auf Männer, die sie scheiße behandeln?" Dass ich ihm diese Frage stelle, kann ich selbst kaum fassen.

Er beugt sich über mich und sieht mich skeptisch an. „Ist das dein Ernst?" Sein Kinn zittert leicht. Sicher wird er gleich lauthals loslachen. Der Adamsapfel in seinem Hals wandert auf und ab. „Du bist doch hier die Fachfrau in Sachen Liebe. Mich brauchst du dazu nun wirklich nicht befragen."

„Sie halten wohl nicht viel davon?", hake ich nach.

Er kraust die Nase. „Ich hab mir darüber noch nie Gedanken gemacht und habe es auch weiterhin nicht vor. Das Einzige, was mir ..."

„Ja, ja, ich weiß, Ihr Hotel", unterbreche ich ihn und äffe ihn dabei nach. „Wieso ist es Ihnen so wichtig?"

„Ich bin hier groß geworden und dadurch mit dem Betrieb verwachsen, und als meine Großmutter starb, erbten meine Brüder und ich das gute Stück", klärt er mich auf.

„Sie haben Brüder?", versuche ich ihm endlich etwas mehr Informationen aus der Nase zu ziehen.

„Dashiel ist der jüngste von uns. Er ist, sagen wir mal, schwierig. Er hat auf das Hotel keine große Lust, aber er kümmert sich, so gut er es kann, um die Finanzen, und Micah, der mittlere, ist für das Freizeitprogramm zuständig. Ihn findest du meistens am Strand bei den Pferden. Aber auch für ihn ist das Hotel nicht die Erfüllung seiner Träume."

Er scheint deshalb unter Druck zu stehen, das kann ich seiner Tonlage entnehmen. Ihm bedeutet dieses Erbe alles, seinen Brüdern aber nicht ansatzweise so viel. Jordan hatte also mit seiner Annahme recht, dass es Tyron ausschließlich um sein Hotel geht. Ist er deshalb so verbittert? Weil er zwanghaft versucht, alles zu geben und das Ding nicht an die Wand fahren will? Dass er es mit diesem heimeligen Hotel in dieser Gegend nicht leicht hat, kann ich mir mehr als nur gut vorstellen. In ihm tobt also das gleiche Feuer wie in mir: Existenzangst. Und dass er um das Erbe seiner Großmutter kämpft, lässt ihn sogar etwas sympathisch wirken.

Der Wind nimmt zu und wirbelt den Sand auf. Ich setze mich wieder auf und wische mir übers Gesicht. In diesem Moment erreicht eine Brise von Tyrons Parfüm, durchzogen von seinem Eigengeruch, meine Nase. Er riecht gar nicht so schlecht.

Das Wichtigste ist es, sein Gegenüber riechen zu können, das sagte meine Mutter immer. Früher verstand ich diesen Spruch nicht, heute schon. Allerdings glaube ich, dass mit meinem Riechorgan etwas nicht stimmt. Denn hätte ich ein gutes Näschen für nette, aufrichtige Menschen, wäre ich nicht auf meinen Ex hereingefallen. Auf dieses Organ sollte ich mich also besser nicht mehr verlassen.

Auf meine Augen allerdings auch nicht. Ich trug viel zu lange Scheuklappen, bis ich erkannte, was schon lange Zeit hinter meinem Rücken zwischen ihm und dieser Schlampe lief. Und auf meine Ohren ist auch kein Verlass. All die Lügen, die mein Ex mir auftischte, glaubte ich ihm. Auf was also kann ich mich dann überhaupt verlassen? Mein Herz ist es ganz bestimmt nicht, denn das liegt seit der Trennung in Schutt und Asche.

Mein persönliches Resümee über mich selbst: Ich bin komplett am Arsch.

„Warum sind Sie dann hier? Und wieso führen Sie dieses Hotel nicht allein?", setze ich die Unterhaltung fort.

Tyron steht so abrupt auf, dass mir klar wird, dass das sein wundester Punkt sein muss. Er schüttelt sich den Sand von der Kleidung. Sein Gesicht ist dabei nahezu schmerzhaft verzogen. „Ich muss noch arbeiten. Wir sollten das hier beenden."

Der Kerl ist verschlossener als ein Tresor. Ich erhebe mich, nehme meine Schuhe und gehe voraus.

Kurz bevor wir den Hoteleingang erreichen, laufe ich Jordan in die Arme.

„Wo warst du?", schreit er aufgeregt.

„Am Strand. Wieso?", frage ich verständnislos.

„Du hast gesagt, du gehst in den Fitnessraum. Ich habe dich dort gesucht. Weißt du, wie gefährlich es ist, hier draußen nachts allein zu sein?"

Also, jetzt spinnt er. „Mich würde doch keiner freiwillig klauen", feixe ich.

Jordan, der mich mit bösen Blicken zurechtweist, verschränkt die Arme vor der Brust. „Weißt du, dass sie gestern nicht weit von hier eine Leiche am Strand gefunden haben und der Mörder immer noch nicht gefasst ist!?"

Mörder ... Leiche ... wie bitte? Mir jagt es einen eiskalten Schauer über den Rücken. „Wieso ... hast du mir das nicht früher erzählt?", stammele ich erschrocken.

„Weil ich dir keine Angst machen wollte. Denkst du, ich sage dir umsonst, du sollst in den Fitnessraum gehen?"

Ich nehme Jordan in den Arm und streiche ihm entschuldigend über den Rücken. Jetzt verstehe ich sein Verhalten, obwohl er selbst schuld daran ist. Ein Mord, ich fasse es nicht!

„Keine Sorge, sie war mit mir hier", vernehme ich Tyrons Stimme hinter mir.

Jordan, der ihn erst jetzt zu bemerken scheint, lässt von mir ab und sieht abwechselnd zwischen uns hin und her. „Ihr beide allein im Dunkeln. Wo wart ihr?"

„Ich habe Tammi im Fitnessraum getroffen, wollte gerade laufen gehen und fragte sie, ob sie mich begleiten will", verdreht Tyron die Tatsachen.

„Du hast also wirklich Sport gemacht", stößt mein Freund fassungslos aus.

„Ja, hat sie", bestätigt Tyron. Wieso lügt er denn?

Jordan kratzt sich am Kinn, dreht sich kopfschüttelnd von uns weg und geht zurück ins Hotel. „Ich warte drinnen auf dich."

„Diesen Quatsch hat er Ihnen niemals abgenommen", rüge ich Tyron. „Wieso erzählen Sie auch so einen Mist?"

„Ich wollte dir nur Diskussionen ersparen." Er stellt sich direkt vor mich und funkelt mich an. „Ich würde dich übrigens schon klauen."

Ich trete einen Schritt zurück und nehme eine abwehrende Haltung ein. „Blöde Anmache."

„Ich will dich nicht anmachen." Dass das eine Lüge ist, sehe ich ihm an der Nasenspitze an.

„Ach nein, wieso nicht? Ich dachte, Sie stehen auf schlagfertige Frauen", kontere ich.

Tyron kommt wieder näher, sieht mir tief in die Augen und streicht mir mit dem Daumen über die rechte Wange. Ihm liegt etwas auf den Lippen, doch er sagt nichts, atmet nur einmal tief aus und lässt dann wieder von mir ab.

Die unerwartete Berührung bringt mich vollends aus der Fassung. Mein Gesicht beginnt zu glühen. Verschämt senke ich den Blick und suche nach passenden Worten, um mich schnellstmöglich von ihm zu verabschieden. „Das mit dem Fuchsbau war übrigens nicht ernst gemeint. Sie riechen nicht nach Fuchs." Ich wende mich von ihm ab und gehe zielstrebig in Richtung Hoteleingang.

Etwas Dümmeres hätte mir nicht einfallen können! „Also ehrlich, Tammi", schimpfe ich mich selbst.

„War das etwa ein Kompliment?", ruft er mir noch hinterher.

„Nur eine ernstgemeinte Entschuldigung", antworte ich, ohne mich nach ihm umzudrehen.

Als ich den Flur erreiche, auf dem mein Zimmer liegt, hole ich tief Luft. Was für ein peinlicher Auftritt! Sie riechen nicht nach Fuchs. Ich glaube, ich spinne. Mit zittrigen Fingern und wild pochendem Herzen öffne ich die Tür und gleich darauf ereilt mich der nächste Schock.

„Was machst du denn hier?", frage ich erschrocken, als ich Jordan entdecke.

Er liegt breit grinsend auf dem Sofa und sieht mich abwartend an. „Aufschließen, Tür öffnen, reingehen. Du weißt doch, wie so was funktioniert, und jetzt lenk nicht ab, sondern erzähl, was bei dir los war."

„Weißt du, wie sehr du mich erschreckt hast?!", zische ich.

„Jedenfalls bist du knallrot im Gesicht. Du warst also wirklich laufen."

Ich fasse mir an die Wangen und spüre die Hitze, die aus mir herausströmt. „Gut, dann weißt du ja jetzt Bescheid", will ich ihn abwimmeln.

„Nein, so leicht kommst du mir nicht davon. Du und Tyron. Ich dachte, du hast Angst vor ihm und kannst ihn nicht leiden und dann gehst du mit ihm laufen?" Er runzelt die Stirn.

„Vielleicht habe ich ja meine Meinung über ihn grundlegend geändert", eröffne ich ihm und grinse frech.

Jordan schüttelt den Kopf. „Die Wahrheit", fordert er in strengem Ton.

Ich stöhne genervt. „Also gut, mein Plan war es, mich an seine Fersen zu heften, um herausfinden, was die Frauenwelt an ihm findet, und ihn dann in meinem neuen Buch zu verbraten. Ich wollte aus seiner Persönlichkeit meinen neuen Protagonisten basteln."

„Ich dachte, du willst mich einbauen", sagt er gespielt enttäuscht.

Ich setze mich zu ihm und hauche ihm ein Küsschen auf die Wange. „Dafür liebe ich dich zu sehr", greife ich seinen Satz von vor ein paar Tagen wieder auf. „Ich kann dich nicht ausbeuten."

„Aber ihn schon, verstehe."

Ich winke ab. „Nein, die Idee war blöd."

„Und weshalb? Er ist doch ein adretter Kerl und die Weiber stehen auf ihn. Daraus könntest du sicher einen super Typen kreieren."

Ich lasse die Schultern hängen. „Dachte ich anfangs auch, aber weißt du, was mir heute bewusst geworden ist? Er ist genau wie du. Er lebt ausschließlich für seine Arbeit und benutzt die Frauen nur. Von Liebe keine Spur", stelle ich ernüchtert fest.

„Dann hilf ihm, sich zu ändern", findet Jordan.

Ich stehe auf und gehe in Richtung Badezimmer. „Das ist ganz sicher nicht meine Aufgabe. Darf ich jetzt duschen?"

„Natürlich ist das deine Aufgabe. Du bist schließlich die Autorin der Geschichte." Er spricht von meinem männlichen Protagonisten und nicht von Tyron. Klar!

„Du meinst also, ich soll aus einem selbstverliebten, herzlosen Arbeitstier einen echten Kerl mit weichem Kern machen?"

Er zuckt die Schultern. „Wenn Frauen auf so was stehen, dann ja. Es soll ja schließlich ein Bestseller werden."

Der hat Träume! „Wir sehen uns morgen beim Frühstück", verabschiede ich mich mit einem Lächeln von meinem Freund und betrete das Bad.

Ob ich Jordans Vorschlag wirklich in die Tat umsetzen soll? Einen Tyron Pine in einen Menschen mit Herz verwandeln? Ich weiß nicht, ob mir das gelingen würde. Einen Versuch wäre es aber wert und meine taffe Protagonistin hätte ein gutes Gegenstück.

Das erste Mal seit Wochen kribbelt es mir wieder in den Fingern. Ich will schreiben, ja, mir schoss sogar gerade eine passende Anfangsszene in den Sinn. Das wird wohl eine lange Nacht ...

Kapitel 10

Tyron

Meine vier Stunden Schlaf, die ich mir normalerweise genehmige, reduzierten sich auf genau eine. Ich bekam kein Auge zu. Die rothaarige Schönheit, die ich immer noch nicht richtig einschätzen kann, raubt mir nun schon meine Erholung. Wie kam ich nur auf die dumme Idee, sie auf einen Strandspaziergang einzuladen? Ich habe im Moment komplett andere Sorgen als diese Frau, und dennoch geht sie mir nicht mehr aus dem Kopf.

Als mit einem Mal unerwartet meine Bürotür aufgerissen wird, entreißt es mich meiner wirren Gedanken über sie.

„Tyron, du blödes Arschloch!", tobt mein kleiner Bruder und knallt mir einen der Post-its, mit denen ich heute Nacht sein Zimmer dekorierte, wutschnaubend auf den Schreibtisch.

„Guten Morgen, Dashiel, gut geschlafen?", begrüße ich ihn freundlich, ohne ihn direkt anzusehen.

„Wie kommst du dazu, diese Scheiße bei mir zu verteilen?", schreit er und haut mit der flachen Hand auf den Tisch.

„Damit du deine Aufgabe nicht vergisst", antworte ich ihm.

Dashiel zieht nun die restlichen Zettel aus seiner Hosentasche und wirft sie mir ins Gesicht. „Du hast einen Post-it auf Laneys Kopf geklebt! Dir haben sie echt ins Hirn geschissen!"

Ich lehne mich im Stuhl zurück und verschränke die Hände im Schoß. „Ich kann deine Süße echt gut leiden, aber dein ganzes Leben dreht sich nur noch um sie, und ich habe Angst, dass du vielleicht in alte Muster zurückfällst. Deshalb habe ich ihr den blöden Post-it auf die Stirn geklebt."

Mein kleiner Bruder ist kurz davor, wie ein wild gewordenes Rumpelstilzchen um meinen Schreibtisch herum zu tanzen. „Das war ein Einbruch!"

Ich muss mir das Lachen verkneifen. Das sagt gerade er. „Dann weißt du ja jetzt, wie es ist, wenn man bemerkt, dass sich jemand unaufgefordert in den eigenen vier Wänden bewegt hat."

Meine Aussage kommt nicht von ungefähr, denn mein kleiner, verrückter Bruder ist ein Adrenalin-Junkie und ihm ist kein Abenteuer zu verrückt. Früher brach er regelmäßig in fremde Häuser ein, um dort in Abwesenheit der Besitzer zu übernachten. Ob er das heute noch macht, will ich nicht wissen. Es interessiert mich schlichtweg nicht mehr. Er hat jetzt seine Freundin, die soll sich um seine kriminellen Machenschaften kümmern. Ich hatte damit genug Sorgen am Hals.

„Die Ironie, die mir heute mal wieder aus deiner Richtung entgegenweht, ist ganz großes Kino! Deinen Scheiß-Humor kannst du dir echt langsam mal abgewöhnen." Seine blauen Augen funkeln giftig. Er tippt mit dem Zeigefinger auf die Schreibtischplatte und fixiert mich. „Ich erledige meine Aufgaben, und zwar täglich."

„Und wo ist dann die Bilanz, auf die ich seit zwei Stunden warte?", bleibe ich ruhig.

Dashiel, der schon immer ziemlich schlau war, scheint es eher zu kapieren als ich selbst. Er baut sich vor mir auf, drückt die Brust raus, verschränkt die Arme und grinst mich plötzlich überheblich an. „Wo sind denn meine Unterlagen?"

„Die habe ich dir geschickt. Vielleicht solltest du dein E-Mail-Postfach mal wieder aufräumen."

Er schüttelt den Kopf. „Nein, hast du nicht!"

Will er jetzt auch noch mit mir diskutieren? „Hör zu, ich bin gerade echt beschäftigt, geh deine Unterlagen suchen und schick mir endlich die blöde Bilanz", fordere ich ihn auf.

„Würdest du mich nicht noch immer kontrollieren wollen, hätten wir jetzt kein Problem", schimpft er. „Mir fehlt die gestrige Tagesabrechnung. Ich hab sie für dich an der Rezeption hinterlegt und du hast sie mir bis heute nicht korrigiert zurückgeschickt", fühlt er sich im Recht. Das Wort „korrigiert" sagt er dabei in einem extrem abfälligen Ton, da er genau weiß, dass er keine Fehler macht, und er hasst es, dass ich trotzdem immer etwas auszusetzen habe.

Ich hole die zerknitterten Unterlagen aus meiner Schreibtischschublade und wedele damit herum. „Du meinst die Fetzen hier?"

Dashiel weiß sofort, worauf ich anspiele. „Ich war in Eile und Kate kann auch echt schlecht fangen."

Ich fahre mir mit der flachen Hand übers Gesicht. „Und genau das meine ich."

„Was meinst du denn? Wie wäre es, wenn du es einfach akzeptierst, dass ich dir deine Scheiß-Zahlen maile und nicht auch noch ausdrucken muss, das würde mir Zeit ersparen. Du müsstest dich auch nicht mehr über so ein läppisches Eselsohr ärgern und würdest vielleicht eher merken, dass du sie mir nicht zurückgeschickt hast."

Ohne mich von Dashiel abzuwenden, versuche ich, einen Blick auf die gestrige Tagesabrechnung in meiner Hand zu erhaschen. Normalerweise prangt direkt auf der ersten Seite ein fetter, roter Erledigt-Stempel. Doch, er fehlt. Tatsache!

Mein kleiner, gerissener Bruder bemerkt meine aufkommende Unsicherheit sofort und lacht lauthals los. „Der große Tyron Pine! Ich fasse es nicht."

„Die Mail ist sicher irgendwo hängen geblieben", flunkere ich, denn mir wird in diesem Moment bewusst, dass ich sie tatsächlich nicht abschickte.

Mein kleiner Bruder, der sich vor Lachen den Bauch hält, rennt um den Schreibtisch herum, schiebt mich mitsamt Stuhl zur Seite und senkt den Blick auf den Bildschirm. „Wollen wir doch mal sehen ..."

Was ich absolut nicht leiden kann, ist, wenn jemand unaufgefordert meine Sachen begrapscht. Ich versuche also, ihn wieder wegzuschieben, doch Dashiel wehrt sich vehement dagegen und sieht mich mit einem ernsthaft entsetzten Gesichtsausdruck an. „Alter, was stimmt nicht mit dir?" Er senkt den Blick wieder auf den Bildschirm und liest laut vor: „Meine Augen füllten sich mit Tränen, als ich die beiden zusammen sah.

Mein Herz zerbrach in diesem Augenblick in tausende kleine Scherben und ..."

„Hör auf damit", schreie ich.

Dashiel springt erschrocken zur Seite. „Sag mal, hab ich irgendwas verpasst? Du stehst auf Frauenromane? Warum?" Er kann sich einen weiteren Lachanfall nur schwer verkneifen.

„Das ist Recherche!", fauche ich.

Dashiel verzieht sich wieder vor den Schreibtisch und sieht mich fragend an, während ihm eine einzelne Lachträne aus dem rechten Augenwinkel kullert. „Was zum Teufel recherchierst du? Ob du Gefühle hast? Ich kann dir eins mit Sicherheit sagen: Du hattest noch nie welche und wirst auch nie welche haben. Du bist ein alter Eisklotz", prustet er. „Und falls es hier um die zwei Millionen geht und wie du endlich Grandmas Aufgabe erfüllen kannst, muss ich dich ebenfalls enttäuschen: In solchen Romanen findest du die Antwort darauf garantiert nicht."

„Du blöder Wichser", entfährt es mir. „Ich kümmere mich eben um unsere Hotelgäste, will sie verstehen, erfahren, wie sie ticken, damit ich ihnen jeden Wunsch von den Augen ablesen kann."

Dashiel deutet auf den Bildschirm. „Das heißt, die Autorin ist unser Gast?"

„Ja, du Schnellchecker."

„Seit wann interessierst du dich denn für andere Menschen, hä?", kontert er flapsig.

„Schon immer!"

„Ach ja?" Er zieht mit dem Zeigefinger das linke Augenlid nach unten. „Alles klar, und wenn ein Koch bei uns eincheckt, kochst du seine Rezepte nach, und wenn ein FBI-Agent kommt, löst du seine Fälle, oder wie? Nur um dich besser in die Menschen hineinversetzen zu können? Du kannst ja noch nicht mal deine eigenen Brüder oder Grandma verstehen."

„Da hast du allerdings recht."

„Und genau deshalb gab Granny dir diese Aufgabe, weil du ein arroganter Feigling bist, der jegliches Gefühl an sich abprallen lässt. Du wirst nie und nimmer eine Frau finden, die dich heiratet. Du kannst dir also dein verschissenes Erbe aus dem Kopf schlagen", stichelt er unaufhörlich weiter. „Also, was soll das mit diesem Roman?"

Ich nehme einen Block Post-its vom Schreibtisch und werfe ihm das Teil an den Kopf.

Dashiel verzieht das Gesicht und reibt sich die Schläfe. „Du bist ein Idiot."

Meine Wut steigt ins Unermessliche. „Raus hier!", brülle ich. Ich lasse mir ja vieles unterstellen, aber das geht zu weit.

Er wendet sich kopfschüttelnd von mir ab. „Kleine, arme, verlorene Seele", murmelt er vor sich hin. Im Türrahmen dreht er sich noch einmal zu mir um. „Und wenn du noch einmal deine Wichsgriffel an meine Freundin legst und sie mit irgendetwas beklebst, dann klebe ich dir eine, Tyron, das verspreche ich dir."

„Keine Sorge, das nächste Mal schreibe ich meine Message mit Edding auf ihre Brüste", schreie ich noch, ehe er die Tür hinter sich zuwirft.

Es dauert einige Atemzüge, bis ich mich wieder beruhige. Dass Dashiel sich mit mir anlegt, ist nichts Neues, dass er mich aber dabei ertappt, wie ich Tammis Buch lese, ist mir mehr als nur unangenehm. Wie konnte ich die Abrechnung nur vergessen und wieso lese ich überhaupt dieses schreckliche Buch? In mir tobt ein Wutgewitter wie noch nie zuvor.

Ich schalte den PC aus und verlasse das Büro. Ich brauche einen Tapetenwechsel, und zwar schnell.

***

Den Nachmittag verbrachte ich damit, meinen entgangenen Schlaf nachzuholen. Als ich aufwachte, war es bereits dunkel, und die Hoffnung, dass alles, was in den letzten Stunden passierte, nur ein böser Albtraum war, bestätigte sich leider nicht.

Wie konnte ich nur so dämlich sein und die Abrechnung vergessen? Klar, dass Dashiel mich deswegen verspottete. Noch nie vergaß ich in Bezug auf meinen Job auch nur eine klitzekleine Kleinigkeit und jetzt so was. Die idiotische Idee, nur kurz in Tammis Erstlingswerk reinzulesen, setzte meinem Ansehen erheblich zu. Ich machte mich vor meinem Bruder lächerlich.

Die Frau ist Gift für mich, so viel steht fest. Alles, was mit Frauen zu tun hat, ist nicht gut für mich, allen voran Grandmas dumme Aufgabe. Einen Teufel werde ich tun und heiraten – scheiß auf die Millionen.

Ich hätte Tammi schon gestern aus dem Weg gehen und sie nicht auch noch zu einem Spaziergang einladen sollen. Noch nie im Leben hatte ich so eine blödsinnige Idee. Noch einmal wird mir das mit Sicherheit nicht passieren.

Ich quäle mich aus dem Bett und beschließe, noch ein wenig trainieren zu gehen.

Im Fitnessraum ist heute wider Erwarten die Hölle los – gut, es sind nur vier Gäste, für meinen Geschmack allerdings vier zu viel. Wenn ich nicht sofort laufen kann, platze ich. Also tue ich das, was ich niemals tun wollte – ich verlege mein Training an den Strand.

Dort renne ich mir dann eine Stunde lang alles, was mir zuwider ist, von der Seele. Es ist ein unglaubliches Gefühl, wenn man all den Ballast, der auf einem liegt, einfach ausschwitzt.

Schnell atmend setze ich mich in den Sand, etwa an die gleiche Stelle, an der ich gestern mit dem roten Verderben saß, und lasse mir die grässliche, salzige Luft um die Nase wehen. Die Stille um mich herum besänftigt mich, auch wenn das Geräusch des schwappenden Wassers meine Gehörgänge verstopft.

Ich schließe die Augen, lege den Kopf in den Nacken und werde prompt nur eine Minute später aus meiner Entspannung gerissen.

„Na, heute schon jemanden beleidigt, ins Unglück gestürzt oder vernascht?", erklingt plötzlich die Stimme neben mir, die ich gerade dabei war, aus meinem wirren Kopf zu verbannen.

„Du solltest im Dunkeln nicht hier sein, hör auf deinen Freund", versuche ich, sie abzuwimmeln.

Doch Miss Liebesschnulze interessiert meine Aussage überhaupt nicht. Sie klopft mir stattdessen auf die Schulter und setzt sich zu mir. „Ich hab ja Sie. Sie sind groß und stark", verarscht sie mich ganz offensichtlich.

Mein Vorhaben, ihr aus dem Weg zu gehen, funktioniert ja wunderbar – nicht. Ich weiß nicht, warum, aber sobald sie in meiner Nähe ist, will ich sie gar nicht mehr loswerden. Mein Vorhaben, mich von ihr fernzuhalten, schwindet sekündlich. Normalerweise hasse ich Unterhaltungen, doch mit ihr rede ich komischerweise sehr gern. „Was machst du hier um die Uhrzeit?", will ich von ihr wissen.

„Frische Luft schnappen und Sie?"

„Sitzen und vor mich hinstarren", antworte ich.

„Klingt gut, ich mache mit." Tammi stellt die Beine auf, umklammert sie und legt ihr Kinn auf die Knie. Ihr langes, rotes Haar hängt dabei wie eine schwingende Gardine vor ihrem Gesicht.

„Und du: Heute schon jemandem die große Liebe angedichtet?"

Tammi dreht den Kopf in meine Richtung und sieht mich mürrisch an. Ihre blauen Augen funkeln im Mondlicht. „Im Moment ist mein männlicher Protagonist noch ein Arsch." Das letzte Wort presst sie hervor. Es scheint fast so, als würde sie mich damit persönlich ansprechen.

„Du schreibst ihm mit Sicherheit noch irgendwelche langweiligen Eigenschaften zu, so was wie: hilft gern beim Putzen, trägt seine Frau nur auf Händen und ..."

Tammi boxt mir unerwartet mit voller Wucht auf den Oberarm. Die Frau hat einen ganz schönen Schlag drauf. Die Stelle, die sie traf, tut ziemlich weh.

„Es hat Sie wohl heute jemand geärgert und nun denken Sie, ich fungiere als Ihr Boxsack. Bitte, tun Sie sich keinen Zwang an", grummelt sie.

Was hat sie denn plötzlich? Ihre Schlagfertigkeit ist mit einem Mal wie weggeblasen. In Bezug auf ihre Schreiberei scheint sie mehr als nur dünnhäutig zu sein.

„Ich habe mir heute die Leseprobe deines Buches angesehen", berichte ich.

Abrupt richtet sie sich kerzengerade auf und sieht mich fragend an. „Sie lesen Liebesromane?", fragt sie ungläubig.

Ich wedele abwehrend mit der Hand. „Woho, nein! Mich hat deine Arbeit interessiert, deshalb habe ich es mir nur kurz angesehen." Damit wurde ich heute schon einmal aufgezogen, das reicht mir. Dass ich über die Hälfte des Buches las und darüber meine eigene Arbeit vernachlässigte, werde ich ihr sicher nicht auf ihr süßes Näschen binden.

Auf ihr Gesicht wandert ein herzliches Lächeln. „Ich bin beeindruckt."

„Ich interessiere mich eben für meine Gäste", tue ich das Ganze ab. Ich wollte sie mit meiner Aussage nur etwas aufmuntern und das scheint geglückt.

„Und wie finden Sie es?"

„Erwartest du von mir jetzt ernst gemeintes Feedback?"

Sie grinst über beide Ohren, kneift aber gleichzeitig ein Auge zu. „Jup."

„Dir ist klar, dass ich weder ein Literaturkritiker bin noch auf solche Romane stehe, oder?", sichere ich mich ab. Sie nickt stumm. Ich hole tief Luft und versuche, Worte zu finden, die sie nicht verletzen. „Du kannst gut mit Buchstaben umgehen. Man konnte es gut und schnell lesen. Also würde ich mal sagen, es ist flüssig geschrieben. Zum Inhalt will ich mich lieber nicht äußern."

Meine eigenen Worte verunsichern mich. Bis zum jetzigen Zeitpunkt achtete ich noch nie darauf, was ich sage, wie ich es sage und ob es meinem Gegenüber vielleicht wehtun könnte. Bei Tammi ist das anders. In ihrer Nähe ist alles irgendwie anders. Leicht verunsichert von dem Hauch Empathie, der urplötzlich in mir aufkommt, stehe ich auf.

„Vielen Dank", freut sie sich und erhebt sich ebenfalls. „Und dass Sie den Inhalt verstehen, habe ich nicht erwartet, das ist eher ein Frauending."

„Nach meiner Einschätzung denken Frauen viel zu viel nach. Das halbe Buch besteht aus Gedankengängen. Was wäre wenn? Liebt er mich? Liebt er die andere? Was soll ich tun? ... Sind Frauen wirklich so kompliziert? Wenn ja, dann bin ich echt froh, keine zu sein. Was alles in weiblichen Köpfen vorgehen muss. Ich würde verrückt werden", platzt es nun doch aus mir heraus.

Tammi legt die Stirn in Falten. „Halbes Buch?"

„Ich ... na ja ... du weißt schon, was ich meine. In solchen Schinken steht doch immer das Gleiche", rede ich mich noch mehr ins Verderben.

„Schon gut, ich verstehe, was Sie mir sagen wollen", gibt sie sich jedoch wider Erwarten verständnisvoll.

Ich fahre mir durchs Haar. „Dann ist ja gut. Ich wollte dich nicht ..."

Tammi legt ihre Hand auf meinen Oberarm. „Reden wir doch lieber über Sie. Was ist mit Ihnen los? Sie wirken heute irgendwie, als wären Sie völlig durch den Wind."

Ihre Berührung lässt mich erschaudern. Durch den Wind trifft es ganz gut. „Ich hatte nur einen stressigen Tag, nichts weiter."

„Reden tut gut. Sie sollten es mal versuchen."

„Kein Bedarf, aber danke", mache ich ihr klar, dass ich nicht mit ihr über meine Probleme sprechen werde.

„Sie sind also so ein Alles-in-sich-rein-Fresser", stellt sie fest.

Ich stecke die Hände in die Hosentaschen und zucke die Schultern. „Möglich."

„Ich denke, ich habe für heute genug frische Luft geschnappt", will sie unsere Unterhaltung offensichtlich beenden. Sie streicht sich ein paar Haarsträhnen hinter die Ohren und will sich gerade in Bewegung setzen, als mich mein Innerstes dazu zwingt, sie aufzuhalten.

„Kannst du das mit dem dummen Sie nicht endlich sein lassen?", bitte ich Tammi, denn es geht mir gehörig auf die Nerven.

„Ehrlich gesagt will ich es nicht darauf anlegen."

„Auf was?", frage ich irritiert.

„Wer weiß, was passiert, sobald ich Sie duze." Sie deutet auf den wenigen Abstand, der noch zwischen unseren Körpern herrscht. „Hinterher fallen Sie noch wie ein wild gewordener Tiger in meinen Intimbereich ein und fressen mich mit Haut und Haar."

Ihre Vergleiche sind wirklich köstlich. „Warum versuchst du es nicht einfach und guckst, was passiert?", stachele ich sie an.

Tammi räuspert sich, streckt die Hand aus und hält sie mir hin. Als ich sie berühre und merke, wie sehr sie zittert, durchfährt mich ein Blitz. „Also gut ..." Sie hält für einen Moment inne. Ihre Augen werden so groß wie die eines kleinen Hundes, der Angst vor der Reaktion seines Besitzers hat, weil der entdeckt, dass der kleine Kläffer seinen nigelnagelneuen Turnschuh angefressen hat. „Ab sofort Tyron", sagt sie so leise und unsicher, dass mir ein eiskalter Schauer über den Rücken jagt.

Für einen Moment sehen wir uns tief in die Augen, und gerade als sich Tammi unserer Verbindung entziehen will, reiße ich sie an mich und küsse sie. Als sich unsere Lippen berühren, entfacht es ein merkwürdiges, bisher noch unbekanntes Gefühl in mir. Normalerweise kribbelt es zwischen meinen Beinen, sobald ich eine Frau in den Armen halte, aber heute – bei ihr – ist es anders, denn in meiner Brust beginnt der Muskel, der mich am Leben hält, wie wild zu pochen. Ihr Mund ist weich und sie schmeckt köstlich.

Als sie ihre Lippen öffnet, um meiner Zunge Einlass zu gewähren, folge ich ihrer Aufforderung sofort. Wir versinken in einem innigen Kuss. Meine Hände liegen unverfänglich auf ihrem Rücken und machen auch keine Anstalten, sie zu begrapschen. Als ihr jedoch ein leiser Seufzer entweicht, bäumt sich meine Männlichkeit auf. Mein Hirn schaltet ab und mein Unterleib will nur noch eins: Diese Frau, und zwar jetzt!

Kapitel 11

Tammi

Seine Lippen sind unglaublich warm und weich. Die Stoppeln seines Dreitagebarts kratzen ein wenig. Doch das stört mich absolut nicht, sondern entfacht eine kleine, bereits verloschen geglaubte Flamme wieder in mir. Seine Zunge tanzt wie bei einem hocherotischen Tango um meine. Mein Herzschlag erhöht sich, und ich genieße diese Zärtlichkeit, die ich schon so lange nicht mehr spüren durfte.

Zaghaft lege ich die Hand auf Tyrons muskulöse Brust und bemerke, dass auch sein Herz rast. Eine seichte Windböe trägt mir seinen Duft, der von einem orientalischen, holzigen Männerparfüm durchzogen wird, in die Nase. Dieser Geruch vernebelt mir vollends die Sinne, sodass mir ein leises Stöhnen entweicht.

Tyrons Reaktion darauf lässt mich auf der Stelle zusammenfahren. Seine Hände sind plötzlich überall auf meinem Körper. Das geht eindeutig zu weit. Schwer atmend stoße ich ihn von mir weg. Er will sich mir wieder nähern, doch als ich den Kopf schüttele, verharrt er in seiner Bewegung. Ich will ihm etwas sagen, aber meine Zunge ist von ihrem Tanz so erschöpft, dass sie völlig k. o. am Mundboden liegt. Ich sollte besser gehen, ehe die Situation noch peinlicher wird.

Meine Gliedmaßen, die sich auf einmal alle wie Gummi anfühlen, wollen sich jedoch nicht in Bewegung setzen. Tyron sieht mir ein letztes Mal tief in die Augen, was meine Knie noch weicher werden lässt. Er umfasst mein Kinn und fährt mit dem Zeigefinger die Konturen meiner Lippen nach. Grundgütiger, was tut er da?

Als er von mir ablässt, wirbelt ein heftiger Gefühlsorkan in mir. „Ich muss noch ... ähm ... Ich sollte wieder reingehen, hier draußen ist es nicht sicher ... wegen des ... Mörders", stammele ich wenig schlau und lasse ihn allein am Strand zurück.

Im Hotel komme ich langsam wieder zu mir. Was habe ich nur getan? Und warum ausgerechnet mit ihm? Ich muss mich schütteln und schäme mich für mein zügelloses Verhalten. Mein Kopf glüht und es fühlt sich an, als würden tausende Funken aus meiner Kopfhaut fliegen. Ich sollte duschen gehen, eiskalt am besten.

Gerade als ich versuche, mit der Zimmerkarte die Tür zur Suite zu öffnen, höre ich Schritte hinter mir. Bitte, lass es nicht ihn sein. Ruckartig drehe ich mich um und entdecke einen breit grinsenden Jordan. „Ach, du bist es."

„Hast du jemand anderen erwartet oder wieso guckst du so entsetzt?", fragt er und mustert mich.

„Ich ... nein, ich bin nur ... und was machst du hier um diese Uhrzeit?", keuche ich noch immer atemlos.

Jordan verengt seine Augen zu Schlitzen. „Was ist hier los?"

„Nichts", antworte ich wie aus der Pistole geschossen in einem schrillen Ton und etwas zu laut.

Mein Freund nimmt mir die Zimmerkarte ab, öffnet die Tür und schiebt mich hinein. „So, und jetzt erzählst du mir, was passiert ist. Du siehst aus, als wärst du gerade dem Teufel höchstpersönlich begegnet."

„So in der Art", presse ich leise hervor.

Jordan geht zur Minibar und holt eine Flasche Wasser heraus. „Trinken und dann reden", weist er mich an.

Ich lasse mich auf die Couch fallen, denn meine Beine tragen mich nicht mehr länger. Jordan reicht mir die Flasche. Ich öffne sie und schütte mir das gekühlte Wasser über den Kopf.

Mein Freund verzieht das Gesicht. „Was tust du da?"

„Siehst du doch. Mich abkühlen."

Jordan geht ins Bad und kehrt mit zwei großen, weißen Frotteetüchern zurück. Er zieht mich hoch und breitet die Handtücher auf dem nassen Sofa aus. „So, und jetzt platzierst du dein hübsches Hinterteil wieder hier hin und machst endlich den Mund auf."

Ich folge seiner Aufforderung. Er kniet sich vor mich, streichelt meine Oberarme und sieht mich leicht verängstigt an. „So habe ich dich das letzte Mal gesehen, als du ..." Er unterbricht seinen Satz und beißt sich auf die Unterlippe. „Er ist doch nicht etwa hier?"

Mit er meint er meinen Ex. Gott, nein, zum Glück ist der nicht hier, aber selbst wenn, würde mich das mittlerweile nicht mehr so dermaßen aus der Fassung bringen. Ich bin über ihn hinweg und das schon sehr lange.

„Er hat mich geküsst ... ich meine, ich ihn ... nein, eigentlich wir uns", platzt es schließlich aus mir heraus.

Jordan springt vom Boden auf, spannt die Oberarmmuskeln an und ballt die Fäuste. „Wo ist er? Ich werde ihn ..."

Ich hebe beruhigend Hände. „Tyron. Ich habe Tyron geküsst."

Halb belustigt, halb fassungslos kraust er die Nase. „Du hast was?"

Ich nicke und sehe verlegen zu Boden. „Keine Ahnung, wie das passieren konnte. Ich glaube, mein Körper wird von irgendwelchen bösen Dämonen beherrscht und ..."

Jordan setzt sich zu mir und nimmt meine Hand, die noch immer wie Espenlaub zittert. „Deine Ausreden werden auch von Tag zu Tag blöder."

„Aber wie soll ich mir das sonst erklären? Ich kann ihn nicht mal leiden. Er ist ein Arsch und er ist ein ..." Mir versagt die Stimme, denn ich kann meinen eigenen Worten keinen Glauben mehr schenken.

„Wenn du ihn nicht leiden könntest, hättest du es wohl kaum zugelassen, dass er dich küsst", spricht Jordan das aus, was mir selbst gerade klar wird.

„Aber er ist kein netter Mensch, also irgendwie ... Ach, ich weiß doch auch nicht", seufze ich.

Jordan streicht mir über die Wange, die immer noch glüht. „Der hat dich ganz schön zum Kochen gebracht", feixt er.

Ich schlage seine Hand weg. „Lass das, ich bin bereits überreizt", zische ich.

Er reißt die Augen weit auf und presst die Lippen aufeinander. „So, so!"

„Was, so, so? Ich bin so viel körperliche Nähe nicht mehr gewohnt, mein komplettes Innenleben spielt verrückt."

Jordan sieht mich wissend an. „So hast du gestern auch schon ausgesehen. Du warst wohl gar nicht joggen?"

„Wir haben uns nur unterhalten", antworte ich ehrlich und lasse das Thema Laufen somit elegant unter den Tisch fallen.

Jordan tippt mir auf die Nasenspitze. „Du magst ihn."

„Was? Nein!", wehre ich mich. „Tyron ist viel zu sehr wie du."

Auf Jordans Stirn bildet sich eine steile Falte. „Was soll das denn bitte heißen?"

„Du weißt schon, wie ich das meine. Ich liebe dich als Freund, aber ich würde eben nie mit dir ... Du weißt schon ... weil du so bist, wie du eben bist. Und Tyron ist genauso, zumindest was seinen Umgang mit Frauen angeht."

Er scheint zu verstehen, was ich ihm damit sagen will, denn er nickt. „Vielleicht solltest du dich einfach mal lockerer machen", schlägt er vor.

„Wie meinst du das?"

Jordan kniet sich wieder vor mich, packt mich bei den Schultern und sieht mir tief in die Augen. „Hör zu, ich weiß, dass Liebe ein ganz besonders wunder Punkt in deinem Leben ist, aber wie wäre es, wenn du endlich mal anfängst, Spaß zu haben?"

Ich hebe die Augenbrauen. „Was meinst du mit Spaß?"

Jordan stöhnt genervt. „Du weißt, was ich meine. Sex."

„Was? Mit ihm? Spinnst du? Kommt nicht infrage", erwidere ich lautstark.

„Warum denn nicht? Er sieht gut aus und ist ein anständiger Geschäftsmann, der Spaß am Leben hat." Jordan grinst. „Du könntest von ihm bestimmt noch was lernen."

Das ist ja wohl die Höhe! „Danke, kein Bedarf. Ich kann nämlich schon alles!"

„Du weißt genau, wie ich es meine. Er könnte doch eine Art Urlaubsflirt werden", versucht er es nun auf eine andere Tour.

„Wir sind hier aber nicht im Urlaub."

Jordan steht auf und verschränkt die Arme vor der Brust. „Du und deine Ausreden."

„Du kannst mich doch nicht dazu zwingen, mit dem Kerl zu schlafen", entrüste ich mich.

Er entknotet die Arme und deutet mit dem Zeigefinger auf mich. Das tut er nur, wenn er kurz davor ist zu explodieren. „Du bist diejenige, die ständig jammert: Ich kann nicht schreiben, weil ich die Liebe nicht fühle, bla bla bla", wirft er mir vor.

„So siehst du das also! Fein!", schreie ich. „Hier geht es nicht um Liebe."

„Nein, aber um Gefühle." Er deutet auf meinen Unterleib. „Du bist da unten schon viel zu verdorrt. Deshalb bringst du nichts mehr zustande. Was denkst du, wie oft ich schon darüber nachgedacht habe, dich nur deshalb endlich mal flachzulegen."

Jetzt ist er zu weit gegangen. „Raus hier, und zwar sofort!"

Jordan merkt, dass er den Bogen diesmal überspannte. „Es tut mir leid, aber denk doch mal darüber nach."

„Das Thema ist beendet, und jetzt verschwinde!"

„Zur Not kannst du ja immer noch Erotikromane schreiben", stichelt er weiter.

„Wenn du nicht sofort mein Zimmer verlässt, dann schreie ich, Jordan, ich schwöre es dir!" Ich strafe meinen Freund mit einem abwertenden Blick. Dass er seine Gedanken auf der Zunge trägt, weiß ich und konnte bisher auch immer gut damit umgehen, aber diesmal griff er ein Thema auf, mit dem ich nicht umgehen kann – noch dazu in einem Ton, der mir gar nicht passt, mit Worten, die mich verletzen – meine Libido!

Tief ein und aus atmend tritt er endlich den Rückzug an und verlässt die Suite.

Ich glaube, mein Schwein pfeift. Wie konnte er nur? Ich weiß nicht, was mich mehr entsetzt, Jordans Aussagen oder mein Verhalten. Ich fühle mich völlig aus der Bahn geworfen. Meine Frustration kennt keine Grenzen mehr.

***

Die Sonne scheint bereits grell vom Himmel, als ich mir ein schattiges Plätzchen am Pool suche. Meine Glieder fühlen sich schwer an. Die letzte Nacht verbrachte ich damit, mein Leben zu reflektieren. Immer wieder spukten mir Jordans Worte und der Kuss mit Tyron durch den Kopf.

Ich schiebe mir die Sonnenbrille auf die Nase und klappe den Laptop auf. Ob ich allerdings bei dem Durcheinander, das in mir herrscht, etwas zustande bringe, wage ich zu bezweifeln …

Ein quietschendes Geräusch reißt mich aus meiner Tätigkeit. Ich sehe nach links und entdecke Jordan, der den freien Stuhl neben mir so derb über den Fliesenboden zieht, dass sich auf meiner gesamten Körperoberfläche Gänsehaut bildet.

„Es tut mir leid, Babe", entschuldigt er sich ehrlich klingend und setzt sich. „Ich habe mich total im Ton vergriffen."

„Schon gut", murmele ich. Ich kann Jordan nicht lange böse sein, denn ich weiß, dass er das, was er sagte, ehrlich meinte und mir damit bestimmt nicht wehtun, sondern eher sogar helfen wollte.

„Du bist heute Morgen nicht zum Frühstück gekommen."

„Mir war irgendwie nicht nach essen", gebe ich zu. „Es lag also nicht an dir, keine Sorge."

„Lass uns nicht mehr über die Sache sprechen. Es ist deine Entscheidung. Ich werde dir da nicht mehr reinreden." Er streckt mir die Hand hin.

Ich drücke sie fest. „Alles klar, abgemacht."

„Und wie kommst du voran?" Jordan nimmt den Laptop und dreht ihn in seine Richtung. „Schon 80 Seiten, das ist ja der Wahnsinn", stellt er fest. Auf seinem Gesicht breitet sich ein zufriedenes Lächeln aus.

80 Seiten? Wie bitte? Als ich den Laptop aufbaute, waren es gerade einmal 40. Das kann nicht sein. „Wie spät ist es?", erkundige ich mich.

Jordan sieht auf seine Armbanduhr. „16 Uhr. Wieso? Hast du noch was vor?"

Ich sitze seit gerade mal vier Stunden hier. Never ever! Ich schiebe den Laptop wieder zurück und sehe auf den Bildschirm. Als ich die Seitenzahl am unteren linken Bildschirmrand entdecke, reiße ich die Augen weit auf. Tatsächlich! Nachdem ich mich versichert habe, dass es nicht nur wahllos aneinandergereihte Buchstaben, sondern echte Sätze sind, lehne ich mich zufrieden zurück. „Es läuft."

„Irgendwas hat dich wohl beflügelt", kommentiert Jordan meine Aussage mit einem nur halb unterdrückten Grinsen.

Mir ist klar, dass er damit auf den Kuss anspielt. „Wir wollten nicht mehr darüber reden", würge ich das Thema sofort wieder ab.

„Tun wir auch nicht, aber vielleicht sollte es dir zu denken geben." Er tippt mir mit dem Zeigefinger gegen die Schläfe.

„Und was hast du heute noch so vor?", lenke ich von mir ab.

„Ich bin für heute fertig." Er zuckt die Schultern. „Keine Ahnung. Eigentlich wollte ich dich fragen, ob du Lust auf eine Stadtrundfahrt hast, aber so wie es aussieht, hast du einen Lauf, also ist das wohl keine gute Idee."

Ich mag Ausflüge überhaupt nicht. Das weiß er. „Nein, ich glaube, ich schreibe lieber weiter."

Jordan schiebt den Stuhl zurück und steht auf. „Wollen wir heute Abend zusammen essen?"

„Machen wir", antworte ich knapp und senke den Blick auf mein Geschreibsel.

Er streicht mir übers Haar und haucht mir ein Küsschen darauf. „Alles klar, bis später, Babe. Melde dich einfach bei mir, sobald du dich von deiner Geschichte losreißen kannst."

Nachdem Jordan mich allein gelassen hat, beschließe ich, mir meine geschriebenen Seiten anzusehen, doch ich werde von plötzlich aufkommenden lauten Geräuschen unterbrochen. Ich sehe auf und entdecke eine Familie mit drei kleinen Kindern. Während die Mutter das jüngste mit Sonnencreme einschmiert, geht der Vater mit den anderen beiden ins Wasser. Die kleinen Rabauken schreien und toben, was das Zeug hält.

Ich beobachte das glückliche, unbeschwerte Treiben eine Weile. Das Ticken meiner inneren Uhr wird lauter. Ja, ich will irgendwann auch eine Familie gründen, heiraten und Kinder bekommen, aber nicht jetzt und sicher nicht hier. Der Lärmpegel steigt für mich ins Unerträgliche. So kann ich mich nicht mehr konzentrieren. Ich sollte auf dem Zimmer weiter arbeiten. Entschlossen packe ich meine Sachen zusammen und mache mich auf den Weg.

Als ich das Foyer betrete, entdecke ich Tyron an der Rezeption. Er unterhält sich gerade mit der älteren Dame, die jetzt immer hier ist, seit er Meredith rausgeschmissen hat. Er trägt ein weißes Hemd, einen dunkelblauen Anzug und eine farblich dazu passende blaue Krawatte. Seine Haare sind gestylt, der Dreitagebart sieht frisch getrimmt aus. In diesem Outfit flößt er mir gleich wieder viel mehr Respekt ein als in seinen Sportklamotten.

Wie soll ich mich jetzt nur verhalten? Ignorieren? Hingehen? So tun, als wäre gestern nichts passiert? Ich bin einfach nicht gut in solchen Dingen. Ich betrachte ihn noch für einen Moment und treffe dann die Entscheidung, ihn vorerst zu ignorieren.

Gerade als ich mich aber an ihm vorbei schleichen will, dreht er sich zu mir um. An seinem Gesichtsausdruck erkenne ich, dass er genauso überrascht ist, mich zu sehen. Jetzt einfach weiterzugehen und gar nichts zu sagen, wäre mehr als nur kindisch, also begrüße ich ihn möglichst freundlich. „Hallo, Tyron."

Er nickt mir zu. „Tammi."

Das ist also alles? Tammi, mehr nicht? In meinem Mund sammeln sich Worte, die ich schnell wieder hinunterzuschlucken versuche, doch ganz gelingt es mir nicht. „Und? Nach gestern Abend noch gut geschlafen?"

Tyron zieht die rechte Augenbraue nach oben. „Natürlich, warum denn auch nicht?"

„Entschuldige, dass ich gefragt habe, war blöd von mir", winke ich ab und will gehen, doch Tyron hält mich zurück.

Er fasst mich am Handgelenk und fixiert mich mit seinem strengen Managerblick. „Du hast die Sache gestern beendet, nicht ich."

Ich muss schlucken. Natürlich beendete ich es, schließlich will ich nicht eins seiner Betthäschen werden. Oder etwa doch? Seine Berührung bringt mich wieder so aus der Fassung, dass ich mich ihr schnell entziehe.

Tyron steckt die Hände in die Hosentaschen und neigt sich leicht nach hinten. „Du hast in unseren Gesprächen herausgehört, was ich will, und ich weiß, was du willst. Das passt einfach nicht zusammen und das ist auch völlig okay." Auf seiner Stirn bilden sich kleine Schweißperlen. So cool wie er gerade tut, ist er also bei Weitem nicht.

Ich nehme ebenfalls eine abwehrende Haltung ein. „Ach ja? Du weißt also, was ich will und was ich brauche? Woher denn?"

Tyron spannt die Wangenmuskeln an und knirscht mit den Zähnen. „Schon vergessen? Ich habe dein Buch gelesen ... also zumindest bis zur Hälfte."

Meine Kopfhaut beginnt zu prickeln. „Das ist eine fiktive Geschichte mit noch fiktiveren Charakteren", lüge ich und verziehe dabei keine Miene.

„Ist es nicht. Die weibliche verlassene Hauptfigur bist eindeutig du selbst", kontert er.

„Ich ... nein, bin ich nicht. Wie kommst du nur darauf?", frage ich gespielt entrüstet.

Tyron verzieht den Mund. „Jetzt lügst du schon wieder."

„Nur, weil du ein paar Seiten meines Romans gelesen hast, heißt das noch lange nicht, dass du weißt, wie ich ticke!", entgegne ich spitzzüngig.

Er legt die Stirn in Falten. „Ach nein? Dann erklär's mir."

Mir muss schnell etwas einfallen, ehe ich mich noch komplett vor ihm blamiere. Dass er gestern mit mir schlafen wollte, wäre nun also geklärt, und dass er mich bereits relativ gut einschätzen kann, ist mir nun auch bewusst. Was also tun, damit ich ihn eines Besseren belehren und ihm zeigen kann, dass viel mehr in mir steckt als nur eine Liebesromanautorin mit rosa Brille auf der Nase? Prinzipiell halte ich mich ja sogar genau für das, aber den Gefallen, meine Person allein dadurch zu definieren, tue ich ihm ganz sicher nicht.

Ich klammere mich an meiner Laptoptasche fest, damit er nicht sieht, wie sehr ich gerade zittere. „Zumindest eine Einladung zum Essen vor dem Geschlechtsakt wäre schön gewesen. Dass es hier nicht um Liebe geht, weiß ich selbst, aber ein wenig mehr Bereitschaft, etwas für das zu tun, was man bekommen will, kann ich wohl schon erwarten. Ich bin schließlich nicht einer deiner Koalas", blaffe ich ihn an. Sofort nachdem ich den Satz beendet habe, rutscht mir mein Herz ins Höschen.

Tyron, der von meiner Aussage sichtlich überrascht ist, fährt sich durchs Haar. „Ach ja?"

„Ja, ach ja. Ich bin eine Frau mit Format und kein ... du weißt schon was ... so ein Luder eben", rede ich mich in Rage, während ich meine Laptoptasche vor die Brust ziehe und immer fester umklammere.

„Soll das eine Aufforderung sein, oder wie darf ich das verstehen?", erkundigt er sich. Seine ozeanblauen Augen leuchten.

Ich kann seinem Blick nicht mehr standhalten. „Das war nur ein gut gemeinter Ratschlag für die nächste Frau, die du vorhast, ins Bett zu bekommen", murmele ich, trete so schnell es geht den Rückzug an und lasse den verdutzt dreinblickenden Tyron zurück.

Mit schnellen Schritten eile ich die Treppe hinauf, gerate ins Stolpern, da ich seine Blicke immer noch im Nacken spüre, fange mich aber glücklicherweise gerade noch rechtzeitig ab. Ein Unfall mit meinem allerliebsten Gerät hätte mir gerade noch gefehlt.

Ich habe ihm eben einen Freifahrtschein gegeben. „Tammi, du bist von allen guten Geistern verlassen. Du und eine einzige heiße Nacht, nie und nimmer", verspotte ich mich selbst.

Wie konnte ich mich nur selbst in solch eine missliche Lage manövrieren?

Kapitel 12

Tyron

Etwas mehr als 24 Stunden sind vergangen, seit ich Tammi das letzte Mal gesehen habe. Die Frau treibt mich mit ihren Anspielungen noch in den Wahnsinn. Ich will sie von mir fernhalten, denn ich bin nicht gut für sie, doch ich schaffe es nicht, und mit ihren Sticheleien macht sie es mir nicht leichter.

Dass sie das mit dem Essen ernst meinte, wage ich zu bezweifeln, und doch hadere ich schon den ganzen Tag mit mir, ob ich es nicht vielleicht doch wagen soll, sie einzuladen. Was kann schon passieren, außer dass wir in der Kiste landen?

Allerdings komme ich mit meinem Innenleben überhaupt nicht klar. Tammi ist mir nach nur einem Kuss bereits näher als es je eine andere Frau zuvor war, und das löst beklemmende Gefühle in mir aus. Sobald ich darüber nachdenke, schwillt mir der Hals an. So wie jetzt auch. Ich löse den Knoten meiner Krawatte und ziehe sie mir über den Kopf.

Sicher ist das alles nur Einbildung, und wenn ich sie erst einmal vernascht habe, sieht die Sache schon wieder ganz anders aus und ich verliere dieses große, angsteinflößende Interesse an ihr. Ja, das wird das Beste sein, und eine Frau, die zumindest vorgibt, erobert werden zu wollen, birgt auch einen gewissen Reiz.

Ich greife nach einem Blatt Papier und einem Stift. Wo soll das Essen stattfinden? Um jetzt noch irgendwo etwas zu reservieren, ist es zu spät. Und in meinem eigenen Restaurant vor allen Gästen mit ihr zu speisen, kommt ebenfalls nicht infrage. Zimmerservice, das ist es. Ich lasse es mir bringen. Erst ein Drei-Gänge-Menü und danach sofort das Vergnügen. Wenn ich Tammis Aussage für bare Münze nehme, dürfte das ebenfalls genau nach ihrem Geschmack sein. Ist es nicht, das weiß ich, und doch bringt mich nichts mehr von meinem Vorhaben ab. Ich rufe an der Rezeption an.

Kate nimmt das Gespräch unverzüglich an. „Mr. Pine, was kann ich für Sie tun?", erkundigt sie sich gewohnt freundlich.

„Die Küche soll mir ein Drei-Gänge-Menü für zwei Personen für heute Abend 20 Uhr zaubern. Könnten Sie das bitte veranlassen?"

„Natürlich", antwortet sie.

„Ach ja, und ich werde in meiner Suite speisen. Sie sollen dort alles ansprechend herrichten", trage ich ihr weiter auf.

„Sehr wohl, Mr. Pine. Haben Sie besondere Wünsche?", will Kate wissen.

„Meinen Sie das Essen oder die Dekoration?"

„Beides."

„Nun stellen Sie sich doch nicht so an. Die Küche weiß genau, was ich esse, und in Sachen Dekorationsmist kenne ich mich nun wirklich nicht aus."

„Entschuldigen Sie, ich wollte auch nur wissen, ob es sich um ein Geschäftsessen handelt oder …"

„Nein, tut es nicht!"

„Gut, dann werde ich den Zimmerservice anweisen, alles etwas verführerisch und ansprechend zu dekorieren", bleibt sie ruhig.

„Fein", stimme ich zu und lege auf. Die alte Frau nimmt auch kein Blatt vor den Mund. Verführerisch und ansprechend, dass ich nicht lache. Wenn hier etwas ansprechend und verführerisch ist, bin ich das, das muss reichen. Wobei Kate wohl recht hat. Um eine Frau zu beeindrucken, braucht es mehr als ein paar Platzdeckchen. Der Zimmerservice und der Küchenchef werden es aber schon richten, und so kann ich mich wieder auf meine Arbeit konzentrieren.

Nein, Moment, es fehlt ja noch die offizielle Einladung. Ich schreibe meine Zimmernummer und die Uhrzeit auf eine Karte. Die werde ich ihr nachher zukommen lassen. Ob sie meine Einladung annimmt, bleibt abzuwarten ...

***

Es ist kurz vor 20 Uhr, als ich mein weißes Hemd zuknöpfe. Frisch geduscht, gestylt und für alles, was auch immer geschehen wird, offen, verlasse ich das Badezimmer und harre auf meinem schwarzen Ledersofa der Dinge, die da kommen.

Als wenige Minuten später jemand an die Tür klopft, erhöht sich mein Herzschlag abrupt. Das geschieht mir ständig, wenn ich Tammi nur in meiner Nähe weiß. Es ist faszinierend, wie es eine einzelne Person schafft, mich so aus der Reserve zu locken. Ich stehe auf, streiche mein Hemd glatt und atme einmal tief durch, ehe ich öffne. Sie soll meine leichte Nervosität keinesfalls bemerken.

„Tammi, wie schön, dass du gekommen bist", begrüße ich sie freundlich.

Sie lächelt und nickt, wirkt dabei jedoch etwas verkrampft.

„Komm doch rein." Ich gebe den Weg frei und lasse sie meine heiligen Hallen inspizieren.

„Das ist ja ... der Wahnsinn", staunt sie mit offenem Mund.

„Was meinst du?", frage ich und betrachte sie von Kopf bis Fuß. Sie trägt ein weißes, ärmelloses Sommerkleid, das bis zur Hüfte enggeschnitten ist, nach unten hin weit ausfällt und bis zu den Knien reicht. Ihre langen, roten Haare fallen in leichten Wellen über ihre nackten Schultern. In ihrer Aufmachung wirkt sie fast jungfräulich und engelsgleich auf mich. Ich kneife die Augen zusammen. So etwas kann ich nicht zum Spielen benutzen. Der Zorn Gottes wird mich treffen. Klarer Fall von blöd gelaufen.

„Alles okay bei dir?", fragt Tammi und reißt mich damit aus meiner neuesten Erkenntnis.

Ich klappe die Lider wieder auf. „Ja, alles bestens. Was meintest du?"

„Stilvolle Einrichtung", sagt sie und gestikuliert in den Raum.

„Danke", nehme ich das Lob an.

„Wohnen deine Brüder auch so?", will sie wissen.

„Was meinst du mit so?"

„So luxuriös."

„Wir haben alle unsere eigenen Suiten hier im Hotel", erkläre ich.

„Könntet ihr die nicht besser vermieten?"

„Wir leben hier und brauchen alle unseren Platz. Ein Zimmer von 14 qm ist auf Dauer nicht auszuhalten."

„Wie viele Suiten habt ihr denn dann noch für die Gäste?", hakt sie interessiert nach.

„Zwei, aber die haben bisher immer ausgereicht. Die Nachfrage nach diesen im Gegensatz zu den anderen doch recht teuren Räumen ist nicht sehr groß."

Sie nickt und sieht sich erneut um. „Du hast einen tollen Geschmack, wenngleich auch ein wenig kalt."

„Kalt, was meinst du damit?", frage ich verständnislos.

„Die schwarze Hochglanzküchenzeile, die du mit Sicherheit noch nie benutzt hast. Die schwarze Lederwohnlandschaft, alles sehr stilvoll, aber eben kühl."

„Mir gefällt's", erkläre ich.

„Passt auch irgendwie", neckt sie mich und grinst so schelmisch, dass ich sie am liebsten sofort an mich ziehen und küssen möchte.

Als es an der Tür klopft, zuckt sie erschrocken zusammen.

„Das müsste unser Essen sein", erkläre ich und wende mich von ihr ab, um nachzusehen.

Der Küchenchef des Hauses bringt auf einem großen Rollwagen sechs mit silbernen Hauben abgedeckte Teller. „Soll ich da bleiben, um zu servieren, Sir?", erkundigt er sich bei mir, doch noch ehe ich ihm antworten kann, mischt sich Tammi ein.

„Ach, so ein Quatsch, wir nehmen uns das Essen selbst. Wir sind hier doch nicht im Königshaus."

Mein Küchenchef entfernt sich mit einem leicht amüsierten Grinsen.

Noch ehe ich den großen, rechteckigen Glastisch erreiche, den das Zimmerpersonal ansprechend mit Silberbesteck, weißen Servietten, einem silbernen Kerzenständer mit roten Kerzen und ein paar Blütenblättern dekorierte, inspiziert mein Rendezvous bereits das Essen.

Sie hebt die erste Haube an. „Salat", murmelt sie wenig begeistert. Sie deckt die gesunde Vorspeise wieder ab und öffnet den nächsten Deckel. Mit einem Mal lächelt sie breit. „Fleisch. Ich steh auf Fleisch."

„Das ist argentinisches Rind, aber wir sollten anfangen, ehe es kalt wird", sage ich und bitte sie, Platz zu nehmen. Ich reiche ihr die Vorspeise und setze mich ihr dann gegenüber. Was redet man bei einem Date? Über so etwas musste ich bisher noch nie nachdenken. Etwas unbeholfen frage ich deshalb: „Und wie war dein Tag so?"

„Ganz gut und deiner?"

„Wie immer." So wird das keine anständige Unterhaltung …

Nachdem wir die Vorspeise und auch die Hauptspeise wortlos vertilgt haben und die Situation zwischen uns immer merkwürdiger wird, entschließe ich mich dazu, etwas Persönliches zu fragen, denn auch Tammi ist anzusehen, dass es ihr schwerfällt, sich auf diesen Abend einzulassen. Ein Wunder, dass sie überhaupt hier auftauchte. Bisher war es nie so verkrampft zwischen uns. Dieser ganze Verführungsmist ist echt anstrengend.

„Darf ich dich etwas fragen?", beende ich das Schweigen.

Sie hebt den Kopf und sieht mir direkt in die Augen. „Kommt darauf an."

„Auf was?"

Tammi steht auf, räumt die Teller auf den Rollwagen und stellt die Nachspeise auf den Tisch. Dabei berührt sie zufällig meinen Unterarm mit ihrem. Die Stelle beginnt zu kribbeln.

Sie setzt sich wieder an ihren Platz und nimmt die Haube von dem Teller. Ihre Augen strahlen. „Schokoladenmouse, ich liebe Schokoladenmouse", freut sie sich. Mit einem verschmitzten Blick sieht sie mich an. „Okay, für dieses Essen darfst du mich alles fragen."

„Dein Buch ... es handelt von dir ... stimmt's?" Dass meine Frage nicht gut gewählt ist, erkenne ich an ihrem Gesichtsausdruck. Ihre gute Laune verschwindet und weicht einem betretenen Blick. Ich bin einfach nicht gut in so was.

Tammi schleckt ihren Löffel ab, legt ihn dann beiseite und sieht mich ernst an. „Ja, es war ... es ist meine Geschichte ... zufrieden?"

„Wieso?", ist das einzige Wort, das mir über die Lippen kommt, denn von so viel Naivität bin ich nun doch überrascht.

„Du meinst, wieso ich lange Zeit so dumm war?", kann sie meinen Gedankengängen sofort folgen.

Meine Halsschlagader pulsiert heftig. Jetzt nur nichts Falsches sagen. Zaghaft nicke ich.

Tammi verzieht den Mund und zuckt die Schultern. „Keine Ahnung", antwortet sie wider Erwarten ziemlich lässig. „Hat nicht jeder von uns eine Stelle, an der er besonders reizempfindlich ist? Bei mir ist es eben das Herz, und wie sieht's bei dir aus?", will sie von mir wissen.

Spontan fällt mir dazu nur mein Schwanz ein.

„Und ich meine nicht das, was du in der Hose hast", scheint sie mir meine Gedanken vom Gesicht ablesen zu können. „Ich meine, was dich hier drin berührt", sagt sie und deutet auf ihre Brust.

Etwas unbeholfen blase ich die Wangen auf und lasse die Luft langsam wieder entweichen. „Eigentlich gibt es da nichts."

Tammi legt den Kopf leicht schief und runzelt die Stirn. „Nein, das stimmt nicht. Ich sehe dir an, dass noch viel mehr in dir steckt als ein …"

„Als ein was?"

„Als ein eiskalter Felsbrocken", beendet sie ihren Satz.

„Versuchst du etwa, mir Gefühle anzudichten?" Ich nehme eine abwehrende Haltung ein und rutsche samt Stuhl einige Zentimeter vom Tisch weg. Sie hört sich schon so an wie meine Großmutter.

„Jeder Mensch hat schon mal einen anderen geliebt", erwidert sie. „Was ist zum Beispiel mit deinen Eltern oder deiner Großmutter?", trifft sie exakt den wundesten Punkt meines Lebens.

Ich räuspere mich und drehe den Kopf so lange hin und her, bis meine Halswirbel laut knacksen. „Meine Eltern starben bei einem Autounfall, als ich noch ein Kind war. Meine Grandma hat meine Brüder und mich aufgezogen."

Tammi senkt den Blick. „Verstehe, tut mir leid."

„Das muss dir nicht leidtun, unsere Großmutter war einfach die Beste. Sie kümmerte sich um das Hotel, um uns und …" Ich muss schlucken. „Wir hatten eine schöne Kindheit." Normalerweise spreche ich mit niemandem über den Tod meiner Eltern. Dass ich mich ihr so schnell öffne, lässt mich erschaudern.

„Du hast also doch schon mal geliebt", äußert sie leise.

„Das ist ja wohl etwas ganz anderes!" Natürlich habe ich meine Grandma geliebt.

Tammi isst ihre Nachspeise auf, dabei sieht sie nachdenklich ins Leere.

Als sie fertig ist, nimmt sie die Arme unter den Tisch und atmet hörbar aus. „Du bist der Älteste, richtig? Gab es einen Grandpa?"

Ich schüttele den Kopf. „Mein Großvater starb schon sehr früh an einem Herzinfarkt."

„Du hast dich also für alles verantwortlich gefühlt, die Rolle des Vaters für deine Brüder übernommen. Es gab keinen Mann im Haus, deshalb bist du zu einem geworden."

Ich lehne mich im Stuhl zurück und frage mich, woher sie das alles weiß. Ich scheine wie ein offenes Buch für sie zu sein. „Ja, das ist richtig", gebe ich zu.

„Du konntest dich also selbst nie richtig entfalten, sondern warst immer der Aufpasser", spricht sie weiter.

Ich hebe die Hand, denn dieses Thema geht mir an die Nieren. „Lass uns über was anderes reden. Ich habe hier alles im Griff, so wie ich es schon immer im Griff hatte. Aus meinen Brüdern ist etwas Anständiges geworden, auch wenn ich es echt nicht leicht mit ihnen hatte, aber die Zeiten sind vorbei."

„Du konntest selbst nie ein Kind sein, nie toben, nie spielen, nie ..."

„Tammi, hör jetzt auf damit", bitte ich sie etwas lauter.

„Schon gut, jetzt weiß ich, warum du dich ... über deine Bettgeschichten definierst."

What the Fu...? Um nicht mit ihr in eine heftige Diskussion zu verfallen, schlucke ich ihren letzten Satz unkommentiert hinunter. Dieses ganze Gerede über meine Eltern, meine Großmutter und meine Aufgabe macht mich für heute impotent, so viel steht fest.

„Und wie geht's nun weiter? Was hast du noch so in deiner Trickkiste, außer einem Candle-Light-Dinner, um eine Frau zu verführen?" Ihre Stimme zittert beim Sprechen.

Sie ist aufgeregt, denkt sicher, dass ich jede Minute über sie herfalle, aber das kann ich nicht – nicht nach dieser Unterhaltung, nicht, wenn sie mich gerade wie ein angeschossenes Reh ansieht, das darauf wartet, von einem Wildschwein zerfetzt zu werden, und nicht, wenn sie ... sie ist. „Nichts, das war es für heute", mache ich ihr klar, dass sie sich wieder entspannen kann.

Tammi sackt im Stuhl zusammen. Es ist ihr anzusehen, dass eine Menge Anspannung von ihr abfällt.

„Ich werde dich noch zu deinem Zimmer begleiten", sage ich, stehe auf und beende somit den Abend.

Mit zerknirschtem Gesichtsausdruck erhebt sie sich und folgt mir wortlos.

Als wir vor ihrem Zimmer haltmachen, wendet sie sich mit einem dankbaren Gesichtsausdruck an mich. „Das Essen war wirklich sehr gut, auch wenn es anfangs irgendwie komisch verkrampft war. Ich unterhalte mich sehr gern mit dir, Tyron." Ihr huscht ein Lächeln über die Lippen, das aber sofort von einem verständnislosen Blick abgelöst wird. „Auch wenn ich das abrupte Ende etwas merkwürdig finde. Trotzdem danke."

Gerade als sie sich von mir abwenden will, um die Zimmerkarte zu benutzen, packe ich sie am Handgelenk, ziehe sie an mich und streiche ihr eine Haarsträhne aus dem Gesicht. Ihre blauen Augen funkeln mich an. Ihr Mund ist leicht geöffnet, abwartend liegt sie in meinen Armen. Ich nähere mich ihr – langsam, verhalten.

Als meine Lippen ihre berühren, durchfährt mich ein kleiner Blitz. Ich streichele ihre glühende Wange. Tammi will meiner Zunge Einlass gewähren, doch ich halte mich zurück. Mit einem letzten zärtlichen Kuss lasse ich von ihr ab. „Gute Nacht, Tammi", raune ich ihr zu.

Ihr Gesicht glüht, die Augen glänzen. „Gute Nacht, Tyron." Mit diesen Worten dreht sie mir den Rücken zu und geht in ihr Zimmer.

Als sich die Tür hinter ihr schließt, muss ich schlucken. Kalter Schweiß bildet sich in meinem Nacken. Oder soll ich doch? Für einen Moment hadere ich mit mir, sie doch noch … Nein, ich kann nicht. Ich lockere meine verspannten Muskeln und trete den Rückzug an.

Nur wenige Schritte später treffe ich auf Jordan, der mir fröhlich pfeifend entgegenkommt. „Du kommst wohl von Tammi. Und wie war's?", erkundigt er sich.

„Wie war was?"

Jordan sieht mich auf eine Weise an, die ich nur allzu gut von mir selbst kenne.

„Wir haben nur gegessen", erkläre ich.

Er kraust die Nase. „Ehrlich? Wieso?"

Ist das sein Ernst? Er fragt mich, warum ich seine beste Freundin nicht geknallt habe? „Tammi ist nichts für mich", winke ich ab.

Jordan fährt sich mit der flachen Hand übers Kinn. „Ist sie dir nicht hübsch genug? Oder was stimmt nicht mit ihr?"

Ich hasse es, ausgefragt zu werden, aber gerade ihm blöd zu kommen, wäre keine gute Idee. „Nein, das ist es nicht. Sie ist wahnsinnig sexy."

Seine Mundwinkel ziehen sich nach oben. „Jetzt weiß ich es, du hast Skrupel."

„Tammi scheint eine verletzliche Frau zu sein, das ist nicht mein Revier, verstehst du?"

Er steckt die Hände in die Hosentasche seiner Jeans und wippt leicht vor und zurück. „Sie kann zwischen Liebe und Sex unterscheiden, also keine Sorge."

Ich glaube ihm kein Wort. „Wenn du meinst."

Jordan kommt einige Schritte auf mich zu und klopft mir auf die Schulter. „Tammi braucht endlich mal jemanden, der sie lockerer macht, und du bist genau der Richtige dafür."

Der spinnt wohl. „Kein Bedarf, danke. Warum machst du sie denn nicht lockerer, wenn sie es so gut trennen kann, wie du sagst?", entfährt es mir.

Jordan grinst schief. „Weil ich sie liebe, verstehst du? Sie ist wie eine Schwester für mich. Ich könnte niemals mit ihr", er rümpft die Nase, „schlafen."

„Ich werd dann mal ...", würge ich die unangenehme Unterhaltung ab, denn ich will nur noch eins: meine Ruhe!

Kapitel 13

Tammi

Der Platz am Pool ist mein neuer Lieblingsschreibplatz. Seit einer Stunde haue ich unaufhörlich in die Tasten. Dieser Lauf beflügelt mich und löst Befriedigung in mir aus. Die ersten fünf Kapitel sind im Kasten. Meine Protagonisten wachsen mit den Herausforderungen, die ich ihnen stelle, und nehmen immer mehr Eigenleben an. Das ist nicht nur gut, sondern klasse. Die Geschichte spinnt sich faktisch fast von selbst.

Meinen ursprünglichen Plot habe ich schon lange über Bord geworfen, dafür haben die beiden einfach viel zu sehr ihren eigenen Kopf. Sie sind so lebendig, so erfrischend komisch und so wunderbar herzlich. Zumindest meine weibliche Hauptperson. Ihrem von mir Angedachten wird sie schon noch zeigen, wo der Hammer oder besser gesagt sein Herz hängt. Das hoffe ich zumindest. Aber sie ist schlau, sie weiß genau, was sie tut. Ganz im Gegensatz zu mir.

Ich nehme die Finger von der Tastatur und schweife kurz ab. Den gestrigen Abend empfand ich mehr als nur komisch. Erst war Tyron komplett verstummt und dann – als ich ihn endlich so weit hatte – blockte er nach wenigen Sätzen komplett ab und brachte mich sogar auf mein Zimmer. Ein wenig nagt dieser unbefriedigende Abend doch an mir. Gestern beschloss ich zwar, nicht mehr darüber nachzudenken, und stürzte mich sofort auf mein Manuskript, aber heute frisst sich der Gedanke, Tyron könnte mich nicht wollen, durch mein Innerstes.

Ich muss wieder an den Koala denken. Bin ich ihm etwa nicht willig genug? Zu wenig aufreizend? Zu trocken? Vermutlich ist es Letzteres. Sicher hat er Angst, er könnte sich an mir verschlucken und danach ersticken. Die Sache mit dem geplanten One-Night-Stand geht mir einfach nicht mehr aus dem Kopf. Woher soll ich auch wissen, wie so etwas abläuft? Wie man sich dabei verhält und was hinterher aus einem wird?

Ich lasse meinen Blick über die Poollandschaft schweifen. Am Morgen ist es hier immer sehr ruhig. Nur ein paar wenige Gäste ziehen ihre Bahnen. Als mir im Durchgangsbereich plötzlich Tyron ins Auge fällt, beginnt mein Herz wie wild zu poltern. „Halt dich zurück", zische ich es scharf an. So weit kommt es noch, dass es außer Rand und Band gerät, sobald ich ihn sehe.

Er trägt wie immer einen seiner maßgeschneiderten Anzüge und bespricht etwas wild gestikulierend mit einem der Kellner. Der nickt eifrig und entfernt sich dann im Rückwärtsgang von ihm. Ja, Tyron flößt jedem Respekt ein. Ich will wegsehen – kann es aber nicht.

„Ma'am, ich habe hier einen Kaffee mit viel Milch und Zucker für Sie", lässt eine Stimme, die urplötzlich neben mir erklingt, mich zusammenfahren.

Ich schirme meine Augen mit der Hand gegen die Sonne ab und sehe zu dem jungen Kellner. „Ich habe aber keinen bestellt."

„Der ist von Mr. Pine", klärt er mich auf, stellt die Tasse ab und zieht sich zurück.

Auf dem kleinen Unterteller liegt ein Keks in Herzform. Mit offenem Mund starre ich zuerst ihn an, dann sehe ich wieder ins Foyer und bemerke, dass ich die ganze Zeit über von Tyron beobachtet werde. Herzform, was soll das denn? Tyron steht breitbeinig, die Hände in den Hosentaschen, einfach nur da und fixiert mich. Mir wird leicht flau im Magen und ich muss schlucken. Sein Anblick bringt mich zum Zittern. Ich halte mich am Tisch fest und hoffe, dass er endlich damit aufhört.

Mir schwirrt unser erster Kuss wieder durch den Kopf. Da war er gierig, willig, wollte mich und dann – ja, dann – kam gestern. Sein Abschiedskuss, der sehr verhalten ausfiel, hatte den Geschmack von Zuneigung. Nein, das kann nicht sein. Er wird mich doch nicht etwa wirklich mögen?

Dass er es mit seiner Familiensituation nicht leicht hatte, hält ihn womöglich davon ab, Gefühle zuzulassen. War er deshalb plötzlich so reserviert? Langsam, aber sicher fügt sich ein Puzzleteil ans andere, und ich beginne, den Kerl zu verstehen. Glaube ich zumindest. Sein Herz und seine Seele sind unter einer Menge Trauer und Wut vergraben, daher holt er sich körperliche Nähe von Frauen, die ihm nichts bedeuten, um mit den Endorphinen, die er dabei ausschüttet, die Schmerzen, die er mit sich trägt, zu überdecken. Was, wenn meine Vermutung stimmt? Tue ich ihm etwa unrecht mit meiner Aussage, dass er ebenso kalt ist wie seine Einrichtung?

Als Tyron sich von mir abwendet, kehre ich ins Hier und Jetzt zurück. Ich kann – nein, ich will mich nicht mit Dingen beschäftigen, die mich vielleicht in einen

Abgrund reißen, aus dem ich nie wieder herauskomme. Der Mann scheint voller Probleme zu sein und ich bin viel zu zartbesaitet, als dass ich seine Retterin spielen könnte. Diese One-Night-Stand-Sache war eine echt dumme Idee.

Ich atme mehrmals tief durch und konzentriere mich dann wieder auf mein Manuskript.

Merke: Männer mit Problemen sind nichts für mich.

***

„Babe, wie läuft's?" Jordans Stimme lässt mich zusammenfahren. Mein Herz schlägt schnell. Die Halsschlagader pulsiert.

„Ich bin gerade ... in einer wichtigen Szene", stammele ich atemlos.

Jordan zieht einen Stuhl heran, setzt sich zu mir und linst auf den Bildschirm. Seine Augen werden groß, der Mund öffnet sich leicht. „Da geht's aber ganz schön zur Sache."

Ich klappe den Bildschirm zu. „Liebesszene ... Das ist doch wie dein täglich Brot ... also völlig normal ... tu nicht so erstaunt. Oder wie geht es bei dir so zu?", stottere ich zwischen mehreren tiefen Atemzügen, denn diese Szene brachte mich ins Schwitzen. Ich war wohl eher mittendrin als nur dabei.

Jordan wackelt mit den Augenbrauen. „Willst du das wirklich wissen?"

Ich hebe abwehrend die Hand. „Gott bewahre, nein."

Er greift mir an die Stirn. „Du glühst, scheint ganz schön erregend zu sein", feixt er.

„Denkst du etwa, solche Szenen lassen mich kalt? Was wäre ich für eine Autorin, würde ich nicht mit meinen Protagonisten fühlen?"

Jordan steckt die rechte Hand unter den Tisch.

„Wage es nicht, mich da unten anzufassen", zische ich. Der spinnt wohl!

„Ich wollte nur mal sehen, was da unten so bei dir abgeht, wenn du so etwas schreibst." Er sieht mich entschuldigend an. „Du glaubst doch nicht ernsthaft, ich hätte dich da ..."

„Bei dir muss man auf alles vorbereitet sein."

„So schlimm bin ich nun auch wieder nicht", mosert er gespielt. „Sag mal, wie war eigentlich dein Abend mit Tyron gestern?", wechselt er plötzlich das Thema.

„Ganz nett", antworte ich knapp.

„Wieso hat er dich nicht ...? Na ja, du weißt schon." Fragend sieht er mich an.

„Woher weißt du das?", erkundige ich mich und lege die Stirn in Falten.

„Ich habe ihn gestern Abend im Flur getroffen."

„Und dann erzählt er dir, dass er mich nicht flachgelegt hat, oder wie? Männer!", schimpfe ich leise.

Er legt die Hand auf meine Schulter und streicht beruhigend darüber. „Nein, so war das nicht. Ich hab es ihm nur angesehen. Männer verstehen andere Männer eben auch ohne Worte."

Von wegen! Dass ich nicht lache. „Ich glaube, dass deine Idee auch nicht die beste war", lasse ich ihn wissen, wie ich über die Sexsache denke.

Jordan verschränkt die Arme vor der Brust und sieht mich abwartend an. „Und warum nicht? Erklär's mir!"

Ich winke ab. „Ist doch auch egal. Ich glaube nur, dass Tyron nichts für mich ist."

„Dasselbe hat er von dir auch gesagt", murmelt er.

„Ihr habt über mich gesprochen?" Ich boxe ihm gegen die Schulter. „Nun rede schon", weise ich ihn barsch an.

„Ich hab dir doch gesagt, es war nichts weiter." Jordan nimmt seine Sonnenbrille, die am Kragen seines T-Shirts hängt, und schiebt sie sich auf die Nase.

Ich beuge mich zu ihm nach vorn und mustere sein Gesicht.

„Was tust du da?", wird ihm die Situation schnell unangenehm.

„Darauf warten, dass deine Nase zu wachsen beginnt."

Er drückt mich von sich weg. „Lass das. Es war nichts weiter. Er hat nur in einem Nebensatz angemerkt, dass du nichts für ihn bist, und ich wollte gern von dir wissen, warum das so ist."

Ich zeige auf mich. „Von mir? Woher soll ich das denn wissen?"

Er sieht mich wissend an. „Ich kenn dich doch. Was hast du verbrochen?"

„Gar nichts", antworte ich etwas zu laut. „Wir haben gegessen, uns nett unterhalten und dann beendete er den Abend so abrupt ..." Ich seufze leise. „Ich verstehe es auch nicht."

„Nett! Männer stehen nicht auf nett."

„Ich bin eben kein so ein verruchtes Ding, kann ich doch nichts dafür", gebe ich entschuldigend zurück.

Jordan zieht erneut den Laptop in seine Richtung und klappt ihn wieder auf. Sein Blick wandert über den Bildschirm, seine Lippen bewegen sich. Nach einer

Weile lehnt er sich wieder im Stuhl zurück und nickt. „Das, was du eben geschrieben hast, ist verrucht, sexy und ...", er wackelt übertrieben mit den Augenbrauen, „ziemlich scharf."

„Das bin ja auch nicht ich", wehre ich mich, „sondern meine Protagonisten, die hier gerade wild ..."

„Das, was da steht, trägt deine Handschrift, also sag mir nicht, dass du es nicht fühlst und ehrlich gesagt erinnert mich deine männliche Hauptperson ziemlich an den strengen Manager", stellt er fest.

„Ich hab dir doch gesagt, ich werde seine Persönlichkeit verwenden, also tu nicht so überrascht."

„Weiß ich doch. Aber die Frau, die er gerade fi... bist eindeutig du!"

„Was? Wie kommst du denn darauf?", frage ich und spüre, wie mir Hitze in den Kopf steigt.

„Sie hat langes, rotes Haar, und er entdeckt hier gerade ihren Leberfleck in Kleeform auf ihrer rechten Pobacke", erklärt Jordan und sieht mich eindringlich an.

„So ein Quatsch. Meine Protagonistin hat dunkle Haare und sicher habe ich ihr nicht mein besonderes Erkennungsmerkmal verpasst." Ungläubig schüttele ich den Kopf und lese nach. Der will mich doch auf den Arm nehmen!

Die Szene beginnt mit einem heißen, innigen Kuss. Die beiden schmecken sich, knabbern aneinander. Er fährt ihr durchs Haar – immer noch dunkel. Als er ihr unter das Shirt greift und an ihren Nippeln spielt, wirft sie den Kopf in den Nacken und er versieht nach und nach ihren kompletten Halsansatz mit kleinen Küssen. So weit, so gut. Doch bereits in der nächsten Handlung – meine Protagonistin wird von einem Schwall

Endorphinen überschwemmt – verwandelt sie sich ... Meine Kopfhaut kribbelt, durch meine Fingerkuppen rauscht ein verzauberndes Gefühl. In mich. Ja, ich nehme ihren Platz ein und bin gerade im Begriff, mich diesem Mann ohne Herz hinzugeben. Jordan hatte recht. Ich rümpfe die Nase. „Das war ein Versehen", rede ich mich raus.

Jordan grinst schief. „Versehen, alles klar."

„Können wir bitte dieses Thema beenden? Ich will und werde nicht mit ihm ..."

„Du wirst was nicht mit wem?" Tyrons tiefe Stimme verknotet mir auf der Stelle die Zunge.

„Sie meint einen Autorenkollegen. Der Kerl will unbedingt mit ihr ein Gemeinschaftsprojekt starten und sie hat keinen Bock", lügt Jordan ihm, ohne mit der Wimper zu zucken, mitten ins Gesicht. Ich und Gemeinschaftsprojekt. Was für ein Quatsch. Ich hatte bisher noch nicht einen einzigen Kontakt mit einem anderen Autor. Wie ihm solche Sachen nur immer so schnell einfallen. Ich schenke meinem Freund einen dankbaren Blick. Tyron stellt einen Cocktail und einen Teller auf den Tisch und sieht mich strafend an. „Du hast heute noch nichts außer einem Keks gegessen."

Da kommt wohl gerade der große Bruder in ihm durch. „An diesem Keks wäre ich fast erstickt. Seine Form war so ... halsversperrend", sage ich und sehe ihn dabei abweisend an.

Über sein Gesicht wandert ein amüsiertes Lächeln. „Du solltest wirklich etwas essen", drängt er mich und deutet auf das Kuchenstück vor mir.

„Ich ..." Weiter komme ich nicht, denn Jordan packt mich am Handgelenk und sieht mich ernst an. „Tyron hat recht."

Zwei Männer, die – wie es mir vorkommt – gerade dabei sind, sich gegen mich zu verschwören. „Ich gehe gleich zum Mittagessen", teile ich meinem Freund mit.

Jordan sieht zu Tyron, und auf das Gesicht des Managers tritt ein verstehender Ausdruck. In Männersprache soll das wohl so was bedeuten wie: Siehst du, ich habe es dir doch gesagt. Oder: Tammi ist einfach eine sture Rothaarige, also nimm das Zeug vom Tisch und verzieh dich. Oder: Die Kleine hat einfach überhaupt keinen Plan.

„Es ist kurz vor fünf, also iss den Kuchen. Tyron meint es wirklich nur gut", klärt Jordan mich schließlich auf.

„Kurz vor was?" Ungläubig sehe ich die beiden abwechselnd an.

„Fünf Uhr nachmittags", wird Tyron deutlicher.

Ich habe total die Zeit aus den Augen verloren.

„Es war meine Idee, also hab dich nicht so und iss den blöden Kuchen", fordert Jordan mich erneut auf.

Ob ich diese Aussage wirklich glauben soll? Ich weiß es nicht. Jetzt zwingen sie mich schon zum Essen. Da aber mein Magen knurrt, gebe ich mich geschlagen, schiebe den Laptop nach hinten und stelle den Teller vor mich. „Hätte mich auch gewundert, wenn Tyron wüsste, welchen Kuchen ich am liebsten esse", murmele ich und stecke die Gabel in die Schokosahne.

„Immerhin weiß ich, dass Orange fresh der richtige Cocktail ist", kontert er.

„Ist es nicht."

Tyron strafft die Schultern und sieht mich von oben herab an. „Ach, nein?"

„Nein! Denn du weißt offenbar nicht, was ich wirklich will", platzt es aus mir heraus. „Du bist also kein großer Frauenversteher. Du ...", rede ich mich in Rage. Jordan kneift mir in den Oberschenkel und hält mich so davon ab, mich noch mehr zu blamieren.

„Das hat sie manchmal. Scheint irgendwie ein Tick zu sein. Sie redet blödes, unzusammenhängendes Zeug", zischt er.

Gott, wie peinlich. Ich schäme mich in Grund und Boden und wünsche mir eine gute Fee herbei, die mir einen Wunsch erfüllt: unsichtbar werden. Genau das will ich jetzt.

Tyron tritt einen Schritt vom Tisch weg. Das Blau in seinen Augen wird eiskalt. Wenn er mich weiter so missbilligend ansieht, erfriere ich. „Du weißt auch nicht, was ich wirklich will", raunt er.

„Dann sag es mir doch", stichele ich weiter.

Jordan steht auf, klopft Tyron auf die Schulter und sieht mich mitleidig an. „Ich gehe jetzt auf eine Poolparty, kommst du mit?", wendet er sich an ihn.

Der reagiert nicht, sondern fixiert mich stattdessen ohne Unterlass. Nervös rutsche ich auf dem Stuhl hin und her. Ich weiß nicht, warum, aber ich will, nein, ich fühle mich gezwungen, diesen Mann zu provozieren. Wieso wollte er mich gestern nicht? Mein Ex zog mich einer Blondine vor und sogar mein erhoffter One-Night-Stand bringt mich brav und artig bis zur Tür, anstatt mich ...

Was ist nur so falsch an mir? Erst jetzt, als ich ihm wieder gegenüberstehe – oder besser gesagt sitze –, schäumt der Frust über den gestrigen Abend an die Oberfläche. Solche Gefühlsschwankungen hatte ich schon sehr lange nicht mehr. Ich weiß einfach nicht, was ich wirklich will. Diesen Kerl für eine Nacht, oder ist da doch mehr? Was, wenn ich mit ihm schlafe und hinterher total unglücklich bin? Aber wenn ich es nicht tue, werde ich es nie herausfinden. Diese Gedankengänge sind mir völlig neu. So bin ich doch gar nicht. Was macht dieses Miami nur mit mir? Dass ich über so etwas überhaupt nachdenke, ist schon lächerlich genug. Nein, das muss aufhören, und zwar sofort.

„Viel Spaß mit den scharfen Bikinischönheiten", sage ich in einem möglichst neutralen Ton, obwohl in mir gerade ein Gewitter tobt.

Tyron atmet mehrmals tief durch. In seinen Augen glüht der Zwiespalt. Als er merkt, dass von mir nichts mehr kommt, wendet er sich Jordan zu. „Gehen wir."

Fein! Geht doch zu euren Bikinibitches, ihr selbst ernannten Gigolos. „Wir sehen uns", verabschiede ich die beiden, schiebe den Kuchen von mir weg und lege mir den Laptop auf den Schoß.

„Bis dann, Babe", sagt Jordan und folgt Tyron, der ohne auch nur ein weiteres Wort zu verlieren, in Richtung Foyer schlendert.

Merke: Männer sind Idioten!

***

Nur ein rosa Frotteetuch verhüllt meinen müden Körper. Ich lasse mich aufs Bett fallen, verschränke die Arme über dem Bauch und sehe an die Decke. Nachdem Tyron und Jordan zum Spielen ausgezogen waren, erlosch meine Schreiblust. Ich konnte mich partout nicht mehr konzentrieren.

Weder den Kuchen noch den Cocktail rührte ich an, stattdessen ging ich ins Hotelrestaurant und ließ mir einen doppelten Cheeseburger mit extra viel Speck zubereiten. Die Kalorienbombe sollte meine Stimmung heben. Normalerweise funktioniert das auch immer gut – nur heute nicht. Ich fühle mich fett, unsexy und vor allem ungewollt. Wohlwissend, dass mich niemand hören kann, jammere ich laut vor mich hin, verfalle in eine Art Trance und lasse all die angestauten Gefühle lautstark entweichen.

Als es urplötzlich an der Tür klopft, halte ich die Luft an und setze mich auf. Wenn Jordan mich jetzt mit irgendwelchen blöden Geschichten über Affären nerven will, dann setzt es was!

Ich krabbele vom Bett, renne zur Tür und öffne wutschnaubend mit den Worten: „Ich will nicht wissen, in wen du dein Glied gerade versenkt hast. Spar dir deine Geschichten für ein anderes Mal auf und zieh ..." Mitten im Satz verschlucke ich mich jedoch, denn nicht Jordan steht vor mir, sondern Tyron, der mich mit einem so gierigen Ausdruck fixiert, dass auf der Stelle meine komplette Haut in Flammen steht.

„Du hast mich heute gefragt, was ich will ..." Er kommt auf mich zu, was mich zurückweichen lässt, und schließt die Tür hinter sich. „Ich will dich", presst er scharf hervor, packt mich im Nacken und zieht mich unwirsch an sich.

Tyron streicht mir meine zerzausten Haare aus dem Gesicht und küsst mich leidenschaftlich und fordernd. Seine Zunge drängt sich in meinen Mund, lässt mich kaum Luft holen und duelliert sich mit seinem Gegenspieler, als wäre es ein Kampf auf Leben und Tod. Meine Knie werden weich.

Er legt einen Arm um meine Hüften, zieht mich noch näher an sich heran und stöhnt mir dabei leise in den Mund. Mein Unterleib wird von einem seichten Kribbeln erfasst. Tief in mir vergrabene Gefühle sprudeln an die Oberfläche.

Als er mich an den Haaren packt, meinen Kopf nach hinten zieht und erst meinen Hals und danach meine Schlüsselbeine mit Küssen bedeckt, entweicht auch mir ein leises Stöhnen.

Tyron löst die Verknotung an meiner mich schützenden Verhüllung, das Handtuch fällt zu Boden, und ich fühle mich so ausgeliefert wie noch nie jemandem zuvor. „Ich bin ... nackt", stammele ich wenig schlau.

Tyron lässt von mir ab, tritt einen Schritt zurück, legt den Kopf leicht schief und mustert mich ausgiebig. Seine Blicke brennen auf mir.

„Das fühlt sich komisch an", gebe ich zu.

Tyron öffnet die Knöpfe seines schwarzen Anzugs und wirft das Jackett unachtsam hinter sich. Danach löst er den Knoten der gleichfarbigen Krawatte, zieht sie sich über den Kopf und bindet sie mir mit einem verschmitzten Lächeln um den Hals. „Besser?"

Besser? Jetzt baumelt eine schwarze Seidenkrawatte zwischen meinen Brüsten, während er noch immer fast vollständig angezogen ist. Was soll daran besser sein?

Zaghaft gehe ich einen Schritt auf ihn zu und knöpfe sein weißes Hemd auf. Tyron lässt mich gewähren. Mit zittrigen Fingern schiebe ich es über seine breiten

Schultern und erstarre beim Anblick seiner muskulösen, haarlosen Brust. Erst als er mir den Unterkiefer mit einem spitzbübischen Lachen wieder nach oben klappt, bemerke ich, dass ich ihn gerade mit offenem Mund anstarrte.

Er nimmt meine Hand und legt sie auf seine Brust. Seine Haut ist weich und warm. Durch meine Fingerspitzen jagt ein Blitz, der meine Körpermitte zum Beben bringt. Nur eine Berührung und ich drehe schon durch.

Ehe ich mir aber weiter über meinen sexuell ausgehungerten Leib Gedanken machen kann, hievt Tyron mich auf seine Arme und trägt mich hinüber zum Bett. Der Seidenstoff seiner Krawatte reibt über meine Scham und erhöht meinen Puls. Vor der Bettkante stellt er mich wieder ab. Sein herber, markanter Duft steigt mir in die Nase. Ich sauge ihn tief in meine Lungenflügel. Gott, dieser Mann ist so unglaublich heiß. Mit einem verstohlenen Blick beiße ich mir auf die Unterlippe und greife nach seiner Gürtelschnalle, doch Tyron stößt mich weg.

„Nicht so schnell", raunt er mir ins Ohr und heizt mich damit noch mehr an. Ich lasse mich aufs Bett sinken und gebe mich abwartend. Eigentlich war ich davon ausgegangen, dass er sich die Klamotten vom Leib reißt und sofort über mich herfällt. Komischerweise würde mir diese Vorgehensweise durchaus gefallen, wenn ich es mir so recht überlege. Das Kribbeln zwischen meinen Schenkeln wird stärker. Sein Pokerface lässt mich jedoch nicht erahnen, was er als Nächstes vorhat.

Nachdem er mich eine Weile ausgiebig betrachtet hat, kniet er sich vor die Bettkante, zieht mich näher zu sich heran und legt meine Kniekehlen über seine Schultern. Nein, nicht das ... Doch es ist zu spät, denn ich spüre bereits einen zärtlichen Kuss auf meiner Scham, und als er meine Klit freilegt, um die Zunge darum kreisen zu lassen, schließe ich die Augen und gebe mich endgültig und ohne Einschränkungen diesem Liebesspiel hin. Mir wird kalt und heiß gleichzeitig, meine Atmung holprig, Gänsehaut bildet sich auf meinen Brüsten. Ich werde unruhig, denn seine gekonnten Spielereien lassen mich kaum noch Luft holen.

Als er urplötzlich und völlig unerwartet einen Finger in mich schiebt, kralle ich mich am Laken fest und stöhne laut auf. Tyron gibt sich unbeeindruckt ob meiner Situation und lässt von mir ab. Was? Das kann er doch nicht machen! Ich war gerade dabei ...

„Nicht so schnell, sagte ich", rügt er mich mit dunkler Stimme.

„Das ist doch deine Schuld", nörgele ich und wünsche mir seinen Kopf sofort wieder dorthin, wo er eben noch war.

Doch Tyron gibt meinem Flehen nicht nach, sondern steht auf, holt etwas aus der Tasche seiner Hose, platziert es am Bettende und entledigt sich seiner restlichen Klamotten. Durch die schwarze Boxerbrief kann ich seine Erregung bereits erahnen. Mir bleibt erneut die Luft weg.

Ich will gerade wieder ein wenig weiter aufs Bett rutschen, als Tyron mit strengem Blick den Kopf schüttelt. Ich sehe ihm dabei zu, wie er seine pralle Männlichkeit verhüllt und sich wieder vor das Bettende kniet. Was ...?

Die Frage, die ich mir gerade stellen will, verpufft augenblicklich, denn er zieht mich ruckartig an den Fußfesseln zu sich, setzt mich auf seinen Schoß und verkrallt sich in meinen Hüftknochen. Sein Blick ist gierig.

Ich sehe ihm zwar an, dass er damit hadert, ob er mir wirklich die Kontrolle überlassen soll, innerlich mit sich kämpft, doch nur eine Sekunde später drückt er mich nach unten und dringt mit nur einem Stoß so tief in mich ein, dass ich meine, das Herz bliebe für einen Augenblick stehen und ich könnte nicht mehr atmen.

Mein kompletter Unterleib bebt. Ich küsse Tyron leidenschaftlich – schmecke ihn – reite ihn – genieße ihn. Für eine Weile lässt er mich sogar gewähren, doch als er merkt, dass ich im Begriff bin, mich in einem Orgasmus zu verlieren, hebt er mich sofort von sich runter und setzt mich aufs Bett. Mit seinen Blicken drängt er mich rückwärts. Ich spreize die Beine und sehe ihn erneut flehend an. Tyron schiebt sich raubtierartig über mich, bedeckt dabei meinen Körper mit tausenden kleinen Küssen. Jeder einzelne zündet ein Minifeuerwerk in mir. Sein letzter Kuss landet auf meinen Lippen und genau in diesem Augenblick dringt er wieder in mich ein.

Langsam bewegt er sich in mir. Nur wenige Male, bis er sich aufsetzt und meine Klit mit seinen Fingern bespielt, während er abwartend in mir verharrt. Ich japse nach Luft und blicke ihm direkt in die Augen, die mich begierig betrachten.

Kaum merklich nickt er und umkreist meinen Lustknoten noch ein wenig schneller. An jeder noch so kleinen Stelle meines Körpers bilden sich Blitze, die tosend im gleichen Moment auf meine Körpermitte zurasen, dort aufeinandertreffen und ein explosives Gefühl in mir auslosen. Ich schließe die Augen, genieße den wunderbaren Moment des Höhepunkts und meine zuckenden Muskeln um seinen Schaft.

Eine Ruhephase gewährt er mir jedoch nicht, denn er nimmt meine Beine, legt sie über seine Schultern und dringt noch tiefer in mich ein. Jeder Stoß wird heftiger – unkontrollierter – gieriger. Als er mit der rechten Hand meine Brustwarzen zwirbelt, jagt ein angenehmer, leichter Schmerz in meine sich gerade erholende Schamgegend und schürt das Feuer wieder an.

Ich schließe erneut die Augen und gebe mich seinen immer schneller und unkontrollierter werdenden Bewegungen hin, bis mein Körper von einem weiteren Höhepunkt erschüttert wird. Ich zucke mehrmals heftig zusammen. Tyron befreit sich kurz darauf mit nur zwei derben Stößen und lautem Stöhnen ebenfalls.

Völlig erschöpft bleibe ich wie ein verunglückter Maikäfer auf dem Rücken liegen und öffne vorsichtig die Lider. Der breit grinsende Mann über mir haucht mir ein Küsschen auf die Stirn und legt sich dann neben mich.

Ich rolle mich auf die Seite und mustere ihn. Kleine Schweißtropfen perlen über seinen Körper. Er ist ohne Zweifel ein hübscher Mann.

Er dreht den Kopf in meine Richtung und sieht mich fragend an. „Stimmt was nicht?"

„Doch alles, wieso?"

„Wieso guckst du mich dann so skeptisch an?", will er wissen. Seine Atmung ist noch immer schnell.

„Gehst du jetzt, oder wie läuft das?", platzt genau die Frage sofort aus mir heraus, die mich am meisten beschäftigt.

Tyron setzt sich auf, rutscht vom Bett, presst die Lippen aufeinander und hievt mich dann wie ein Neandertaler bäuchlings über seine Schulter. „Nein, jetzt gehen wir duschen", sagt er, gibt mir einen Klaps auf den Hintern und trägt mich ins Badezimmer.

Gott, bitte, lass ihn alles noch einmal von vorn mit mir machen ...

Kapitel 14

Zwei Wochen später ...

Tyron

Das ohrenbetäubende, klirrende Geräusch im Restaurant lässt mich zusammenzucken. Ich lasse am Empfang alles stehen und liegen und eile hinüber.

Wut schießt mir in die Venen, als ich dutzende Scherben unseres besten Geschirrs mit Goldrand auf dem Boden sehe. Vor dem Chaos steht ein neuer Kellner, den ich erst gestern einstellte. Neben ihm eine langjährige Mitarbeiterin.

„Mr. Pine wird dich umbringen", zischt sie.

Und wie ich das werde, da kann der Kerl Gift drauf nehmen. Ich rücke mir den Schlips zurecht, schließe zwei Knöpfe meines hellgrauen Jacketts, setze einen todbringenden Blick auf und betrete den Raum.

„Gott, da ist er schon", teilt die Mitarbeiterin dem neuen Kellner mit und geht in Deckung.

„Sie sind ja völlig unfähig!", schreie ich den verdutzt dreinblickenden Kerl an. „Sie haben unser bestes Geschirr in einen Haufen Scherben verwandelt."

„Es tut mir leid, ich wollte nicht ... es war ein Versehen", entschuldigt er sich.

Die Adern an meinen Handgelenken pulsieren, mein Hals schwillt an. „Versehen?", tobe ich. „Bei mir gibt es keine Versehen."

„Ich wollte ...", versucht er, sich zu erklären.

„Packen Sie Ihre Sachen und verlassen Sie mein Hotel, und zwar umgehend!"

Die langjährige Mitarbeiterin zupft an seinem Ärmel. „Du solltest besser gehen."

Der Kellner atmet tief aus, was sich für mich wie genervtes Stöhnen anhört. Ich würde ihm für seine Blödheit am liebsten – wäre ich nicht der Manager und gut erzogen – eine aufs Maul hauen. Unser bestes Geschirr. So ein Pisser. Echt!

„Und Sie räumen hier auf", weise ich die ängstlich aussehende, dunkelhaarige Frau vor mir an.

„Natürlich, Mr. Pine", sagt sie, bleibt aber stehen.

„Sofort!", werde ich noch lauter. Das darf doch alles nicht wahr sein. Ich glaube, ich muss mal wieder meine Angestellten auf Herz und Nieren prüfen und ein paar Entscheidungen treffen.

Mit hängendem Kopf huscht sie davon. Als mir jemand von hinten auf die Schulter tippt, wird meine Wut noch größer. Ich hasse es, wenn mich jemand ungefragt anfasst. Mit Zorn in den Augen drehe ich mich um und entdecke eine breit grinsende Tammi.

„Dein Geschrei hört man bis zum Pool. Was ist denn passiert?", will sie wissen.

Ich deute hinter mich auf den Scherbenhaufen. „Siehst du doch", zische ich.

Tammi streicht mir über die Wange, was einerseits meinen Puls von gefühlten 400 wieder auf normale 80 senkt, mich andererseits aber auch zurückweichen lässt.

„Ist schon gut, ich weiß, dass ich dich in der Öffentlichkeit nicht anfassen darf." Sie rollt mit einem genervten Gesichtsausdruck gut für mich sichtbar die Augen. „Ich wollte dich auch nur wieder etwas runterbringen."

Ja, das schaffte sie, ohne jeden Zweifel, und doch lösen ihre Berührungen, je mehr Tage ins Land ziehen, Ängste in mir aus, die ich nicht greifen kann. „Schon gut, nicht so schlimm", murmele ich.

Sie tippt mich mit dem Zeigefinger am Oberarm an und grinst böse. „Scherben bringen Glück." Sie will mich reizen, und zwar bis zum Äußersten. Nicht anfassen. Das weiß sie genau.

Ich versuche, meinen strengen Blick beizubehalten, obwohl ich sie am liebsten an mich ziehen und küssen würde, aber ich tue es nicht. Was in mir vorgeht, begreife ich selbst nicht. Wie mich die letzten zwei Wochen innerlich fast zum Zerreißen brachten, kann – nein, will ich ihr nicht sagen, denn ich wüsste nicht mal wie. Was das auch immer in mir ist – es macht mir eine Scheiß-Angst.

„Glück sieht für mich anders aus."

„Ach ja, wie denn?", fragt sie und sieht mich dabei herausfordernd an.

Als ich ihr nicht antworte, versucht sie, mich ein weiteres Mal zu necken, doch ich weiche zurück. „Du hörst auch überhaupt nicht."

„Muss ich auch nicht. Ich bin ja keine deiner Angestellten", grinst sie.

„Ich habe zu tun", wimmele ich sie ab.

„Alles klar, Mr. Pine. Manage mal schön weiter. Wir sehen uns später", gibt sie mir meine Abendplanung vor und wendet sich zum Gehen.

Während sie erhobenen Hauptes das Restaurant verlässt, begutachte ich ihr knackiges Hinterteil, das sich durch die dunkle Jeanshotpants abzeichnet. Wie könnte ich dieser Frau auch nur eine Nacht widerstehen?

***

Es ist kurz vor Mitternacht, als ich an Tammis Tür klopfe. Meine vier Erholungsstunden verbringe ich neuerdings regelmäßig mit ihr. Eine andere Frau abzuschleppen, kam mir seit unserer ersten gemeinsamen Nacht nicht mehr in den Sinn. Allein das ist unnormal für mich. Allerdings schliefen wir, immer wenn ich bei ihr war, miteinander, also hinterfragte ich mein Verhalten nicht weiter.

Mit einem strahlenden Lächeln öffnet sie mir und zieht mich aber anstatt direkt ins Bett vor den Fernseher. Was hat sie denn nun vor?

„Ich muss das eben zu Ende sehen", sagt sie und dreht die Lautstärke höher.

Es läuft nicht etwa ein Liebesfilm, sondern Nachrichten.

„Ist etwas passiert, von dem ich nichts mitbekommen habe?", frage ich und setze mich neben sie aufs Sofa.

Sie wirft mir einen kurzen Blick zu. „Wie meinst du das? Es passieren jeden Tag schlimme Dinge auf der Welt."

Es ist das erste Mal, dass ich neben einer Frau sitze und wie ein Schoßhündchen auf sie warte. Vielleicht kann ich sie ja von diesen furchtbaren Bildern ablenken. Vorsichtig streichele ich ihr Knie und fahre dann hinauf in ihren Schritt.

Ohne mich anzusehen, schlägt sie mir auf die Hand. „Also wirklich, kannst du dich nicht wenigstens kurz beherrschen?", zischt sie.

Wenn ich ehrlich bin – nein! Wieso sollte ich auch? Ich starte einen zweiten Versuch. Tammi rutscht vom Sofa und setzt sich im Schneidersitz auf den Boden. „Guck dir diese armen Kinder in Afrika an. Ist das nicht schrecklich?"

Ich reagiere nicht darauf, da ich dem Programm keine Sekunde lang folgte und somit nicht weiß, wovon sie spricht. Der Abspann der Nachrichtensendung erklingt. Das ist mein Freizeichen. Endlich!

Ich will sie an mich ziehen, doch sie wehrt sich. „Sag mal, geht dir dieses ganze Leid am Hintern vorbei?"

„Ich weiß nicht, was du meinst", antworte ich ehrlich.

Sie deutet auf den Fernseher. „Diese ganzen armen Menschen." Tammi beäugt mich kritisch. „Du hast noch nie einen Cent gespendet, das sehe ich dir an der Nasenspitze an, Tyron Pine." Sie klopft mir auf den Oberschenkel, erhebt sich und baut sich vor mir auf. „So einer bist du also."

„Was soll das denn bitte heißen?", entrüste ich mich.

„Oder hast du doch?", hakt sie vorsichtig nach.

Ich schüttele den Kopf. „Nein, hab ich nicht."

„Dann wird es Zeit, dass du damit anfängst", teilt sie mir energisch mit.

„Also gut, können wir morgen darüber reden und heute ..."

Tammi stemmt die Hände in die Hüften und bedenkt mich mit einem scharfen Blick. „Dein Können-wir-morgen-darüber-reden ist echt anstrengend. Ich schlafe wirklich gern mit dir, aber deine Verdrängungstaktik geht mir auf Dauer auf die Nerven."

Warum habe ich nur das Gefühl, dass es hier gar nicht mehr um die armen Kinder in Afrika geht? Ich erhebe mich ebenfalls – ich kann es nicht leiden, wenn sie auf mich herabsieht – und baue mich vor ihr auf. „Um was geht es hier wirklich?"

Tammi verzieht das Gesicht. „Um uns, Tyron, verdammt, es geht um uns."

Jetzt sind wir bei dem Thema angelangt, das mir absolut nicht schmeckt. Sie scheint meine Abneigung zu spüren, kommt noch einen Schritt näher, legt mir die flache Hand auf die Brust und sieht mir tief in die Augen. „Du musst nichts sagen, mir würden schon kleine Gesten reichen."

Kapier ich nicht. Ich krause die Nase, was Tammi zum Anlass nimmt, leise zu seufzen. „Wie wäre es, wenn du nicht sofort, nachdem wir miteinander geschlafen haben, verschwindest, sondern hier bei mir bleibst?", schlägt sie vor.

Mir schnürt es die Kehle zu. Ich muss mich räuspern. „Ich ..." Mir versagt die Stimme. „... kann nicht."

Sie lässt von mir ab und geht einen Schritt rückwärts. „Und warum nicht?"

„Kann ich dir nicht erklären", gebe ich zu.

Sie lässt die Schultern und die Mundwinkel hängen. So unglücklich wie jetzt habe ich sie noch nie gesehen.

Und wenn ich eins nicht will, dann dass sie meinetwegen unglücklich ist. Somit stimme ich ihrem Vorschlag zu, obwohl mir absolut nicht wohl bei der Sache ist. „Also gut."

Sofort funkeln ihre Augen wieder. Sie kommt auf mich zu und küsst mich leidenschaftlich. „Du wirst es nicht bereuen, Tyron Pine", wispert sie gegen meine Lippen.

Das werden wir noch sehen ...

***

Ich werde von einem merkwürdigen Gefühl an der Wange geweckt. Ich blinzele mehrmals, versuche zu verstehen, was um mich herum passiert und vor allem, warum ich schlafe und nicht allein bin. Erst nach einigen Augenblicken wird mir klar, auf was ich mich gestern einließ, und blöderweise muss ich zugeben, dass ich noch nie so schnell einschlief wie vergangene Nacht. Verschlafen reibe ich mir die Augen.

Tammi kniet neben mir und streichelt weiterhin zärtlich meine Wange. „Du musst langsam aufstehen, denke ich."

„Wieso? Wie spät ist es?", frage ich noch immer schlaftrunken.

„Halb 9", flüstert sie und küsst mich.

Ich schnelle im Bett hoch. „Wie spät?", rufe ich erschrocken.

„Halb 9", wiederholt sie.

„Scheiße!" Mit einem Satz springe ich aus dem Bett, raffe meine Sachen zusammen und suche das Weite, ohne mich von Tammi zu verabschieden. Von wegen, ich werde es nicht bereuen.

***

Seit einer Stunde sitze ich vor der Abrechnung, die Dashiel mir vorhin ins Büro schoss. Ja genau, schoss. Er riss die Tür auf und warf sie mir quasi vor die Füße. Wäre ich nicht so perplex gewesen, hätte ich ihn verfolgt und ihm deswegen eine körperliche Abreibung verpasst. Der Kerl ist wirklich unglaublich. Allerdings muss ich mir eingestehen, dass ich mich heute auf nichts konzentrieren kann. Wieder eine Neuerung, die mir absolut nicht gefällt.

Ich muss mit jemandem sprechen. Dass ich so etwas irgendwann einmal denken würde, hätte ich auch nicht zu glauben gewagt. Meine Auswahl ist nicht sehr groß. Auf Freundschaften legte ich noch nie sonderlich viel Wert, bleibt mir wohl oder übel nur einer meiner Brüder.

Da ich mit Dash kein vernünftiges Wort wechseln kann, ohne dass wir beide eskalieren, entschließe ich mich dazu, Micah aufzusuchen. Wir beide sind nicht wie Feuer und Wasser, sondern eher wie Erde und ... Erde. Im Gegensatz zu Dash und mir sind wir beide keine hochexplosive Mischung, die sofort in die Luft geht, sobald sie aufeinandertrifft, aber er lebt sein Leben, ich lebe meins und bis auf das Hotel und die DNA unserer Eltern haben wir nichts gemein.

Er ist und bleibt ein eigenbrötlerischer Abenteurer, auch wenn er seiner Arbeit mittlerweile sehr gern nachgeht, sesshaft geworden ist und die Liebe seines

Lebens fand. Sein ständiges Geklimper geht mir allerdings echt auf die Eier, und suchen muss man ihn auch nicht. Er ist immer – und ich meine wirklich immer – bei diesen unangenehm riechenden Viechern.

„Hey, Micah, hast du kurz Zeit?", rufe ich ihm aus der Ferne zu.

Er ist gerade dabei, ein Pferd zu satteln, sieht aber auf, als er seinen Namen hört, erkennt mich, nickt und geht wieder seinem Tun nach.

Der große Redner ist er im Übrigen auch nicht. Zumindest nicht bei mir. Gut, wir hatten uns noch nie viel zu sagen. Vielleicht hätte ich mich doch besser an Dash wenden sollen? Ich überlege kurz und schmunzele dann über meine eigene idiotische Idee. Never ever! Mein kleiner Bruder würde sich wahrscheinlich vor Lachen bepissen. Ja, so ist er. Bei Micah hingegen erwarte ich ... nichts. Er wird mir zuhören und ... keine Ahnung. Was mache ich eigentlich hier? Gerade als ich mich aber wieder zum Gehen abwenden will, ruft er mich:

„Tyron, was gibt's?"

Also gehe ich doch zu ihm. „Ich wollte dir kurz eine Frage stellen", beginne ich die Unterhaltung etwas unbeholfen.

„Du hast eine Frage an mich? Sieh einer an", gibt er sich sichtlich überrascht.

Er tut ja fast so, als würden wir beide nie miteinander reden. Das stimmt ja nur fast. Gut, mit Dash habe ich mehr zu tun, aber nur, weil wir geboren wurden, um uns zu bekriegen. Mit Micah kann ich mich nicht bekriegen, Micah ist Micah.

„Auf was wartest du? Ich höre", treibt er mich an, endlich den Mund aufzumachen.

Ich atme tief durch, versuche aber, dabei nicht diesen blöden Pferdegeruch in die Nase zu bekommen. „Das könnte etwas länger dauern."

„Dann musst du mitreiten", sagt er und schwingt sich in den Sattel.

„Nein, danke, so wichtig ist es dann doch nicht", lehne ich ab.

Er beugt sich zu mir und reicht mir die Zügel des zweiten Pferdes. „Entweder so oder gar nicht", stellt er mich vor die Wahl.

„Das ist Erpressung, und was willst du eigentlich mit zwei Pferden auf einmal?"

„Du willst doch was von mir ... also", lässt er nicht locker und geht nicht auf meine Frage ein.

„Ich habe einen nigelnagelneuen Anzug an", beklage ich mich.

„Auch nicht mein Problem. Also, was ist jetzt?"

Ich hätte zu Dash gehen sollen. Eindeutig! „Ich hasse Pferde, das ist dir doch klar", motze ich und steige auf. Wenigstens ist dieses eine PS schwarz.

Wenige Meter reitet er vor, dann wartet er auf mich. „Du machst gar keine so schlechte Figur auf dem Pferd ... in deinem Anzug", sagt er.

Haha, sehr witzig, Micah! „Also gut, kommen wir zu meiner Frage, damit ich endlich wieder absteigen kann ... Woher wusstest du, dass es Liebe ist? Bei dir und Sienna, meine ich."

Mein Bruder sieht mich völlig perplex an. „Wieso fragst du mich so was?"

„Ich will nur meinen Horizont erweitern."

Micah sieht für einen Augenblick aufs Meer hinaus, ehe er sich wieder an mich wendet. „Liebe kann man nicht beschreiben, die fühlt man einfach." So poetisch seine Aussage auch klingt, sie sagt mir Null. Wenn ich Dash diese Frage gestellt hätte, wäre er mir sicher mit irgendwas gekommen wie: Tyron, du bekommst davon monstermäßige Kopfschmerzen und hast das Gefühl, dein Sack geht in Flammen auf. Ja, so ungefähr wäre seine Antwort ausgefallen, nur um mich zu reizen.

„Und wie ist dieses Gefühl so?"

Micah streichelt die Mähne seines Pferdes und sieht mir dabei direkt in die Augen. „Du hättest dich weniger um uns und mehr um dich selbst kümmern sollen, dann müsstest du mir jetzt nicht so eine Frage stellen."

Ich runzele die Stirn. „Was?"

„Nachdem Mutter, Vater und Großvater gestorben waren, hast du ganz automatisch die Rolle des Vaters für uns übernommen. Mal ganz davon abgesehen, dass du auch irgendwie die Rolle des Ehemanns für Großmutter übernommen hast." Er hebt die Hand. „Also nicht im perversen Sinn natürlich, du weißt schon, wie ich das meine."

„Ja, schon klar, aber was hat das damit zu tun?"

„Du hattest keine Zeit für dich selbst, hast nie herausfinden können, wer du wirklich bist, und jetzt …" Er mustert mich. „Jetzt bist du alt und allein."

Mister Neunmalklug. Wenn der wüsste! Ich bin alles andere als allein, genau das ist es ja. „Kannst du mir nicht einfach die Frage beantworten? Ich hab echt keinen Bock, mit dir über irgendwelche ollen Kamellen zu quatschen."

„Dir ist es wirklich ernst!", bemerkt er nun endlich.

„Ist es!"

„Gut, dann kommt jetzt eine Geschichte über die Liebe." Ich kann an seinem Gesichtsausdruck ablesen, dass er sich wirklich freut, dass ich damit zu ihm gekommen bin.

Eine kleine Spitze in seine Richtung kann ich mir dennoch nicht verkneifen. „Solange du nur redest und nicht singst, bin ich ganz Ohr."

Doch ganz im Gegensatz zu Dash, der mir jetzt schon wieder an die Gurgel gesprungen wäre, atmet Micah nur einmal tief aus, schüttelt den Kopf und sieht mich abfällig an. „Nicht witzig, Tyron."

„Nein, entschuldige, natürlich nicht", stimme ich ihm zu und verbeiße mir das Lachen. Doch, ist es schon!

Kapitel 15

Tammi

Mit den Worten: „Hey, Babe" stürmt Jordan die Suite, bleibt mitten im Raum stehen und funkelt mich neugierig an. „Was gibt es Neues? Ich höre gar nichts mehr von dir." Theatralisch fuchtelt er herum, ehe er die Hände in die Hüften stemmt. „Nichts."

„Ich schreibe", antworte ich und deute auf den Laptop, der auf dem Sofa liegt.

Jordan geht zur Balkontür, öffnet sie und wedelt mit den Armen. „Du brauchst mal wieder frische Luft. Seit Tagen verkriechst du dich vor mir. Ich bekomm dich überhaupt nicht mehr zu Gesicht", beschwert er sich.

„Du weißt, dass ich ab und zu absolute Ruhe brauche, und im Moment bin ich in genau so einer Phase."

Er beäugt mich von Kopf bis Fuß. „Du bist immer noch im Pyjama. Wie sieht's mit essen aus?"

„Ich esse, trinke, schlafe, gehe duschen ... und habe ..." Das letzte Wort schlucke ich hinunter und beiße mir auf die Unterlippe.

„Gut, dass du das Thema ansprichst. Wie läuft es?", will er wissen.

„Wie läuft was?", stelle ich mich dumm.

Jordan geht zu meinem Bett, setzt sich darauf und klopft auf die Matratze. „Hier passieren doch die besten Geschichten, gib's zu."

„Darüber werde ich nicht mit dir reden."

„Nicht die Einzelheiten. Ich meine allgemein, wie läuft's zwischen euch?"

Ich setze mich zu ihm, drehe aber den Kopf in die andere Richtung, um aus dem Fenster zu sehen. „Es ist ... Keine Ahnung, was es ist ... aber es ist gut."

Jordan tätschelt meinen Oberschenkel. „Eine Affäre."

Ich lasse die Schultern hängen und sehe ihn an. „Ich weiß es nicht."

Mein Freund schnappt hörbar nach Luft. „Du willst mir jetzt aber nicht sagen, dass du dich ..."

Ich ziehe die Mundwinkel nach oben. „Miami war eine super Idee. Weißt du, dass ich schon die Hälfte der neuen Geschichte fertig habe? Ich hätte nie gedacht, dass ich aus meiner Schreibflaute wieder rauskomme, aber es ist passiert", freue ich mich.

„Das ist toll, wirklich toll, aber noch mal: Was ist das zwischen dir und Tyron?", kehrt er zum ursprünglichen Thema zurück.

„Wie lange bleiben wir denn noch hier?", weiche ich erneut aus.

Jordan überlegt kurz. „Gute Frage, aktuell bin ich mitten im After Baby Body-Prozess. Die gute Frau braucht noch einige Tage, bis sie wieder die alte ist."

„Tage?", frage ich entsetzt.

Er fährt sich durchs Haar und setzt einen wissenden Blick auf. „Wochen, Babe, noch ein paar Wochen."

Ich atme hörbar aus, und erst jetzt fällt mir meine Panik auf, die in mir hochkroch, als Jordan das Wort Tage sagte. Ist das ein Zeichen?

„Du hast dich in diesen Kerl verguckt, stimmt's?", spricht er es nun direkt an.

„Kann ich dir nicht sagen, ich weiß es ja selbst nicht", gestehe ich mir ein. Wie soll ich auch etwas benennen, das mir völlig neu ist? Als Tyron mich vor zwei Wochen das erste Mal überrumpelte, gab ich mich ihm hin. Warum? Mit Sicherheit, weil es an mir nagte, dass er mich offensichtlich nicht wollte.

Seitdem besucht er mich täglich, nur um mit mir zu schlafen. Bis auf gestern. Da blieb er die ganze Nacht und das sogar ohne vorher mit mir durch die Laken zu springen. Dass ich für solch eine Affäre geschaffen wäre, hätte ich niemals zu glauben gewagt, und doch scheint es so, als wäre es meine neue nackte Realität.

Jordan legt den Arm um mich und kneift mir mit der anderen Hand in die Wange. „Du bist dabei, dich in diese Sache zu verrennen, das ist gar nicht gut."

„In welche Sache denn?" Natürlich weiß ich genau, was er mir damit sagen will, aber ich kann es nicht aussprechen, denn dann würde ich wahrscheinlich zu grübeln anfangen, und wenn das geschieht, bin ich am Ende. Meine Schreiberei läge wieder brach, ich würde dann nur noch an ihn denken, mir ausmalen, wie es mit ihm wäre, und würde womöglich im Liebeskummer ertrinken. Nein, das kommt nicht infrage und genau deshalb weigere ich mich, darüber zu sprechen.

„Ich kenne dich, Babe, ich glaube, manchmal sogar besser als du dich selbst. Du hast dich in diesen Manager verknallt", trifft er den Nagel auf den Kopf und löst mit seiner Aussage eine Flutwelle an Emotionen, die ich nie haben wollte, in mir aus.

Ich presse die Lippen aufeinander und schüttele den Kopf. „Ich kann nicht darüber reden."

Jordan fährt sich übers Kinn. „Es ist alles meine Schuld. Ich hätte dich niemals zu so etwas drängen sollen."

„Ich bin alt genug und kann auf mich selbst aufpassen."

„In dieser Beziehung nicht. Wenn ich da an die Geschichte mit deinem Ex zurückdenke, dann wird mir ganz anders." Er schüttelt sich, und ich sehe, wie sich auf seinen Armen Gänsehaut bildet.

Dass diese Trennung damals auch an ihm nicht spurlos vorüberging, weiß ich, doch dass sie ihn so sehr traf, wird mir erst jetzt klar. „Aber das mit Tyron ist doch etwas ganz anderes. Ich wusste, worauf ich mich einlasse, und wenn wir erst einmal wieder hier weg sind, dann werde ich ihn vergessen." Die Worte, die eben aus meinem Mund purzelten, glaube ich mir selbst nicht.

„Wir sollten darüber reden", bittet er mich inständig.

„Da gibt es nichts zu reden. Ich mag ihn, wir vergnügen uns und das war's", will ich das Thema abwürgen und stehe auf.

„Er hat letzte Nacht hier geschlafen!"

Mir bleibt für einen Moment die Luft weg. „Woher weißt du …?"

„Ich habe ihn heute Morgen aus der Suite kommen sehen. Falls du dich noch erinnerst, mein Zimmer ist am Ende des Flurs."

Verdammt! „Na, und wenn schon. Ist doch nichts weiter dabei."

Jordan straft mich mit einem mir gut bekannten Blick. Wenn ich ihm nicht gleich die Wahrheit sage, wird er ausfällig.

„Also gut, ich habe ihn gestern Abend gebeten zu bleiben", räume ich ein.

„Und weiter?"

„Nichts und weiter. Er ist geblieben, hast du ja mitbekommen."

Jordan erhebt sich, steckt die Hände in die Hosentaschen und sieht gedankenverloren aus dem Fenster. „Er ist bei dir geblieben, obwohl er nicht mit dir geschlafen hat."

Woher weiß er das denn nun schon wieder? „Kann man nicht auch mal einen Abend zusammen sein, ohne miteinander zu schlafen?"

Er sieht mich über die Schulter hinweg an. „Bei einer Affäre wohl kaum, oder was glaubst du, warum man sich trifft?"

„Es war doch nur eine Nacht, und außerdem hab ich ihn ja wohl kaum am Bett angekettet. Tyron war freiwillig hier", mache ich ihm klar, dass das gestern nicht meine alleinige Entscheidung war.

Jordan kommt auf mich zu, packt mich bei den Schultern und sieht mir tief in die Augen. „Du hast dich in ihn verliebt, aber ob er auch in dich verliebt ist ..." Er verzieht den Mund. „Keine Ahnung."

„Tyron ist ein netter Mensch. Er hatte eine schwere Kindheit. Er braucht einfach ein wenig Zeit, bis er auftaut", versprühe ich Zuversicht.

Jordan seufzt. „Und genau das meinte ich: Du bist gerade wieder auf dem besten Weg, dich in etwas zu verrennen. Tyron mag ganz nett sein und bestimmt ist er auch ein guter Kerl, aber er ist mit Sicherheit nicht ..."

Ich entreiße mich Jordans Händen. „Was ist er mit Sicherheit nicht? In mich verliebt? Warum nicht? Weil man sich nicht in mich verlieben kann? Willst du mir das damit sagen?", zische ich aufgewühlt.

„Babe, ich liebe dich. Natürlich kann man dich lieben. Aber Tyron ist meiner Meinung nach nicht der Typ, der nach der großen Liebe sucht. Er ist ein eiskalter Geschäftsmann, und jetzt sag mir nicht, dass du vergessen hast, wie du am Anfang auf ihn reagiert hast", bleibt er ruhig.

„Man kann sich in Menschen auch täuschen", entgegne ich ihm.

Dass ich Tyron anfangs unheimlich fand, war bei seinem Auftreten auch kein Wunder, aber jetzt, da ich ihn besser kenne – zumindest ein bisschen –, änderte ich meine Meinung über ihn. Harte Schale, weicher Kern, das ist mein neuestes Bild von ihm. Im Augenblick ist er innerlich zwar eher so medium rare, aber irgendwann – und da bin ich mir ziemlich sicher – wird er auch das noch ablegen und der echte Tyron wird zum Vorschein kommen.

„Ich hoffe, du ..." Jordan merkt, dass er bei mir nicht weiterkommt, und wechselt das Thema. „Geh wenigstens mal wieder etwas an die frische Luft. Du bist seit über einer Woche nicht mal mehr zum Frühstücken gekommen."

In dieser Beziehung muss ich ihm recht geben. Das Essen wurde mir in die Suite gebracht und außer dem Kellner und Tyron sah ich keine Menschenseele. Wobei ... Nein, stimmt nicht, gestern war ich kurz an der Bar, um mir einen Orange fresh zu holen. Dabei erwischte ich Tyron, wie er wieder einmal einen seiner Angestellten feuerte, nur weil ihm das blöde Malheur mit den Tellern passierte. Meine Güte, manchmal stellt er sich wirklich an.

„Okay, dann werde ich eben am Pool weiterschreiben", stimme ich Jordan zu.

„Das ist doch schon mal was", freut er sich. „Soll ich noch auf dich warten?"

Ich greife mir in die Haare. „Siehst du das? Das ist das Nest eines Kuckucks, den muss ich erst vertreiben."

Jordan wirft mir eine Kusshand zu und verlässt mit den Worten: „Bis später, Babe" die Suite.

***

Nachdem ich eine ausgiebige Runde in der großen Eckbadewanne gedreht habe, meine Haare wieder in eine ansehnliche Kopfbedeckung verwandelte und meinen Körper in ein hellgelbes Sommerkleid hüllte, packe ich meinen Laptop ein und mache mich auf den Weg zum Pool.

Am Empfang steht wie immer die ältere Dame und begrüßt gerade neue Gäste. Das Restaurant ist gut besetzt. Mittagszeit eben. Ich gehe durchs Foyer und spähe bereits aus der Ferne den Platz aus, an dem ich am liebsten schreibe. Er ist noch frei.

Gerade als ich den ersten Fuß über die Türschwelle setzen will, um ihn mir schnell zu sichern, werde ich am Arm festgehalten. Erschrocken fahre ich zusammen, drehe mich aber mit einem Lächeln um, da ich glaube, dass es sich nur um Tyron handeln kann. Wen ich allerdings stattdessen vor die Linse bekomme, lässt mir auf der Stelle das Gesicht einfrieren.

„Hey, Tammi, richtig?" Meredith, der blonde Koala mit den unendlich langen Beinen, was will der von mir?

„Könntest du mich bitte loslassen?", befehle ich ihr und deute auf ihre Hand, die meinen Oberarm immer noch fest umschließt.

„Natürlich, entschuldige", sagt sie und lässt von mir ab.

„Was gibt es denn? Ich bin gerade etwas im Stress", will ich sie loswerden, denn die Situation ist mir nicht geheuer.

„Hör zu, ich will gleich zur Sache kommen. Du und Tyron seid ja jetzt ..."

Ich nehme eine abwehrende Haltung ein. „Moment!", unterbreche ich sie. „Erstens weiß ich nicht, was dich das angeht, und zweitens weiß ich nicht, woher du das überhaupt ..." Ich beende meinen Satz vorzeitig, da ich finde, dass ich mich wie eine eifersüchtige Freundin anhöre. Allerdings ist die Frage, woher sie von uns weiß, durchaus berechtigt.

„Ich habe es mitbekommen, aber darum geht es nicht", spricht sie unbeirrt weiter.

„Dass ihr etwas miteinander hattet, weiß ich, das kannst du dir also sparen", versuche ich, sie loszuwerden, denn auf einen möglichen Affären-Fight habe ich absolut keine Lust. Was sollte sie auch sonst von mir wollen?

Meredith wackelt mit dem Kopf, sodass ihr blondes Haar in Schwung kommt, und klimpert nebenbei übertrieben mit ihren angeklebten Wimpern. „Und dass wir heiraten wollten, hat er dir auch erzählt?", fragt sie schnippisch.

Heiraten! Wie bitte? Tyron und Meredith wollten den Bund des Lebens eingehen? Mit offenem Mund starre ich die Frau vor mir an.

„Aha, das wusstest du also nicht, dachte ich es mir doch", kommentiert sie meinen Gesichtsausdruck.

Ich überlege kurz, ob mich die Sache interessiert, entscheide mich dann aber dagegen. „Dinge ändern sich eben."

Meredith legt ihre Hand auf meine Schulter, was mir sehr unangenehm ist. Ich hasse übergriffiges Verhalten. „Ich wollte dich nur vor ihm warnen."

„Wieso denn warnen?", frage ich nun doch.

Sie verengt die Augen und betrachtet mich kritisch. „Was spielt er dir vor? Die wahre und einzige Liebe? Dieser Drecksack", zischt sie.

Ich schlage ihre Hand weg und trete einen Schritt zurück. „Nein, hat er nicht. Wie kommst du denn darauf?"

Ihr Gesichtsausdruck wird wütend. „Dann hat er dich also auch gefragt."

Die Frau spricht in Rätseln. „Ich kann dir nicht folgen."

„Na, ob du ihn heiratest", stöhnt sie leicht entnervt.

„Nein, hat er nicht. Wieso sollte er das auch tun?" Die Sache wird mir langsam zu blöd.

Ihr Blick wird mitleidig. „Du bist in ihn verknallt. Du Arme." Sie lockert ihr Haar mit gespreizten Fingern auf und spricht dann weiter: „Ich war auch sehr verliebt in Tyron. Der Kerl ist aber auch manipulativ."

„Ich weiß nicht, welche Sache du noch mit ihm zu klären hast, aber bitte lass mich da raus."

Sie schüttelt den Kopf. „Ich hab mit diesem Arschloch gar nichts mehr zu klären. Noch mal, ich wollte dich nur vor ihm warnen. Heirate ihn nicht."

Ich krause die Nase. „Das hatte ich auch nicht vor."

„Weiß er das auch?", fragt sie.

„Nein, wieso auch? Hochzeit ist kein Thema für uns", kläre ich sie auf.

Sie kommt einen Schritt näher. „Für dich vielleicht nicht, aber für ihn mit Sicherheit."

„Meredith, es tut mir leid, dass das zwischen euch nicht geklappt hat, aber ich habe jetzt wirklich zu tun", sage ich und klammere mich demonstrativ an meiner Laptoptasche fest.

„Du weißt also wirklich nichts von dem Erbe?", plaudert sie munter weiter.

Was für ein Erbe? „Dem Hotel? Natürlich weiß ich davon. Tyron und seine Brüder haben es von ihrer Großmutter geerbt", beweise ich ihr, dass wir offen miteinander reden.

„Und von den zwei Millionen Dollar weißt du auch?" Ihre Augen werden weit, abwartend mustert sie mich. Ehe ich jedoch antworten kann, fährt sie fort: „Du weißt es also nicht, dachte ich es mir doch, und genau deshalb bin ich hier ... um dich vor ihm zu warnen."

„Ich wüsste nicht, was meine Beziehung zu Tyron und zwei Millionen Dollar miteinander zu tun haben", bleibe ich cool.

Sie atmet mehrmals tief durch. „Also gut, ich erklär's dir: Tyron und seine Brüder erbten nicht nur dieses Hotel, sondern auch jeder von ihnen zwei Millionen. Allerdings ist der Erhalt des Geldes an gewisse Bedingungen geknüpft. Micah und Dashiel haben ihre Aufgaben bereits erfüllt und bekamen ihre Kohle ausgezahlt. Nur Tyron noch nicht, und weißt du auch, warum? Weil er heiraten muss", lässt sie die Bombe platzen.

„Er muss was?" Der Muskel in meiner Brust zieht sich schmerzlich zusammen.

„Und genau deshalb wollte er mich heiraten. Nicht, weil er mich liebt, sondern weil er an die Kohle will. Tyron geht es nur um die zwei Millionen."

„Er hat dich also ... benutzt", stottere ich.

Sie drückt sich eine Träne aus den Lidern. „Ich habe ihn geliebt, verstehst du, wirklich geliebt, und als er mir dann den Vorschlag mit der fingierten Hochzeit machte, stimmte ich zu, aber nur, weil ich so an ihm hing, und dann ..." Sie schluchzt und wischt sich mit dem Handrücken die Wange trocken. „Und dann hat er mich eiskalt abserviert."

Meine Kopfhaut prickelt. Mein Mund ist staubtrocken. „Ehrlich gesagt, weiß ich nicht, was ich dazu sagen soll."

Sie streicht mir über den Oberarm. „Du musst gar nichts dazu sagen, ich wollte dich nur nicht ins offene Messer rennen lassen. Mir hat er die Wahrheit über das Erbe erzählt, aber dir scheinbar nicht. Also hat er wohl seine Taktik geändert und versucht es nun mit der Liebesschiene, wenn du verstehst, was ich meine." Mehr als nicken kann ich nicht. „Halte dich von Tyron fern. Er wird dir wehtun", warnt sie mich erneut.

Das alles klingt für mich wie eine beschissene, verdammte Szene aus einem Liebesroman. Ungläubig sehe ich sie an. „Tyron hat dafür sicher eine gute Erklärung", halte ich weiterhin zu ihm, obwohl mir der Hintern auf Grundeis geht.

„Hat er nicht. Tyron Pine ist ein geldgeiler Sack in wunderschöner, reizvoller Verpackung, mehr nicht."

Ich kann das alles auf die Schnelle nicht verarbeiten. Die Blondine will gerade weitersprechen, als urplötzlich die Empfangsdame neben uns auftaucht.

„Meredith, Sie dürfen nicht hier sein. Bitte verlassen Sie sofort das Hotel", weist die ältere Dame sie an.

Meredith verzieht ihre geschminkten Lippen. „Siehst du. Ich darf noch nicht mal mehr sein Hotel betreten. Pass bloß auf, dass es dir nicht auch bald so geht."

Die Empfangsdame schiebt sie mit strengem Blick in Richtung Ausgang. „Gehen Sie schon."

„Beende es, bevor es zu spät ist", ruft Meredith mir noch zu, ehe sie vor die Tür gesetzt wird.

Für einige Augenblicke stehe ich einfach nur da, mitten im Foyer, halte mich an meiner Tasche fest und starre ins Leere. Die Geräusche um mich herum nehme ich nur noch gedämpft wahr.

„Ist bei Ihnen alles in Ordnung? Hat die Frau Sie belästigt?" Die Stimme der Empfangsdame lässt mich zusammenzucken.

„Nein, nur aufgeklärt", antworte ich leise und gehe zurück in die Suite.

In was habe ich mich da nur wieder hineinmanövriert?

Kapitel 16

Tyron

Entgegen meinen Erwartungen war das Gespräch mit Micah aufschlussreich. Der Kerl weiß, was Liebe ist, wie sie sich anfühlt und wie man damit umgeht. Ganz im Gegensatz zu mir. Und auch wenn ich in Bezug auf Tammi maximal von Verliebtheit sprechen kann, so bin ich mir doch seit eben sicher, dass ich etwas für sie empfinde. Mir jagt ein eiskalter Schauer über den Rücken.

Sie ist eine außergewöhnliche Frau. Es ist nicht nur die Tatsache, dass wir sexuell absolut kompatibel sind, nein, sie ist noch dazu wunderschön, intelligent – und das Wichtigste: Sie bringt mich zum Lachen. Ja, ihr Humor ist köstlich. Ich habe mich mit noch niemandem so amüsiert wie mit ihr.

Ob aus uns irgendwann einmal etwas Festes wird, darüber denke ich noch nicht nach, aber ich muss ihr sagen, dass sie mehr für mich ist als eine belanglose Affäre. Das zumindest trug Micah mir auf. „Wenn du Eier in der Hose hast, sagst du ihr, was du für sie empfindest, der Rest ergibt sich von allein", waren seine Worte.

Ich bin alles, aber sicher kein Schlappschwanz. Meine Entscheidung, sie über meine Gefühle aufzuklären, steht, auch wenn ich selbst immer noch nicht so richtig fassen kann, was in meinem Inneren gerade los ist. Es wäre doch gelacht, wenn ich diese Hürde nicht meistern könnte.

Nachdem ich mich umgezogen habe, da ich den Pferdegeruch nicht mehr länger ertragen konnte, gehe ich in mein Büro, prüfe die Abrechnung und schicke sie Dashiel kontrolliert zurück. Gedankenversunken starre ich auf den Bildschirm und frage mich, wie man es am besten anstellt, einer Frau seine Gefühle zu gestehen. Natürlich könnte ich einfach zu ihr gehen und es ihr geradezu ins Gesicht sagen, aber das hat keine Klasse und ich habe welche, also muss mir etwas Besseres einfallen.

Das ist gar nicht so einfach, wenn man sich noch nie mit solchen Dingen beschäftigt hat, aber nach einer Weile fällt es mir ein: Essen, das ist es.

Nachdem ich sie an unserem ersten gemeinsamen Abend so furchtbar abserviert habe, werde ich es heute besser machen. Ich werde alle Karten – okay, fast alle, bis auf die Sache mit den zwei Millionen Dollar, denn die würde sie wohl nur verschrecken und hat mit den Blubberblasen in meinem Bauch und uns auch überhaupt nichts zu tun – auf den Tisch legen und ihr am Ende sagen, was ich für sie fühle.

Sogleich greife ich nach dem Hörer des Festnetzanschlusses und rufe an der Rezeption an.

„Mr. Pine, was kann ich für Sie tun?", nimmt Kate den Anruf entgegen.

„Könnten Sie mir bitte wieder ein Dinner in meiner Suite organisieren? Genauso wie beim letzten Mal, nur noch mit etwas mehr Liebe."

„Natürlich, Mr. Pine."

„Ist sonst alles in Ordnung bei Ihnen?", frage ich sie, denn normalerweise bin ich bereits am Vormittag das erste Mal am Empfang, um nach dem Rechten zu sehen, nur heute kam ich bisher nicht dazu.

„Ja, warum fragen Sie?", erkundigt sie sich, klingt dabei aber leicht nervös.

„Ist etwas vorgefallen, von dem ich wissen müsste?", hake ich deshalb nach.

„Nein, alles in bester Ordnung. Es gab ein minimales Vorkommnis, aber das konnte ich sofort wieder aus der Welt schaffen."

Micah meinte auch, ich müsse mehr Vertrauen in die Menschheit an sich haben, deshalb lasse ich es darauf beruhen. „Danke, Kate, ach ja, und das Essen bitte wieder um 20 Uhr."

„Geht in Ordnung. Kann ich sonst noch etwas für sie tun?"

„Nein, das war's", sage ich und lege auf.

Ich nehme ein Blatt Papier, schreibe Tammi, wie schon beim ersten Mal, eine Einladung und lasse sie ihr zukommen.

Den restlichen Tag verbringe ich im Fitnessraum, auspowern, Kopf freilaufen und mich für den Abend wappnen.

***

Es ist kurz vor acht. Ich kontrolliere mein Outfit ein letztes Mal vorm Spiegel. Das hellblaue Hemd sitzt. Die schwarze Anzughose ebenfalls. Das Jackett und die Krawatte bleiben heute im Schrank. Ein wenig verschlossen wirke ich jedoch immer noch, also öffne ich die ersten beiden Knöpfe. Ja, so ist es besser. Dann sehe ich nicht so streng aus. Schließlich will ich ihr keine Versicherung verkaufen, sondern ihr sagen, dass sie mir nicht egal ist.

Als es klopft, wende ich mich vom Spiegel ab, gehe zur Tür und öffne sie mit den Worten: „Da bist du ja."

Doch es steht nicht wie erwartet Tammi vor mir, sondern mein Chefkoch. Er rollt den Servierwagen neben den gedeckten Tisch, der heute noch zusätzlich mit kleinen Diamanten in Herzform dekoriert ist. Für meinen Geschmack etwas zu viel des Guten, aber okay. Ich hatte mir eher eine rote Rose auf dem Teller vorgestellt und nicht ein Tisch, als wollte ich ihr einen Antrag machen. Wenn meine Mitarbeiter keine genauen Anweisungen bekommen, funktioniert es natürlich nicht. Ob ich die Dinger besser wegnehme? Sie könnten bei Tammi durchaus einen falschen Eindruck erwecken.

„Kann ich sonst noch etwas für Sie tun, Mr. Pine?", entreißt die Stimme des Chefkochs mich meiner Gedanken.

„Nein, alles bestens."

„Dann wünsche ich Ihnen einen schönen Abend, Sir", verabschiedet er sich und als er die Tür hinter sich schließt, beginne ich sofort damit, die verfänglich aussehenden Herzdiamanten von der weißen Tischdecke abzulesen.

Es dauert eine gefühlte Ewigkeit, bis ich den Dekomist in Miniformat beseitigt habe. Ich schmeiße das Zeug in den Müll und werfe einen Blick auf die große, runde Wanduhr, die über dem Ledersofa hängt. Es ist bereits halb 9. Wo bleibt sie denn? Es sieht ihr gar nicht ähnlich, sich zu verspäten.

Ich suche nach meinem Handy. Sie hat mir auch nicht geschrieben. Sehr merkwürdig. Obwohl mir klar ist, dass das Essen mit Sicherheit bereits kalt ist, setze ich mich aufs Sofa und warte ab ...

Als der Stundenzeiger auf die Zehn vorrückt, wird mir klar, dass hier etwas nicht stimmt, also beschließe ich, nach ihr zu suchen und verlasse mein Zimmer.

Ich klopfe mehrmals an die Tür der Suite und rufe leise Tammis Namen, doch sie rührt sich nicht. Das gibt es doch nicht. Was ist denn da los? Vielleicht ist sie mit Jordan unterwegs und hat meine Einladung gar nicht bekommen. Oder sie schläft. Oder ...

Noch während ich nach einer Erklärung suche, tippt mir jemand von hinten auf die Schulter. Ich drehe mich um und entdecke den Fitnessguru. „Weißt du, wo Tammi ist?", frage ich sofort.

„Ich dachte, sie ist bei dir."

„Dann würde ich ja wohl kaum hier stehen", reagiere ich leicht ungehalten.

„Vielleicht braucht sie mal einen Abend Ruhe vor ... Na ja, du weißt schon was", feixt er dümmlich.

„Ich habe sie zum Essen eingeladen", kläre ich ihn auf.

Jordan reibt sich übers Kinn. „Dann ist es komisch, dass sie nicht reagiert", gibt er zu.

„Du hast sie heute also noch nicht gesehen?", erkundige ich mich.

„Doch, heute Morgen, aber nur kurz."

„Und da war alles in Ordnung?"

Jordan sieht mich fragend an. „Was meinst du? Über dich haben wir nicht gesprochen, aber sie sah glücklich aus. Meiner Meinung nach etwas zu glücklich", lässt er durchsickern, dass er mit unserer Liaison wohl nicht ganz einverstanden ist.

Ich klopfe erneut, doch es rührt sich nichts. Jordan zückt sein Smartphone und ruft sie an. Nach nur wenigen Sekunden runzelt er die Stirn. „Es ist aus."

„Du hast doch noch die Zimmerkarte. Hol sie und lass uns nachsehen", weise ich ihn an.

„Die habe ich heute am Empfang abgegeben. Mir war irgendwie nicht mehr wohl bei der Sache."

„Bei was für einer Sache?"

Er deutet erst auf die Tür, dann auf mich. „Na, du und Tammi. Ich habe keine Lust, irgendwann in eines eurer Schäferstündchen zu platzen, also habe ich sie abgegeben, damit ich zukünftig klopfen muss."

Der Typ spinnt auch irgendwie. „Ganz toll", äußere ich gereizt. „Du bleibst hier, ich hole die Karte."

Jordan nickt. „Alles klar, in der Zwischenzeit versuche ich noch mal, Tammi anzurufen." Wenigstens denkt er mit.

Ich eile hinunter ins Foyer und treffe am Empfang auf Kate, was mich erstaunt. „Hatten Sie nicht schon längst Schichtende?"

„Doch, Mr. Pine, aber meine Ablösung hat sich krank gemeldet. Ich habe aber schon den Springer angerufen, der löst mich in einer halben Stunde ab."

Krank? Bei mir gibt es kein krank. „Sehr gut ... Können Sie mir bitte die Schlüsselkarte für die Suite von Miss Thompson geben?"

Kate dreht sich von mir weg, verharrt dann aber mit einem Mal in ihrer Bewegung.

„Auf was warten Sie denn? Ich habe es eilig", treibe ich sie an.

Sie sieht mich über die Schulter hinweg an. „Ist Ihr Abendessen schon vorbei?"

„Das geht Sie überhaupt nichts an." Wie kommt sie nur dazu, mir solche Fragen zu stellen?

Kate dreht sich wieder zu mir. „Miss Thompson ist nicht auf ihrem Zimmer."

„Wo ist sie?", werde ich nervös.

„Ich glaube, sie ist an den Strand gegangen, zumindest sah es so aus."

„Warum haben Sie das nicht gleich gesagt?", knurre ich und laufe in Richtung Ausgang.

Kate eilt mir hinterher und hält mich auf. „Warten Sie, Mr. Pine, da wäre noch eine Sache. Ich habe Ihnen doch heute Nachmittag gesagt, dass wir ein kleines Problem hatten."

„Ja, und Sie sagten mir, dass Sie es gelöst haben. Können wir also später darüber reden?"

„Meredith war hier und sprach mit Miss Thompson." Kate geht einen Schritt rückwärts.

„Wie bitte? Und das sagen Sie mir erst jetzt?", schreie ich ungehalten.

„Ich habe sie sofort des Hotels verwiesen, nachdem ich die neuen Gäste eingewiesen hatte. Ich konnte ja nicht ahnen, dass …" Sie senkt den Blick und starrt auf den Boden.

Von wegen anderen Menschen vertrauen. Sieht man ja, was dabei rauskommt. „Haben Sie mitbekommen, was sie Miss Thompson erzählt hat? Nun sagen Sie schon", fordere ich laut, als Kate herumdruckst.

„Ich habe nicht viel mitbekommen. Der letzte Satz von Meredith lautete allerdings: Beende es, bevor es zu spät ist." Kate geht mit den Worten: „Tut mir leid, Mr. Pine" zurück zur Rezeption.

Was hat diese blonde Schlange Tammi nur erzählt? Als ich das Hotel verlasse, um am Strand nach ihr zu suchen, schwant mir nichts Gutes ...

An der Stelle, an der wir bereits mehrmals miteinander saßen, finde ich sie.

„Du hast wohl meine Einladung nicht bekommen?", stelle ich mich dumm und setze mich neben sie.

Tammi würdigt mich keines Blickes. „Doch habe ich, aber ich hatte keine Zeit", murmelt sie in einer Tonlage, die mir gar nicht gefällt.

„Weil du was zu tun hattest?" Ich rutsche ein Stück näher an sie heran.

„Hier zu sitzen, siehst du doch?", blafft sie mich an.

Also entweder hat sie ihre Periode – da sind Frauen angeblich immer so missgestimmt – oder aber sie ist sauer auf mich.

„Hast du deine Menstruation?", erkundige ich mich und versuche, bei dem aufkeimenden Gedanken an Frauenblut nicht zu würgen.

„Mir ist nicht nach Scherzen oder Wortgefechten zumute, Tyron. Heute nicht, okay?", sagt sie ernst.

So habe ich sie noch nie erlebt. Was hat diese dumme Fotze von Meredith ihr nur erzählt? „Sagst du mir dann wenigstens, was mit dir los ist?"

Tammi atmet hörbar ein und sieht zu mir. „Interessiert dich das wirklich, oder tust du nur so?"

Normalerweise wäre das mein Stichwort, um mich aus dem Staub zu machen. Ich diskutiere nicht gern – niemals – und schon gar nicht mit einer Frau, aber da es Tammi ist, bleibe ich sitzen. Schließlich wollte ich mich heute Abend nicht mit ihr streiten, sondern ihr etwas ganz Wichtiges sagen. Dass es dazu aber wohl nicht mehr kommen wird, ahne ich bereits. „Sag mir, was los ist", bitte ich eindringlicher.

Tammi sieht aufs Meer hinaus. Sie spielt mit ihren Haaren, zwirbelt sie zwischen den Fingern, steckt sie sich hinters Ohr, zieht sie wieder hervor, doch mir schenkt sie weiterhin keinen einzigen Blick.

„Also gut, dann werde ich dich wohl besser wieder allein lassen." Ich stehe auf und klopfe mir den Sand von der Hose. Wenn sie nicht reden will, BITTE. Ich werde nicht stundenlang neben ihr im Sand sitzen und darauf warten – oder sogar darum betteln –, dass die Dame endlich ihren hübschen Mund aufmacht.

„Meredith und du ... war das Liebe?", redet sie nun plötzlich doch.

Was? Das hat die Schlange ihr erzählt? „Nein, war es nicht. Wie kommst du darauf?"

Jetzt endlich sieht sie zu mir hoch. Ihr Gesicht, das im Mondlicht seicht schimmert, sieht traurig aus. „Meredith war heute hier, hat mich abgefangen und mich über dich aufgeklärt."

Augenblicklich brodelt Zorn in mir. Dass diese Frau auch Wochen, nachdem ich sie aus dem Hotel und meinem Leben verbannt habe, es noch immer schafft, mich zur Weißglut zu treiben, ist echt zum Kotzen. „Ach ja, was hat das blonde Gift dir denn Schönes erzählt?", wird meine Stimme dunkler.

„Sie sagte mir, sie hätte dich geliebt und ..."

„Das ist absoluter Blödsinn!", unterbreche ich Tammi lautstark.

Sie zuckt im Sand zusammen wie ein verängstigter Straßenhund. „Du musst mich nicht anschreien", zischt sie. „Du wolltest wissen, was sie mir gesagt hat, also hör zu oder lass es."

Auch wenn ich immer noch nicht weiß, warum ihr meine Vergangenheit sauer aufstößt, nicke ich stumm. Tammi weiß um meine Affären und ... ja, sie ist ja im Augenblick selbst nichts anderes als nur eine Affäre. Vielleicht fühlt sie sich dadurch wie ein Flittchen, mit Meredith auf einer Stufe.

„Geht es hier nur ums Geld? Bist du deswegen so?", fährt sie fort.

Geld? Mein Puls erhöht sich. Meredith erzählte ihr das mit den zwei Millionen. „Du denkst also ..." Ich halte kurz inne. „Nein, ehrlich gesagt weiß ich nicht, was du denkst."

„Es stimmt also", kommentiert sie meine Unsicherheit spitzzüngig.

„Von was in aller Welt sprichst du?"

„Von der Auflage für dich, damit du an das Erbe deiner Großmutter kommst ... die zwei Millionen."

Klasse! Und jetzt? Ich räuspere mich. „Ja, die gibt es, aber das hat überhaupt nichts mit uns zu tun", erkläre ich ruhig.

Tammi springt wie von der Tarantel gestochen auf und funkelt mich wütend an. „Ach nein? Wieso nicht? Bei Meredith hast du es mit einer fingierten Hochzeit versucht und als du gemerkt hast, dass das nicht funktioniert ... Was hast du ihr dafür geboten, dass sie dich heiratet? Was hätte sie dafür bekommen?"

„Das Thema ist schon lange vom Tisch und geht dich nichts an."

Tammi kommt einen Schritt näher und sieht mir tief in die Augen. Mir sprüht pure Verzweiflung entgegen. „Hast du mir das alles nur vorgespielt? Wolltest du, dass ich mich in dich verliebe?"

„Was? Nein! Ich sagte dir doch, dass das nichts mit uns zu tun hat", wiederhole ich. Das, was sie gerade denkt, ist mir bisher nicht mal in den Sinn gekommen.

„Und ich dachte, du bist ein netter Mensch, aber ich habe mich in dir getäuscht, Tyron Pine, du bist nichts anderes als ein geldgeiles Schwein. Man spielt nicht mit den Gefühlen anderer Menschen, das ist das Allerletzte!"

Ich packe sie bei den Schultern, würde sie am liebsten schütteln, ihr sagen, dass sie mit ihren Unterstellungen aufhören soll, doch so weit komme ich nicht, denn Tammi reißt sich von mir los, und schon im nächsten Moment landet ihre flache Hand auf meiner rechten Gesichtshälfte.

Damit ist sie wirklich zu weit gegangen. „Das war's."

„Ja, genau, das war's, du sagst es. Fass und sprich mich nie wieder an", tobt sie.

„Dich interessiert also meine Seite nicht. Fein! Dann lassen wir das Ganze eben", brülle ich.

„Fein!", schreit Tammi zurück. Wutentbrannt stapft sie davon. Nach nur wenigen Metern dreht sie sich wieder zu mir um. „Herzlichen Glückwunsch, Tyron Pine, du hast es in meinen nächsten Roman geschafft ... als herzloser, arroganter Affenarsch, der nie – verstehst du – NIEMALS heiraten wird", giftet sie, schnaubt und rennt davon.

Denkt sie! Ihr nächstes Buch werde ich dank ihrer Vorwarnung genauestens untersuchen, und sollte ich mich darin auch nur im Geringsten wiederfinden, verklage ich sie – auf zwei Millionen Dollar! Ich lasse mich nicht vorführen, auch nicht von Tammi!

Als die Luft rein ist, mache ich mich zurück auf den Weg ins Hotel. Wie konnte ich nur so dumm sein zu denken, ich hätte Gefühle für diese Frau, die es nicht einmal für nötig hält, sich auch meine Seite der Geschichte anzuhören?

Mit geballten Fäusten und einer Menge Enttäuschung und Wut im Bauch betrete ich das Foyer. Ich will gerade tief durchatmen, um wieder runterzukommen, da kreuzt Micah mit Gitarre auf dem Rücken und Freundin Sienna im Arm meinen Weg. Wehe, er spricht mich jetzt an!

„Und? Hat's funktioniert? Was hat sie gesagt?", will er mich jedoch sofort ausquetschen.

„Nichts! Es war eine Scheiß-Idee, und denke ja nicht, nur weil wir heute kurz miteinander geredet haben, dass ich jetzt einen auf best friends mit dir mache", tobe ich.

Micah umklammert seine schockiert dreinblickende Freundin noch ein wenig fester. Er selbst sieht auch nicht gerade glücklich aus.

„Von wegen Liebe, dass ich nicht lache! So ein Dreck", schimpfe ich weiter.

„Nimm dir einen Drink und komm wieder runter", schlägt Micah vor, was mich noch mehr zur Weißglut treibt.

„Ich trinke keinen Alkohol, falls dir das entgangen ist", knurre ich. Dieses Teufelszeug hat mir den ganzen Mist doch überhaupt erst eingebrockt. Ein Abend zu viel Alkohol und Meredith – das hat mir alles ruiniert.

„Würdest du mich kennen, wüsstest du ...", will ich meinen Bruder gerade weiter anschreien, doch der lässt mich einfach stehen und zieht Sienna mit sich.

„So habe ich ihn noch nie gesehen", höre ich seine Freundin flüstern.

„Ich auch nicht. Dass es zu wütend bei ihm noch eine Steigerung gibt, war mir auch nicht klar. Lass uns hier verschwinden", sind die letzten Worte, die ich noch hinter mir vernehme, ehe endlich Ruhe einkehrt.

Die können mich alle mal! Ich habe die Schnauze gestrichen voll! Liebe und Gefühle und alles, was dazu gehört, wird eindeutig überbewertet. So was braucht kein Mensch!

Kapitel 17

Tammi

Mein Herz brennt, meine Lungenflügel scheinen jeden Augenblick in sich zusammenzufallen. Ich kann die Tränen kaum noch zurückhalten. Meredith sagte also die Wahrheit. Dass ich mir seine Version – in der er mit Sicherheit um keine Ausrede verlegen gewesen wäre – nicht mehr anhörte, ist meinem Ex geschuldet. All die Lügen, die er mir damals auftischte, die ich ihm glaubte und mich damit immer mehr selbst in den Abgrund riss. Nein! Ich schwor mir damals, nie mehr wieder auf so einen Typen reinzufallen.

„Babe, da bist du ja." Jordan, der mir im Flur entgegenkommt, nimmt mich in den Arm, und damit ist mein Schicksal besiegelt. Ich kann das Wasser hinter meinen Lidern nicht mehr zurückhalten, lehne mich an die Schulter meines Freundes und lasse meinen Gefühlen freien Lauf.

„Was ist passiert?", fragt er erschrocken und streichelt mir sanft den Rücken.

„Er ist ein Schwein, und ich bin furchtbar blöd", schluchze ich.

„Jetzt beruhigst du dich erst mal und dann erzählst du mir alles in Ruhe", sagt er und zieht mich in mein Zimmer.

Nachdem ich mich eine Weile bei Jordan ausgeheult habe, erzähle ich ihm, was sich heute zutrug.

„Und wieso hast du ihn nicht reden lassen?" Jordan sieht mich vorwurfsvoll an und wandert vor meinem Bett, auf dem ich sitze, auf und ab.

„Weil es da nichts mehr zu reden gab. Meredith hat mir die Wahrheit gesagt, und Tyron hätte sicher nur alles zu seinen Gunsten verdreht ... kenne ich", murmele ich.

Jordan bleibt mit irritiertem Gesichtsausdruck vor mir stehen. „Das ist doch gar nicht deine Art, dir nur eine Seite der Geschichte anzuhören. Ich erkenne dich überhaupt nicht mehr wieder."

„Du hast doch zu mir gesagt, ich solle mir nie wieder einen Kerl anlachen, der mich mit seiner manipulativen Art dazu bringt, ihm Dinge zu glauben, die gar nicht stimmen", erwidere ich.

„Du bist also doch in ihn verknallt, wusste ich es doch!" Jordan setzt sich zu mir und streicht mir beruhigend über den Rücken. „Ich weiß nicht, ob du deinen Ex mit Tyron Pine vergleichen solltest. Noch dazu ist das, was Meredith dir erzählt hat, Vergangenheit. Jeder von uns hat doch irgendwelche Leichen im Keller. Verstehst du, was ich damit sagen will?"

„Nicht so richtig."

„Nehmen wir mal an, die Sache mit den zwei Millionen hat sich genau so zugetragen. Was hat das mit dir zu tun?"

Ich zucke die Schultern. „Nichts ... also ich meine, doch ... weil ..."

Jordan legt seinen Zeigefinger auf meinen Mund. „Das Erste war schon richtig: nichts, absolut und überhaupt nichts."

„Aber was, wenn er ... ich meine ... er", stammele ich, denn ich weiß nicht, wie ich Jordan erklären soll, was gerade in mir vorgeht.

„Tammi, nun hör mir mal zu: Du und Tyron habt eine Affäre, mehr ist da nicht. Du hast dich in den Kerl verknallt, was überhaupt nicht gut ist, und er hat dir weder einen Antrag gemacht, noch hat er dir seine ewige Liebe gestanden. Was also ist dein verdammtes Problem?"

Männer! Die sind doch alle gleich. Er versteht es einfach nicht. „Zwischen Tyron und mir ist mehr, das spüre ich, verstehst du? Und jetzt habe ich Angst, dass er mir das alles nur vorgespielt hat, weil er mich für seine Machenschaften missbrauchen wollte."

Jordan stöhnt und rollt sichtlich genervt seine schlitzigen Augen. „Geht das schon wieder los? Wer hat dir diesen Floh ins Ohr gesetzt? Diese Meredith? Oder woher kommt die Erkenntnis, dass er dich dafür benutzen würde?"

„Das hab ich dir doch eben schon alles erzählt. Du hörst mir überhaupt nicht zu", schmolle ich.

„Nein, weil das alles absoluter Schwachsinn ist, und ich kann Tyron mehr als nur gut verstehen, dass er dich angebrüllt hat. Würde eine meiner Affären solch ein Theater mit mir veranstalten ... Ich würde sie ..."

Mein Freund ist jetzt also auch noch auf seiner Seite, oder wie soll ich das verstehen? „Toll, danke, Jordan, für deine Unterstützung", meckere ich und lasse mich nach hinten fallen.

„Für was erwartest du denn Unterstützung? Du benimmst dich wie ein wild gewordener Teenager. Werd endlich erwachsen, Tammi", schimpft er.

„Ich bin erwachsen, und es ist alles nur deine Schuld. Du hast mich hierher geschleppt und jetzt ..." Mir rinnen erneut Tränen über die Wangen. Innerlich schäme ich mich für mein Verhalten, denn ich weiß, dass Jordan mit seinen Aussagen recht hat. Aber ich kann einfach nicht aus meiner Haut. Wieso habe ich mich nur in diesen Trottel verliebt?

„Vor ein paar Stunden warst du noch so glücklich wie nie zuvor, und jetzt?" Jordan legt sich neben mich und dreht den Kopf in meine Richtung. „Es tut mir leid, es ist wirklich alles meine Schuld. Ich hätte wissen müssen, dass du nicht für eine Affäre geschaffen bist."

„Du wiederholst dich."

„Ich wollte ja nur noch einmal unterstreichen, dass ich an allem ..."

Ich halte ihm den Mund zu. „Schscht. Ich hab ja noch früh genug die Kurve bekommen. Das dauert jetzt ein paar Tage, dann hab ich das Ganze vergessen. Stell dir mal vor, wenn ich jetzt nicht dahinter gekommen wäre, wir uns verliebt, irgendwann geheiratet hätten und ich hätte feststellen müssen, dass es ihm nur um diese blöden Millionen geht."

„Du denkst ans Heiraten?", murmelt er unter meiner Hand.

„Nein, oh, Gott, oh, Gott. Hab ich mir doch nur zusammengereimt. Was wäre wenn eben." Ich lasse von Jordan ab und rolle mich auf die Seite. „Du wirst sehen, morgen geht's mir schon wieder viel besser."

„Soll ich heute Nacht bei dir bleiben? Ich hab zwar gleich noch ein Date, aber das sage ich ab. Kein Problem."

„Nein, geh ruhig. Ich komm hier schon allein zurecht."

Jordan legt den Arm um mich. „Bist du dir sicher? Ich kann es mir auch selber machen."

Eilig stoße ich ihn angeekelt von mir weg. „Du Schwein!"

„Was ist denn? Ist doch eine ganz natürliche Sache", kontert er und grinst breit.

„Du bist eklig und denkst immer nur an das Eine", mosere ich.

„Na und? Es ist die schönste Sache der Welt, aber für dich würde ich die sogar sausen lassen. Wenn das keine Liebe ist, dann weiß ich es auch nicht", brüstet er sich.

„Geh du mal dein Date beglücken, und ich lenke mich mit meiner Geschichte ab", gebe ich ihm einen Freifahrtschein, obwohl ich ihn gern heute Nacht bei mir hätte.

„Bist du dir sicher?"

„Ja, bin ich, und jetzt raus hier." Ich zwinge mir ein Lächeln auf die Lippen, in der Hoffnung, ihn damit loszuwerden.

Jordan haucht mir ein Küsschen auf die Stirn und steht auf. „Wir sehen uns morgen früh."

Ich winke ihm zu, warte, bis er weg ist, dann drücke ich mir ein Kissen ins Gesicht und lasse einen Schrei los.

***

Meine Augen brennen wie Feuer. Ich bekomme keinen klaren Blick mehr. Seit Jordan gestern Abend die Suite verlassen hat, rührte ich mich nicht vom Fleck. Nicht einmal, um auf die Toilette zu gehen, doch jetzt zwingt meine Blase mich in die Waagerechte.

Während ich auf dem Klo sitze und mit dem Papier spiele, grübele ich darüber nach, ob es nicht besser wäre, Miami zu verlassen und wieder nach Hause zu fahren. Jordan hätte mich dann nicht mehr am Hals, denn meine Laune, die ich momentan habe, wird ihm auf Dauer nicht gefallen und wir würden uns über kurz oder lang deswegen zoffen. Tyron würde ich dann auch nicht mehr über den Weg laufen und ich könnte diese unangenehme Sache schneller hinter mir lassen. Es wird wohl das Beste sein!

Nachdem mein Entschluss feststeht, packe ich nach einer ausgiebigen Dusche meinen Koffer. Jordan schreibe ich eine Nachricht, denn ich kann es ihm nicht antun, einfach abzuhauen, ohne mich von ihm zu verabschieden, und mache mich auf den Weg zur Rezeption.

„Ich werde abreisen", teile ich der Empfangsdame mit.

Sie nickt, nimmt die Schlüsselkarte an sich und wendet sich dem PC-Bildschirm zu. „Die Suite läuft auf Mr. Brown, wird er auch abreisen?", erkundigt sie sich.

„Nein, er bleibt noch, aber vielleicht will er dann wieder umziehen. Im Moment bewohnt er ja nur ein kleines Zimmer."

„Das sehe ich. Ich werde die Suite zurückhalten und ihn fragen, sobald ich ihn das nächste Mal sehe." Sie lächelt mich freundlich an. „Kann ich sonst noch irgendetwas für Sie tun?"

„Würden Sie mir ein Taxi rufen?", bitte ich sie.

„Natürlich", sagt sie und greift sofort zum Telefon. „Zehn Minuten, dann ist es da", teilt sie mir kurz darauf mit und legt den Hörer auf.

„Vielen Dank und auf Wiedersehen", verabschiede ich mich höflich.

„Auf Wiedersehen. Ich hoffe, es hat Ihnen bei uns gefallen und wir dürfen Sie bald einmal wieder in unserem Haus willkommen heißen."

Diesen Standardspruch kommentiere ich nicht, sondern zwinge mich nur dazu, meine Mundwinkel nach oben zu ziehen. Mit Sicherheit nicht!

Sobald ich vor das Hotel trete, stelle ich meinen Koffer im Schatten ab, setze mich darauf und lasse meinen Blick schweifen. Schön ist es hier schon. Landschaftlich zumindest.

Wenn ich wieder in St. Augustin bin, werde ich definitiv öfter ans Meer fahren. Erst hier merkte ich, wie sehr mir die unendliche Weite des Ozeans, die Sandkörner unter meinen Füßen und die Sonnenaufgänge guttun.

Eins nehme ich also mit: Ich darf mich nicht nur daheim verkriechen, sondern muss wieder mehr unter Menschen, um neue Inspirationen zu sammeln, im Schreibfluss zu bleiben und nicht komplett zu vereinsamen. Ja, Miami gab mir den ersten Schubs, um wieder in Schwung zu kommen, ich sollte also für alles dankbar sein, was hier passierte.

Okay, fast alles. Meine Gedanken kehren zu Tyron zurück. Zu diesem wunderschönen Mann mit seinen Designeranzügen, der dunklen Stimme, die mich bereits bei unserer ersten Begegnung zum Beben brachte, den unfassbar kühlen, blauen Augen, den flinken Fingern, den weichen Lippen und ...

„Sag mal, spinnst du?", entreißt Jordan mich urplötzlich meiner Tagträumerei. „Du willst also einfach so abhauen und mich hier allein lassen?" Er trägt nur eine bunte Bermudashorts und Strandlatschen. Seine Haare sind zerzaust und eine Dusche hat er heute auch noch nicht genossen – zumindest riecht er so.

„Ich haue nicht einfach so ab. Ich habe dir eine Nachricht geschrieben."

„Ja, das habe ich gesehen, und deshalb bin ich auch aus dem Bett gefallen." Er ist sauer. Warum weiß ich allerdings nicht.

„Also gut", sage ich, stehe auf und nehme meinen Freund in den Arm. „Lass dich drücken. Wir sehen uns daheim, stell keinen Blödsinn an, denk an die Kondome und ... ich hab dich lieb."

Jordan schubst mich von sich weg. „Du bleibst gefälligst hier."

„Du willst mich also ernsthaft dazu zwingen? Wieso?", frage ich und laufe erregt vor ihm auf und ab.

„Weil du immer nur wegläufst."

Ich stemme die Hände in die Hüften. „Was soll das denn nun schon wieder heißen?"

„Bei dir und deinem Ex war es doch nicht anders. Du hast ihn mit dieser Tussi erwischt und bist abgehauen. Und was hat es dir gebracht? Nichts. Außer, dass du ewig nicht damit abschließen konntest. Es ist langsam an der Zeit, dass du deine hübschen Arschbacken zusammenkneifst und dich den Situationen stellst, die das Leben für dich bereithält."

„Ach, so siehst du das also. Schön."

Jordan nimmt mich bei den Händen. „Babe, gestern hast du mir noch gesagt, dass du okay bist und alles schnell vergessen wirst, und heute Morgen willst du abhauen. Das ist doch Mist. Fang endlich an, über den Dingen zu stehen. Du willst nicht mehr mit ihm reden, dann tu es nicht. Falls es dich doch interessiert, was er dir zu sagen hat, dann geh zu ihm, entschuldige dich für die Ohrfeige und höre ihm zu, oder ..."

„Oder wir suchen uns ein neues Hotel", unterbreche ich ihn.

Jordan tippt sich gegen die Schläfe. „So weit kommt's noch. Ich hab dich hierher gebracht, weil du Luxusbunker nicht ausstehen kannst, und nur, weil dir eine Person nicht passt, soll ich uns was anderes suchen? Das ist lächerlich."

„Ich werde mich darum kümmern", unterbricht eine Stimme, die mir augenblicklich bis ins Mark zieht, unsere Unterhaltung. Tyron!

„Entschuldige, meine Freundin hat mal wieder einen ihrer Tage", murmelt Jordan, ohne ihn direkt anzusehen. „Wir bleiben."

In diesem Moment fährt das Taxi vor. Ich werfe Jordan noch eine Kusshand zu, gehe schnurstracks darauf zu und öffne die Beifahrertür. „Ich muss nach St. Augustin, wie teuer ist das?"

Der ältere Herr grinst. „Teuer, Schätzchen, sehr teuer. Es sind immerhin über 300 Meilen."

„Moment, warten Sie", bitte ich ihn und gehe zu den beiden Männern zurück. „Kannst du mir das Geld für das Taxi auslegen? Bitte", bettele ich Jordan an und setze meinen Welpenblick auf.

„Kommt nicht infrage", weigert Jordan sich.

Da ich stark davon ausgehe, dass Tyron mich ebenso schnell loswerden will wie ich ihn, drehe ich mich in seine Richtung. „Du vielleicht?"

Sein Blick ist so dunkel und streng wie am Tag unserer Ankunft. Er fährt sich über den Dreitagebart. Seine Augen – die heute von grauen Ringen umrandet sind – bewegt er kaum. Überlegt er oder was wird das?

Als er nicht reagiert, winke ich ab. „Ach, vergiss es einfach." Ich stapfe zurück zum wartenden Taxi und erkläre dem Fahrer, dass er sich umsonst hierher bemühte.

Tyron und Jordan stehen immer noch neben meinem Koffer. Ich ergreife ihn und ziehe ihn ein Stück weg. „Dann muss ich wohl trampen."

„Einen Teufel wirst du tun", knurrt Tyron mit einem Mal so derb, dass ich vor Schreck erschaudere. „Ich werde niemanden zwingen, in meinem Hotel zu bleiben. Ich hab dir gesagt, ich suche euch etwas anderes. Es kommt nicht infrage, dass du dich an die Straße stellst."

„Dem Ganzen ist nichts mehr hinzuzufügen", stimmt Jordan ihm zu.

Als plötzlich wie aus dem Nichts eine junge Frau mit schwarzen Haaren, Bobfrisur und einem Puppengesicht neben Tyron auftaucht, vermute ich zuerst eine seiner Affären, werde aber schnell eines Besseren belehrt.

„Na, Tyron, schaffst du es jetzt schon, unsere Gäste mit deiner ...", sie hält kurz inne, mustert ihn und rümpft ihr Stupsnäschen, „... Art zu vergraulen."

„Halt dich da raus, Laney", zischt er sie an.

Doch anstatt auf ihn zu hören, wendet sie sich mit einem mitleidigen Blick an mich. „Hat er dich auch mit Post-its beklebt?"

Ihre Frage ist merkwürdig und irgendwie gruselig. „Ich, nein ... ich ...", antworte ich wenig schlau.

Sie dreht sich wieder zu Tyron. „Das wird im Übrigen noch ein Nachspiel haben." Droht sie ihm etwa?

„Geh zu Dash, quatsch den voll und lass mich meine Arbeit machen", versucht er, sie zu verjagen, aber die überaus hübsche und sehr schlagfertig wirkende Frau im Vintagekleid winkt nur müde ab und kommt auf mich zu. „Komm, ich bring dich auf dein Zimmer."

Das klingt zwar nett, aber ich habe das Gefühl zu ersticken. „Sehr aufmerksam, aber ich brauche etwas frische Luft und werde so lange hier draußen warten, bis wir ein anderes Hotel haben", lehne ich dankend ab.

„Alles gut, wenn aber noch etwas ist, frag nach Laney. Ich bin heute den ganzen Tag hier." Sie zwinkert mir zu und geht dann zurück zu Tyron. „Irgendwann wird sich eine Frau deinetwegen noch ins Meer stürzen und absichtlich ertrinken", flüstert sie ihm zu, ehe sie das Hotel betritt.

Das wird wohl die Freundin einer seiner Brüder sein. Vermute ich. Meer! Prima Idee. „Ich werde in der Zwischenzeit an den Strand gehen. Sobald wir was anderes haben, kannst du mich ja holen."

Tyron räuspert sich. „Ich werde mich sofort darum kümmern."

Ach was ... jetzt wird er schnell, oder wie? Er glaubt doch wohl nicht ernsthaft, ich würde mich seinetwegen umbringen? So weit kommt es noch. Allerdings wird mir leicht flau im Magen, als ich feststellen muss, dass ich wohl tatsächlich ziemlich verzweifelt aussehen muss, wenn mich schon eine wildfremde Frau anspricht. Mist! Jetzt weiß er auch noch, wie schlecht es mir seinetwegen geht. Er wird sich also ein Leben lang an mich zurückerinnern, wie ich zu Tode betrübt vor seinem Hotel stand und ... Nein! Jordan hat recht, so geht das nicht. Ich nehme meine Sachen und gehe statt zum Strand in Richtung Hoteleingang.

„Das Meer ist in der anderen Richtung", merkt Tyron trocken an.

Ich mustere ihn mit wütenden Blicken. „Ich habe es mir anders überlegt. Wir bleiben hier."

„Bitte, wie du willst", zeigt er sich unbeeindruckt.

Er benimmt sich wie ein gestandener Mann Mitte 30 und ich mich wie ein beleidigtes Kleinkind, das von den Eltern bei IKEA ins Kinderparadies abgeschoben wurde, obwohl es keinen Bock darauf hat.

„Ich werde mich dann mal wieder an die Arbeit machen, entschuldigt die Unannehmlichkeiten", fiepe ich mit viel zu heller Stimme, senke den Kopf und gehe schnellen Schrittes weiter. Jetzt – ja, genau jetzt – habe ich mich wirklich bis auf die Knochen blamiert.

Merke: Ich bin noch nicht reif für das andere Geschlecht.

Kapitel 18

Tyron

Seit Stunden schleiche ich wie ein Luchs durch das Haus, um ein Opfer aufzuspüren – einen Angestellten, der Mist baut, dem ich in den Arsch treten oder feuern kann –, doch ich finde keinen. Gerade heute – das gibt es doch nicht! Sonst treten die ganzen Luschen doch auch ständig in jedes Fettnäpfchen. Warum nur habe ich diesen Tellerheini rausgeschmissen? Der würde mir heute gerade recht kommen und für die Sache mit unserem besten Geschirr – das von Großmutter stammte und das mir absolut heilig war – hätte er eine zweite Abreibung verdient.

Kate nahm sich in meiner Gegenwart heute sehr zurück. Sobald ich in ihre Nähe kam, senkte sie den Blick und kniff die Augen leicht zusammen, als wollte sie mich wegwünschen. Oder sich selbst. Ich unterließ es jedoch, sie anzubrüllen. Was würde das auch an der Situation ändern? Nichts.

Kate ging genau nach unserem Prozedere vor – zuerst die Gäste, danach alles andere. Sie hielt sich daran. Ihr einziger Fehler war es, mir Merediths Eindringen so lange zu verheimlichen. Sie hätte mich sofort informieren müssen. Geändert hätte es wohl nichts, und doch wäre ich dann vielleicht schneller Herr der Lage gewesen, anstatt bei Tammi ins offene Messer zu rennen.

Ich drehe eine letzte Runde durchs Foyer. Nicht einmal Dashiel ist in der Nähe. Weit kann er nicht sein, denn Laney ist hier. Wo bist du, du kleiner Sack? Bei ihm finde ich immer einen Grund, um aus der Haut zu fahren. Ich muss mich dringend, und zwar wirklich dringend, abreagieren.

Die Krawatte um meinen Hals wird immer enger. Meine Stirn spannt, der Puls ist so hoch wie nie zuvor. Wut wäre nicht der richtige Ausdruck für das, was ich gerade empfinde. Es ist eine Mischung aus Enttäuschung, Hilflosigkeit und Kontrollverlust. Alles, was ich anfasse und nichts mit dem Geschäft zu tun hat, entgleitet mir. Meine Brüder und jetzt auch noch Tammi. Menschen sind nur sehr bedingt lenkbar und genau das wird mir gerade wieder einmal schmerzlich bewusst.

Ich gehe zur Bar, lasse mich auf einen der Hocker sinken und starre den Barkeeper an, der sich in meiner Nähe sofort unwohl zu fühlen scheint. Er zupft an seinem Hemd, holt Gläser aus dem Regal, spült sie – obwohl das meiner Meinung nach absolut nicht nötig ist –, poliert ... poliert sie ein zweites Mal und stellt sie wieder zurück.

„Möchten Sie etwas trinken, Sir?", fragt er schließlich. Viel zu spät. Du hast mich jetzt mindestens zehn Minuten lang einfach nur ignoriert.

Gerade als ich mein Opfer gefunden habe, setzt sich jemand neben mich und macht mir somit einen Strich durch die Rechnung. Wenn wir unter Beobachtung stehen, kann ich den Barkeeper nicht zusammenfalten, nicht vor Gästen. Ich drehe den Kopf nach rechts und entdecke Jordan Brown. Der hat mir gerade noch gefehlt.

„Ich hätte gern einen Scotch", weist er den Barkeeper freundlich an. „Und für meinen Freund hier auch einen."

Freund? Meint er etwa mich damit? Ich sehe mich um, kann aber niemanden außer uns entdecken.

„Nein, ich trinke nicht", lehne ich dankend ab.

Jordan klopft mir auf die Schulter. „Nach diesem Schock am frühen Morgen brauchst du den", versucht er, mich zu überreden.

Wie soll ich ihm nur erklären, dass Tyron plus Alkohol gleich außer Rand und Band ergibt?

Der Kellner schiebt zwei Gläser über den Tresen. „Zum Wohl", sagt er und wendet sich dem nächsten Regal zu, um die Gläser sinnlos aufs Neue zu spülen.

Jordan nimmt eines der Gläser und lässt es gegen das andere klirren. „Nun trink schon. Du wirst sehen, schon nach nur einem Schluck fühlst du dich gleich besser."

Besser? Dass ich nicht lache, als ob ein Scotch alle meine Probleme lösen würde.

„Tammi ist normalerweise nicht so, aber nachdem, was sie da erfahren hat …", beginnt er eine Unterhaltung, die mir absolut nicht gefällt. Er nickt in Richtung Scotch, der vor mir steht, und weist mich somit an, endlich das Glas in die Hand zu nehmen und zu trinken.

„Sie ist nicht geschaffen für eine Affäre. Ich hätte ihr das mit dir von Anfang an ausreden sollen", gibt er sich die Schuld.

Nun brauche ich doch einen Schluck. Bereits als der erste Tropfen meine Zunge berührt und dann scheinbar durch meine Blutbahn direkt in den Kopf wandert, werde ich redselig. „Sie ist alt genug, findest du nicht?"

„In dieser Beziehung nicht. Tammi träumt von wahrer, echter Liebe. Sie ist da wirklich sehr speziell und irgendwie hat sie auch ein Händchen dafür, sich die falschen Kerle auszusuchen."

Auf meiner Stirn bilden sich kleine Schweißperlen. „Willst du mir damit sagen, ich sei der Falsche?"

Jordan leert seinen Scotch und bestellt einen zweiten. „Für sie ja. Ich weiß, dass du es genauso handhabst wie ich und ihr von Anfang an klar gemacht hast, dass zwischen euch nicht mehr laufen wird, zumindest nicht auf der emotionalen Ebene, und ich denke, zu Beginn war das auch noch völlig okay für sie, aber, hey, komm schon ..." Er sieht mich an, als ob ich wüsste, was er mir damit sagen will und deshalb den Satz nicht beenden muss. Ich weiß es nicht!

Jordan deutet meinen verdutzten Blick richtig und spricht weiter. „Ihr habt jeden Tag, ich meine, jede Nacht miteinander verbracht und dann übernachtest du auch noch bei ihr ..." Er holt tief Luft. „Ohne sie flachzulegen. Alter, das war nicht gut", ermahnt er mich.

Es fällt mir schwer, ihm zu folgen. „Was willst du mir damit sagen?"

Jordan klatscht sich mit der flachen Hand gegen die Stirn. „Bist du so blöd oder tust du nur so? Du hast ihr damit das Gefühl gegeben, sie wäre mehr für dich."

„Klar, und weiter?" Für wen hält er mich denn? Natürlich ist mir das klar, es war mir bereits in dem Augenblick klar, als sie mich fragte, und meine Entscheidung, bei ihr zu bleiben, kam nicht von ungefähr, sondern weil sie mehr für mich ist als eine belanglose Bettgeschichte.

Jordans Blick verfinstert sich. „Du willst mir jetzt nicht ernsthaft sagen, dass du das absichtlich gemacht hast." Wieso reagiert er denn so sauer?

„Doch, natürlich", antworte ich knapp.

„Du hast ihr also bewusst Schmerzen zugefügt. Warum?" Jordan trinkt das zweite Glas Scotch auf ex, und ich tue es ihm gleich.

Das hochprozentige Gesöff rauscht durch meine Blutbahn. „Noch einen."

Der Barkeeper nickt mir zu und beeilt sich, meiner Aufforderung nachzukommen.

„Schmerzen, wieso? Ich hatte nicht vor, ihr damit wehzutun. Ich wollte ..." Ich breche meinen Erklärungsversuch ab. „Denkst du nicht, ich bin alt genug und weiß, was ich mache?" Wenn ich eins hasse, dann sind es Rechtfertigungen, die auch noch auf irrsinnigen Anschuldigungen beruhen.

Jordan atmet hörbar aus. Seine Augen verengen sich zu Schlitzen. „Du willst mehr von ihr." Was für ein Schnelldenker!

„Natürlich wollte ich mehr von ihr, oder warum denkst du, tue ich mir den ganzen Scheiß überhaupt an?", werde ich wütend und haue mit der flachen Hand auf den Tresen, was der Barkeeper zum Anlass nimmt, noch einen Zahn zuzulegen.

Mein Sitznachbar sieht schweigend in sein Glas, schwenkt den Inhalt leicht hin und her und murmelt etwas für mich Unverständliches in seinen nicht vorhandenen Bart.

„Ist es denn so abwegig, dass sich aus einer anfänglichen Affäre mehr entwickelt?", fahre ich fort.

„Du meinst es echt ernst", sagt er, sieht mich dabei aber nicht direkt an.

„Würde ich sonst hier so einen Zauber veranstalten?", knurre ich gereizt. Da will man sich einmal offenbaren und dann so was. Meine Kopfhaut fängt förmlich Feuer. Die Krawatte um meinen Hals wird unerträglich eng. Ich löse den Knoten nun ganz.

„Warum hast du es ihr dann nicht gesagt?", will er wissen. Diese Frage ist schlimmer als die Ohrfeige von Tammi.

„Das wollte ich, aber ich kam nicht mehr dazu, denn seitdem sie mit dieser blöden, blonden Tussi geredet hat, hört sie mir nicht mehr zu", stelle ich klar.

„Wolltest du die wirklich heiraten?", fragt er abfällig und rümpft die Nase.

„Das ist eine lange Geschichte, die den Rahmen dieser Unterhaltung sprengen würde. Ich kann dir nur eins dazu sagen: Es hat nichts mit Tammi zu tun. Die Sache ist schon lange gegessen", würge ich das Thema ab, denn ich bin nicht bereit dazu, mein komplettes Leben vor ihm auszubreiten.

Jordan nickt und sieht mich verständnisvoll an. „Geht mich auch nichts an." Richtig, es geht niemanden etwas an. „Aber wenn du sie wirklich gern hast, dann rede mit ihr."

„Sie hat mir eine geknallt!"

Jordan grinst schief. „Was bist du denn für ein Mann, wenn du nicht über solchen Dingen stehst?"

„Ich lasse mich doch nicht von einer Frau vorführen. Sie will nicht mit mir reden, dann soll sie es lassen. Was für einen Mann würde ich darstellen, wenn ich ihr hinterherrenne wie ein Hündchen, das um Aufmerksamkeit bettelt?", vertrete ich meine Meinung zu diesem Thema entschlossen.

„Manchmal zeugt gerade das von wahrer Größe."

Ich genehmige mir den zweiten Scotch, und tatsächlich beruhigt sich mein aufgeheiztes Gemüt etwas. „Lass uns die Sache einfach abhaken. Es war eine blöde Idee, die bereits, bevor es ernst hätte werden können, im Keim erstickt wurde. Wer weiß, wofür es gut war."

„So einfach gibst du auf?", stichelt Jordan unaufhörlich weiter.

„Das hat nichts mit Aufgeben zu tun. Ich werde bloß gerade wieder klar im Kopf", brumme ich.

„Wie du meinst", gibt er sich geschlagen, klopft auf den Tresen und steht auf. „Wir sehen uns", verabschiedet er sich mit einer belanglosen Floskel bei mir und schlendert pfeifend davon.

„Ich nehme noch einen. Nein, warten Sie, geben Sie mir einfach die komplette Flasche", bitte ich den Barkeeper, mir das Höllengetränk auszuhändigen.

Der reicht mir nickend die Flasche. „Danke", sage ich, stehe auf und merke, dass ich bereits jetzt leicht wanke.

In meiner Suite nehme ich einen weiteren kräftigen Schluck, setze mich aufs Sofa und starre aus dem Fenster. Wenn man versucht, Gefühle zuzulassen, wird man verletzlich und das liegt fernab meiner Natur. Ein Tyron Pine ist nie – niemals – sensibel. Ich war es nie und werde es auch nie sein. Ende der Geschichte.

Gerade als ich die Flasche wieder an meinen Mund setzen will, klingelt mein Handy. Ich ziehe es aus der

Hosentasche und sehe Bettys Namen aufleuchten. Na, wenn das kein Wink des Schicksals ist.

Ich räuspere mich, stelle den Scotch weg und hebe ab. „Betty, wie schön, dass du dich meldest, ich musste auch gerade an dich denken."

„Ich wollte gern dort mit dir weitermachen, wo wir beim letzten Mal aufgehört haben. Hast du Zeit?", säuselt sie so sexy in den Hörer, dass ich bereits jetzt kurz davor bin, einen Ständer zu bekommen.

„Ich bin in meiner Suite, kommst du vorbei? Sagen wir in einer halben Stunde?"

„Um ehrlich zu sein, stehe ich schon vorm Hotel, also bis gleich", überfällt sie mich.

Scheiß drauf! Warum nicht? „Alles klar, bis gleich."

Ich renne ins Bad, lege Parfüm auf und schütte mir eine Handvoll kaltes Wasser ins Gesicht. Das muss reichen.

Nur wenige Augenblicke später klopft es.

„Da bist du ja schon", erfreue ich mich am Anblick der heißen Schwarzhaarigen, als ich öffne.

Sie drängt mich mit ihren scharfen Blicken rückwärts, schließt die Tür und kommt mir sofort gefährlich nahe. „Bist du heute bereit?", haucht sie mir ins Ohr und fährt mir mit gespreizten Fingern durchs Haar.

Oh ja, bin ich, und wie! Während sich in meiner Hose die Erregung staut, bearbeitet Betty mein Ohrläppchen. Sie bahnt sich ihren Weg zu meinem Mund, doch kurz bevor ihre meine Lippen berühren, klopft es erneut.

„Einfach ignorieren", stöhne ich und ziehe sie fester an mich.

„Kann ich nicht, das ist der Zimmerservice. Ich hab uns Champagner und Erdbeeren bestellt. Du spielst doch so gern damit", kichert sie, lässt von mir ab und öffnet mit einem vorfreudigen Grinsen die Tür.

Doch anstatt eines Kellners mit Schampus im Gepäck erscheint Micah in meinem Blickfeld.

„Ich hab jetzt keine Zeit, verpiss dich", will ich ihn abwimmeln.

Doch mein Bruder betritt unbeirrt die Suite. „Du solltest jetzt gehen", meint er zu Betty, „ich habe etwas Wichtiges mit Tyron zu klären."

So weit kommt's noch, dass er meine Gäste rauswirft. „Sie bleibt!"

Betty sieht uns abwechselnd an und weiß scheinbar nicht, auf wen sie hören soll. Auf mich oder doch auf Micah, der heute sehr energisch wirkt.

„Es ist dringend, Tyron!", wird Micah noch deutlicher.

„Dann warte ich draußen", lenkt Betty ein.

Micah hält ihr die Tür auf und winkt sie hinaus. „Musst du nicht, das dauert länger. Tyron ruft dich an ..." Als wir allein sind, fügt er noch leise hinzu: „Oder auch nicht."

„Was willst du? Ich hoffe für dich, es brennt irgendwo. Ansonsten ..."

Micah deutet aufs Sofa. „Setz dich", weist er mich mit einer Entschlossenheit an, die ich bisher noch nicht von ihm kannte.

Leicht verdutzt folge ich seiner Aufforderung. So wie er aussieht, ist wohl wirklich irgendwo die Kacke am Dampfen.

Er setzt sich mir gegenüber, stellt die Beine weit auseinander, stützt die Ellenbogen darauf und sieht mich durchdringend an. „Da bin ich ja gerade noch rechtzeitig aufgetaucht."

Ich kann ihm nicht folgen. „Zu was? Nun rede schon. Ist etwas im Hotel?", werde ich nervös.

Der ganze Tag läuft schon nicht nach meinen Plänen. Ich ließ mich viel zu sehr ablenken, und jetzt ereilt mich das schlechte Gewissen.

Micah sieht auf den Tisch. „Ich dachte, du trinkst nicht."

„Tue ich auch nicht, das war ein Versehen."

„So wie die schwarzhaarige Tante eben ein Versehen war, hoffe ich."

„Was?" Ich verziehe das Gesicht. „Kannst du mir jetzt endlich mal sagen, wo was anliegt und deine blöden Kommentare stecken lassen? Du warst früher auch nicht anders. Wer also im Glashaus sitzt und so weiter und so fort …", winke ich ab.

„Im Glashaus saß", berichtigt er mich.

„Dann eben saß. Können wir das Thema jetzt beenden und uns auf die wichtigen Dinge konzentrieren, nämlich auf dein ach so wichtiges Problem?", werde ich sauer.

Mein Bruder sieht mich einfach nur schweigend an.

„Was ist jetzt?", schreie ich.

„Du bist das Problem", klärt er mich mit ruhiger Stimme auf.

„Wie bitte? Und deshalb schmeißt du meinen Betthasen raus? Ich war doch schon immer an allem schuld, egal ob du oder Dash was falsch gemacht habt, es ging auf meine Kappe, und selbst jetzt noch …" Ich schnappe nach Luft. „Ach komm, vergiss es doch einfach."

„Niemand hat dich jemals für irgendetwas verantwortlich gemacht, das warst immer nur du selbst. Weder Großmutter noch wir haben all das, was du für uns getan hast, verlangt."

Undankbares Pack! „Nein, natürlich nicht. Ich hab mich doch gern für euch zum Deppen gemacht. Kein Problem, ich kann damit umgehen. Sind wir dann hier fertig? Ich würde gern Betty zurückholen."

Micah rückt näher an mich heran. „Aber für eine Sache werde ich dir wirklich – und das meine ich absolut ernst –, wirklich bis an mein Lebensende dankbar sein, und deshalb werde ich jetzt genau das Gleiche für dich tun."

Mal ganz davon abgesehen, dass es das erste Lob überhaupt ist, das ich von einem meiner Brüder bekomme, klingt es auch noch ernst gemeint. Allerdings weiß ich nicht, wovon er spricht. „Und du meinst jetzt genau was damit?", hake ich nach und warte gespannt auf seine Antwort.

„Sienna."

Ich krause die Nase. „Wie Sienna? Was hat deine Freundin damit zu tun?"

„Du hast sie damals aufgehalten, weißt du nicht mehr?"

Ach, Gott, ja, dieser Mist. Meine Güte, das war doch nichts Besonderes. Allerdings erinnerte mich Tammis Verhalten, wie sie da auf ihrem gepackten Koffer saß, stark an Micahs Freundin. Sienna wollte damals nach einem heftigen Streit abreisen, doch ich hielt sie zurück.

„Sienna war mir damals einfach nur nützlich", tue ich das Geschehene ab.

Micah hebt die Augenbrauen. „Ach ja, und wofür?"

„Um dich zur Vernunft zu bringen, ganz einfach."

Mein Bruder sieht mich leicht genervt an. „Das ist doch Blödsinn, und das weißt du genau. So wie du damals mit ihr gesprochen hast und auch vor Kurzem mit mir ..." Er schüttelt den Kopf. „Du bist bei Weitem nicht so eiskalt, wie du immer vorgibst zu sein."

Geht der mir auf die Nerven! „Schön, dann habe ich es eben gern gemacht, jetzt zufrieden? War's das dann?"

Micah runzelt die Stirn. „Du kapierst immer noch nicht, warum ich hier bin."

„Doch, um mir auf den Sack zu gehen", knurre ich.

„Nein, um dir klarzumachen, dass es an der Zeit ist, um die Frau zu kämpfen."

„Du weißt doch überhaupt nicht, worum es hier geht!"

„So wie du mich und Sienna im Foyer angegangen bist, musst du dich bei deiner Liebeserklärung ziemlich blöd angestellt haben", bemerkt er trocken.

„Es gab keine Erklärung, die Sache ist beendet!", kläre ich ihn auf.

„So wie du dich benimmst, ist sie das nicht."

Ich stehe auf und deute in Richtung Tür. „Du hast wohl Betty vergessen?"

„Du kannst dich nicht ewig hinter irgendwelchen Affären verstecken. Das wird dich auf Dauer nicht glücklich machen."

„Jedenfalls glücklicher als eine Frau, die mir ums Verrecken nicht zuhören will."

Micah lehnt sich zurück und breitet die Arme auf der Lehne aus. „Was hast du denn angestellt?"

„Geht dich nichts an!"

„Ich will es auch nicht wissen, sondern dir nur eins klarmachen: Das, was ich da eben aus deinem Zimmer gejagt habe, wird nicht deine Zukunft sein. Das wird die Frau sein, die dir dein Herz gestohlen hat."

Ich raufe mir die Haare. „Du hörst dich schon an wie Grandma."

„Man kann alles regeln, das hast du bei Dashiel und auch bei mir gesehen, aber das erfordert Mut. Hast du Mut?"

Ich laufe vorm Wohnzimmertisch auf und ab. „Ich bin mit mir im Reinen. Es ist alles gut, so wie es ist. Ende der Geschichte."

Micah erhebt sich und seufzt leise. „Du bist ein Feigling, Tyron."

„Bin ich nicht!"

Er klopft mir auf die Schulter. „Doch bist du, und zwar ein riesengroßer."

„Raus hier!"

„Du solltest vielleicht auf Wein umsteigen. In vino veritas, du kennst doch das Sprichwort. Vielleicht findest du darin deine Wahrheit", stichelt er und lässt mich damit komplett durchdrehen.

Ich nehme die Flasche Scotch und werfe sie gegen die Wand. „Verschwinde hier, Micah, und zwar sofort!"

Er zieht den Kopf ein und hebt entwaffnet die Arme. „Bin schon weg, aber denk drüber nach, was ich dir gerade gesagt habe."

Diese blöde Unterhaltung hat mir heute gerade noch gefehlt. Was für ein beschissener Tag!

Kapitel 19

Tammi

Wie konnte ich nur so dumm sein und mich gestern zu so einem Aufritt hinreißen lassen? Mein Plan, heimlich, still und leise die Kurve zu kratzen, ging gründlich in die Hose. Und Gott, nein, ich darf nicht mehr daran denken, wie ich ... Es war einfach nur peinlich. Dass meine Flucht von Anfang an zum Scheitern verurteilt war, lag nur am ... GELD. Und dieses Problem scheint sich neuerdings wie ein roter Faden durch mein Leben zu ziehen.

Ich rolle mich auf die Seite, sehe aus dem Fenster und beobachte die Sonne, wie sie am Himmel emporsteigt. Ich beschließe, das Wort „Geld" auf die Liste der nicht mehr zu benutzenden Wörter zu setzen.

Warum nur ist es Tyron so wichtig? Er hat hier doch alles. Sein Hotel läuft gut und er lebt in einer wahnsinnig schönen Suite. Ihn interessiert sowieso nichts anderes. Er sprach nie von Autos, Luxusdingen wie Jachten oder weiß der Geier. Es ging immer nur um sein Hotel. Oder aber er sprach nicht mit mir darüber, weil ich von den zwei Millionen nichts erfahren sollte? Wie dem auch sei, ich muss mich zusammenreißen, darf nicht mehr in solch ein kindisches Verhalten verfallen.

Ich ziehe das Laken beiseite und beschließe, nach einem ausgedehnten Wannenbad Jordan beim Frühstück Gesellschaft zu leisten.

Das setze ich sogleich in die Tat um und bin eine Stunde später mit dem Ergebnis zufrieden. Mein erfrischend blumiges Sommerkleid sitzt, die Frisur ebenfalls und auch der Mascara und der Lidstrich – die von meinen Augenringen ablenken sollen – passen, also nehme ich meinen Laptop und begebe mich nach unten.

„Guten Morgen, Babe", begrüßt Jordan mich mit erstauntem Gesichtsausdruck. „Dich hätte ich jetzt nicht hier erwartet."

„Wie du siehst, bin ich hier." Ich grinse überschwänglich und stelle meine Tasche neben dem Tisch ab.

„Soll ich dir was vom Buffet holen?"

„Nicht nötig, das mache ich selbst", lehne ich dankend ab.

Nachdem ich meinen Teller mit den üblichen Verdächtigen vollgeladen habe, was so viel heißt wie: einen Berg voll Rührei, mehrere Scheiben Speck und Toast, gehe ich zu meinem Platz zurück.

„Du scheinst einen Bärenhunger zu haben", kommentiert Jordan meine mitgebrachten Speisen.

„Und wie." Ich nehme die Gabel und schaufele mir die erste Portion Ei in den Mund.

„Wie geht es dir heute?", erkundigt er sich ein wenig misstrauisch.

„Mir? Gut!", murmele ich mit halb vollem Mund.

„Ist das eine neue Masche?" Er legt sein Besteck zur Seite und beäugt mich skeptisch. „Ich weiß nicht, irgendwie macht mir dein fröhliches Gemüt Angst."

„Erst sagst du, ich soll kein Trübsal blasen, und jetzt gefällt es dir nicht, dass ich mich zusammenreiße und versuche, hier alles ohne weitere Vorkommnisse hinter mich zu bringen. Warum?"

„Du bist mir unheimlich."

Ich lasse Jordans Satz unkommentiert und esse weiter. Manchmal bin ich mir selbst unheimlich, aber seit ich beschlossen habe, alles wie eine erwachsene Frau zu ertragen, geht es mir viel, viel besser.

„Hast du mit Tyron geredet?", unterbricht er unser Schweigen.

Ich sehe vom Teller auf. „Nein, wieso sollte ich?"

„Ach, nichts, war nur so eine Frage", winkt er lässig ab.

Männer können bei Weitem nicht so gut lügen wie Frauen und vor allem stellen sie keine Ach-nur-so-Fragen. Nein, das tun sie nicht. Im ersten Augenblick will ich ihn ausquetschen, wissen, ob er schon wieder mehr weiß als ich, doch ich lasse es. Ja, ich muss die Sache ruhen lassen, ansonsten komme ich nie von diesem Anzugträger los.

„Gut, wenn es also nicht wichtig ist, lassen wir das Thema Tyron Pine jetzt ein für alle Mal ruhen. Ist das in Ordnung?"

„Und da bist du dir wirklich sicher?", hakt er nach.

Ich nicke. „Ja, bin ich. Tyron ist ..." Ich senke den Kopf und atme tief durch. „Ehrlich gesagt weiß ich nur, dass er nicht gut für mich ist."

Jordan, der sich an seinem Kaffee verschluckt, kommentiert meine Aussage nur mit einem Brummen.

„Ich werde hier sein, mich nicht mehr verkriechen und mein Buch weiterschreiben, während du diesen

Promi auf Vordermann bringst, und wenn wir wieder in St. Augustin sind, ist mein Manuskript fertig, ich werde reich, kann bei dir ausziehen und alle sind glücklich."

„Das nenne ich mal hochgesteckte Ziele", grinst er.

„Finde ich auch, und wenn man nur fest an sich glaubt, kann man alles schaffen", gebe ich mich zuversichtlich.

„Sogar sich selbst belügen und die eigenen Gefühle ..." Jordan unterbricht sich selbst. „Entschuldige, das wollte ich nicht sagen."

„Ich denke, ich bin hier fertig", sage ich und stehe auf, denn seine Zweideutigkeiten sind gerade dabei, mir den Tag zu verderben. „Falls du mich suchst, ich bin am Pool."

„Alles klar, Babe, wir sehen uns später."

Irgendwie ist er heute komisch!

***

Mein Plan, heute mindestens ein komplettes Kapitel zu schreiben, gestaltet sich schwieriger als gedacht. Es sind weder laute Kinder noch andere Geräusche, die mich ablenken, nein, es ist Tyron, der mir unaufhörlich durch den Kopf spukt.

Meine anfängliche und unerschütterlich scheinende gute Laune, die ich spürte, als ich aufstand, schwindet mit jeder Minute, die ins Land zieht. Der Kerl ist so verankert in meinem Hirn, dass ich gerade einmal zwei Sätze schrieb.

Stöhnend lasse ich mich zurücksinken, lege den Kopf in den Nacken und schließe die Augen. Wie werde ich dich nur los?

„Hey, wie geht es dir heute?", entreißt eine Frauenstimme mich meiner Grübelei.

Ich öffne die Lider. Es ist die Schwarzhaarige mit dem niedlichen Gesicht. „Danke, mir geht's gut", beantworte ich ihre Frage möglichst freundlich und hoffe, dass es ihre einzige war, denn auf Small Talk habe ich keine große Lust.

„Darf ich mich setzen?" Sie lächelt mich spitzbübisch an und noch ehe ich mich dagegen wehren kann, schiebt sie sich schon einen Stuhl unters Hinterteil.

„Ähm, ja, bitte, nimm doch Platz", kommentiere ich den Überfall.

Laney, so hieß sie, glaube ich, streckt mir die Hand hin. „Ich bin Laney und du?"

Was wird das? Leicht irritiert stelle ich mich vor. „Tammi."

„Schön, das habe ich zwar gestern schon mit einem Ohr mitbekommen, aber man stellt sich nun mal vor", erklärt sie.

Sie ist lustig. Ich kann mir ein leichtes Grinsen nicht verkneifen. Man stellt sich nun mal vor.

„Und, Laney, was machst du hier so?", beginne ich eine Unterhaltung, die ich eigentlich überhaupt nicht führen will.

Sie winkt ab. „Ich? Nicht wichtig, aber ich wollte von dir wissen, was du hier machst?"

Ich krause die Nase. „Ich ... schreibe."

Laney schüttelt den Kopf. „Nein, nicht das. Ich meine, warum du noch hier bist?"

Sie stellt wirklich sehr persönliche Fragen. Normalerweise gehe ich sofort auf Abstand, wenn mir so etwas widerfährt, aber sie ... Ich weiß nicht, Laney ruft irgendetwas in mir hervor, das mir sagt: Rede mit dieser Frau.

„Ich ... hatte kein Geld ... nein, eigentlich warte ich auf Jordan ... nein ... also", stammele ich wenig intelligent.

Laney presst die Lippen aufeinander und hebt die Augenbrauen. „Nun lass uns mal Tacheles reden, sonst wird das hier nie was: Tyron ist ein Pine, und den werde ich dir jetzt mal erklären, also hör gut zu ..."

Ich hebe die Hand. „Moment!", unterbreche ich sie. „Ich will von diesem Idioten nichts mehr wissen."

Laney sieht mich mitleidig an und rollt dabei leicht die Augen. „Das habe ich auch schon gesagt, glaub mir."

Was? Ich runzele die Stirn. „Du und er?"

„Wie? Äh, nein, igitt. Ich meinte einen Pine, nicht diesen Pine ... also, seinen Bruder Dashiel", verhaspelt sie sich, und ich muss schmunzeln.

„Willst du mir damit sagen, die sind alle so?", reizt es mich nun doch, etwas Neues in Erfahrung zu bringen.

Laney nickt zaghaft. „Jeder auf seine ganz spezielle Weise. Allerdings ist auch jeder auf seine Art toll. Verstehst du, was ich meine?"

„Waren er und Meredith ein Paar?" Diese Frage kann sie mir sicher beantworten.

Sie verzieht das Gesicht. „Nein, um Gottes willen! Tyron und sie ... Na ja, du weißt schon, aber von Liebe war da nie auch nur eine Spur."

„Auch nicht einseitig?", hake ich nach.

„Du meinst von ihrer Seite?" Laney rümpft die Nase. „Also, wenn du mich fragst, habe ich noch nie so eine hinterlistige ... Nein, ich werde nicht schimpfen", ermahnt sie sich selbst.

„Du meinst, sie ist berechnend?"

„Ja, ist sie, aber das ist nur meine persönliche Meinung. Warum willst du das wissen?"

Tyron hat also nicht gelogen. „Ach, nicht so wichtig", tue ich das Ganze ab.

Laney lehnt sich über den Tisch. Ihre Augen leuchten. „Was ist das zwischen dir und Ty?"

Ich setze einen ahnungslosen Blick auf. „Nichts. Zwischen uns ist nichts."

Laney deutet auf meine Stirn. „Du hast da oben eine Lügenfalte", feixt sie.

Ich greife an die Stelle. „Wie bitte?"

Sie verschränkt die Finger ineinander und sieht mich noch durchdringender an. „Das sieht doch ein Blinder mit Krückstock, dass da was zwischen euch läuft."

„Gelaufen vielleicht, aber das ist Geschichte", berichtige ich sie.

„Darf ich dir mal meine Meinung dazu sagen?"

Ich zucke die Schultern. „Wenn's denn sein muss." Eigentlich wollte ich weniger bis gar nicht mehr über Tyron nachdenken, aber soll sie nur reden.

Sie strafft die Schultern. „Ich kenne Tyron nun schon eine ganze Weile und das, was in den letzten Tagen mit ihm passiert ist ..." Sie hebt den Zeigefinger, als wollte sie mir sagen: Hey, und jetzt pass besonders gut auf. „Es muss etwas mit dir zu tun haben."

„Nun gut, das mag vielleicht sogar sein, aber ..."

Laney unterbricht mich. „Nichts aber. Weißt du, wie der Typ bisher drauf war? Er erinnerte mich an Dashiel in seinen schlimmsten Zeiten. Also gut, nur im weitesten Sinn, denn Dash und Ty sind zwei komplett unterschiedliche Charaktere, aber sie tragen beide das Arschlochgen in sich."

„Und das hat Dashiel jetzt nicht mehr?", will ich wissen.

Sie versucht krampfhaft, nicht die Augen zu rollen. „So gut wie weg."

„So gut wie?"

„Zum Schoßhündchen ist er nicht mutiert, aber das will man als Frau doch auch gar nicht."

„Da geb ich dir recht", räume ich ein.

Laneys Blick wird ernst. „Glaub mir, Tyron hat sich wirklich sehr verändert. Auch wenn er nach außen hin immer noch den Eiskübel mimt, wir haben alle schon längst mitbekommen, wie gut du ihm tust."

„Woher ... und wer ist wir?", frage ich verunsichert, denn ich komme mir plötzlich ziemlich gestalkt vor.

„Dash, ich, Micah und Sienna. Wir sind ein Familienunternehmen und geben aufeinander Acht, natürlich bekommen wir da alles vom anderen mit. Nicht so offensichtlich natürlich, aber Tys gute Laune war nicht zu übersehen. Für uns alle nicht."

„Also, ich weiß ja nicht." Langsam, aber sicher komme ich mir vor wie bei einer Tupperparty. Sie will mir Tyron anpreisen wie eine dieser Frischhaltedosen. „Ich denke, ich bin nicht der passende Deckel für ihn", entgegne ich ihr deshalb.

Laney grinst verschmitzt. „Ich glaube eher, dass du genau der richtige Deckel bist, du weißt es nur noch nicht."

Ich mag sie, ja, ich finde sie wirklich sehr nett, und dennoch will ich das Gespräch über Tyron beenden. „Ich denke, ich habe genug gehört."

Sie versteht sofort, worauf ich anspiele, und rutscht samt Stuhl zurück. „Nur eins noch: Zwischen Dash und mir gab es auch riesige Missverständnisse, und wir wären deshalb fast nicht zusammengekommen. Lass nicht zu, dass es euch genauso geht."

„Aber von einer Beziehung sind wir weit entfernt, wir sind ...", will ich ihr erklären, doch Laney steht auf und zwinkert mir zu.

„Wer weiß", sagt sie und schlendert davon.

Was für eine Nudel!

***

So schnell unser Gespräch anfing, so schnell endete es auch wieder, und doch hallt es noch Stunden später wie die Nachwehen eines Erdbeben in mir nach. Gedankenversunken sitze ich auf meinem Bett und grübele über Laneys Worte nach. Meredith ist eine Lügnerin, zumindest zu einem gewissen Prozentsatz, und Tyron ... Ich weiß es nicht. Er verschwieg mir die komplette Nummer mit dem Geld.

Aber warum hätte er mir das auch erzählen sollen? Totaler Blödsinn, denn es hat wirklich nichts mit uns zu tun. Ich muss mir bei dieser Sache echt an die eigene Nase fassen und mich, so schwer es mir auch fällt, bei ihm entschuldigen. Das ist das einzig Richtige. Genau so verhält sich eine erwachsene Frau! Mein Entschluss steht fest.

Nachdem ich neues Deodorant aufgelegt habe, da ich bereits nur bei dem Gedanken daran, gleich vor ihm auf die Knie fallen zu müssen, ins Schwitzen gerate, mache ich mich auf den Weg zu seiner Suite.

Bevor ich mich jedoch bemerkbar mache, atme ich noch mehrmals tief durch. Hoffentlich lacht er mich nicht aus, versteht das Kauderwelsch, mit dem ich ihn gleich zu besänftigen versuchen werde, und wir können danach wenigstens wieder normal miteinander umgehen. Schließlich sind wir erwachsene Menschen.

Zaghaft klopfe ich gegen das Holz. Nichts rührt sich. Gut, ich sollte wieder gehen. Morgen ist auch noch ein Tag. Gerade als ich mich zum Gehen wenden will, wird die Tür jedoch geöffnet.

„Tammi, was machst du denn hier?" Tyron sieht mich an, als wäre ich eine Fata Morgana.

„Ich wollte mich nur bei dir entschuldigen. Mein Verhalten war dämlich."

Er gibt mir den Weg frei. „Willst du reinkommen?"

„Nein, muss nicht sein. Ich wollte dir nur sagen, dass ich mich ..." Ich komme nicht zum Weitersprechen, denn Tyron packt mich am Handgelenk und zieht mich ruckartig in die Suite.

Er kommt mir sofort näher, als mir lieb ist. Ich will zurückweichen, doch er hält mich an den Oberarmen fest und sieht mir tief in die Augen. „Darf ich dir jetzt alles erklären?"

„Nicht ... nötig", stammele ich atemlos.

Tyrons Augen funkeln so blau wie die tiefste Stelle des Ozeans. Zärtlich streicht er mir über die Wange. „Dann hör dir wenigstens an, was ich dir an besagtem Abend, als du mir eine geknallt hast, sagen wollte ..." Er kommt noch näher. Sein Geruch vernebelt mir die Sinne. Ich kann nicht mehr klar denken. Wie schafft er es bloß immer wieder, mich in nur wenigen Sekunden komplett zu verzaubern?

Ich lege die Hand auf seine Brust und mustere sein Gesicht. „Dieses lose Zeug ist nichts für mich, ich habe es versucht, aber ..."

Er legt den Finger auf meinen Mund. „Kannst du mir jetzt bitte einfach zuhören?" Seine Stimmlage wird tiefer.

Ich muss schlucken. „Ja, entschuldige."

„Ich habe Gefühle für dich, Tammi", haucht er kaum verständlich.

„Du hast ...?"

Er nickt. „Ja, habe ich. Ich weiß nicht, wohin uns das alles führen wird, aber ich will mehr von dir als nur deinen Körper."

Ein Endorphinregen berauscht meine Sinne. Das hatte ich nun wirklich nicht erwartet. Insgeheim gehofft vielleicht, aber niemals geglaubt, dass es eintreffen könnte.

Ich greife nach seiner Krawatte und ziehe ihn an mich. Als meine Lippen auf seine treffen, flattern tausende kleine, bunte Schmetterlinge durch meinen Leib und kitzeln meine Seele mit ihren sanften Flügelschlägen. Wir versinken in einen innigen Kuss, der sich sofort ganz anders anfühlt als all die anderen davor. Mein Herz geht in Flammen auf.

Ich würde ihn am liebsten nie mehr loslassen, aber eins muss ich noch klarstellen. „Liebe ja ... Heirat ausgeschlossen", vertrete ich meinen Standpunkt mit einem verschmitzten Grinsen.

Er neigt den Kopf leicht nach hinten und runzelt die Stirn. „Wirklich?"

„Das ist mein Ernst, Tyron!"

Ihm huscht ein Lächeln über die Lippen. „Sag niemals nie!", kontert er und gibt mir einen Klaps auf den Po.

So viel Überzeugungskraft besitzt jedoch selbst ein Tyron Pine nicht, dass ich mich darauf jemals einlassen würde ...

Epilog

Ein Jahr später ...

Tammi

Ich betrachte die große Sommerblume, die in meinen hochgesteckten Haaren sitzt. Die halterlosen Strümpfe stören etwas – aber gut. Dafür fühlen sich die Dessous wie eine zweite Haut an. Das sollte bei dem Preis allerdings auch so sein. Make-up ist kaum vorhanden, nur ein leichter Lidschatten, der zur Farbe der Blume passt, ein wenig Wimperntusche und ein Lidstrich.

„So, und damit wären wir fertig." Die Visagistin, die hinter mir steht und gerade die letzte Klammer in meine Haare steckt, sieht mich über den Spiegel hinweg an.

„Es ist perfekt geworden", zeige ich mich zufrieden mit ihrer Arbeit.

„Kann ich sonst noch etwas für Sie tun?", will sie wissen.

„Ich fühle mich nur noch ein wenig nackt", gebe ich zu, und in diesem Moment klopft auch schon jemand an.

„Das muss Ihre Freundin sein. Ich öffne ihr", erklärt meine Helferin und geht in Richtung Tür. Nur wenige Sekunden später blicke ich in Laneys strahlendes Gesicht.

„Da ist es!" Sie kann ihre Verzückung über das Kleidungsstück in ihrer Hand kaum noch im Zaum halten und fiept leise vor sich hin.

„Du weißt schon, dass ICH es anziehen werde", tadele ich sie gespielt.

„Muss das sein? Kann nicht ich?", quengelt sie und zieht einen Schmollmund.

„Bitte ... Bühne frei", räume ich den Weg.

Laney schüttelt angestrengt den Kopf. „Was? Nein. Igitt, doch nicht ..."

„Was denn? Es ist ein Pine, also hab dich nicht so."

Sie rümpft die Nase. „Aber der falsche."

Ich halte ihr die offene Hand hin. „Dann muss ich es anziehen", fordere ich sie auf, endlich von dem Kleid abzulassen.

Mit einem tiefen Seufzer reicht sie es mir schließlich. „Na gut."

„Hilfst du mir beim Anziehen?"

„Klar doch. Ich will dich schließlich als Erste darin sehen."

Naturgemäß dauert es bei solchen Kleidern einen Moment, bis sie richtig sitzen.

„Und was sagst du?", frage ich schließlich.

Laneys Augen glänzen, auf ihrem Gesicht zeichnet sich ein wahres Gefühlsgewitter ab. Sie nimmt mich bei den Händen und mustert mich ausgiebig, bis sie mir endlich eine Antwort gibt. „Du siehst wunderschön aus", schwärmt sie.

„Ja, wirklich?", frage ich etwas unsicher nach.

Das weiße, in A-Linie geschnittene, hochgeschlossene, ärmellose Spitzenkleid fand Laney beim Räumen in uralten Kisten auf dem Dachboden des Hotels. Da der Vintagestyle total ihren Geschmack trifft, wollte ich, dass sie es für sich aufhebt, doch Laney bestand darauf, dass es für sie niemals solch eine Bedeutung haben könnte wie für mich, denn es ist Großmutter Pines Kleid. In Tyrons Büro steht ein Bild, auf dem sie es trägt.

„Es sollte so sein, dass ich es finde. Was denkst du, was Tyron für Augen machen wird, wenn er dich gleich darin zu Gesicht bekommt."

„Das wird er wohl", stimme ich ihr zu und zwinge mir ein Lächeln auf die Lippen. Mein Puls erhöht sich und langsam, aber sicher schnürt es mir die Luft ab. „Wie viel Zeit haben wir noch?", frage ich nervös.

„Zwanzig Minuten", antwortet sie.

„Wo bleibt er denn? Das gibt es doch nicht", werde ich noch unruhiger.

Laney legt eine Hand auf meine Schulter und sieht mir beschwörend in die Augen. „Jetzt nur nicht hyperventilieren. Er kommt schon noch."

„Er ist immer noch skeptisch und ich ...", stottere ich. Nein, wenn er nicht hier ist, dann kann ich das nicht. Er muss mir sozusagen seinen Segen geben, vorher gehe ich hier nicht raus.

Als mit einem Mal unsanft die Tür aufgerissen wird, zucken wir erschrocken zusammen.

„Da bin ich. Können wir das Ganze möglichst schnell hinter uns bringen?" Jordan wirkt noch nervöser als ich. Seine Stirn ist verschwitzt. Er zupft an seinem Jackett herum, als wären kleine Nadeln darin eingenäht.

„Weißt du was? Ich lasse euch ein paar Minuten allein, dann könnt ihr in Ruhe reden." Damit zieht Laney sich zurück und zeigt mir zwei gedrückte Daumen.

„Wir sehen uns dann gleich", rufe ich ihr noch nach und wende mich dann an Jordan. „Wollen wir uns nicht setzen?", biete ich an und deute auf das Sofa.

Doch mein Freund setzt sich aufs Bett und klopft neben sich.

Ich folge seiner Anweisung und beginne sofort mit meiner Erklärung: „Ich kann das hier ohne dich nicht, und ich will, dass du mich unterstützt, dich für mich freust und ..."

„Ich bin mir nicht sicher, ob das hier das Richtige ist."

Ich greife nach seiner Hand und drücke sie fest. „Doch, das ist es, glaub mir. Ich habe mir das gut überlegt. Es hat auch einen sehr guten Grund."

Als Jordan seine Arbeit in Miami abschloss, kehrte ich nicht mit ihm nach St. Augustin zurück, sondern blieb. Seitdem hat sich viel getan. Jordan lebt sein Leben. Er ist noch erfolgreicher geworden und hat noch mehr Termine als vor einem Jahr. Mit Frauen handhabt er es wie bisher, und auch wenn wir uns nicht mehr so häufig sehen, so ist er doch mein bester Freund und wird das auch immer bleiben.

Ich helfe im Hotel mit und lebte mich gut ein. Zwischen Tyron und mir entwickelte sich alles bilderbuchmäßig. Laney wurde nicht nur meine beste Freundin, sondern auch engste Vertraute, und auch mit Sienna, Dashiel und Micah verstehe ich mich wunderbar. Ich bin rundum glücklich, und nichts könnte das trüben, wäre da nicht Tyrons unerfüllte Aufgabe, die uns nicht ganz zur Ruhe kommen lässt. Ab und zu schläft er deshalb sogar schlecht, hat Albträume, wälzt sich neben mir herum, schreckt hoch und ruft nach seiner Großmutter.

„Und der wäre?", hakt Jordan nach.

„Tyron muss endlich mit seiner Vergangenheit abschließen. Es geht hier schon lange nicht mehr um das blöde Geld, sondern es hat nur noch einen obligatorischen Wert, verstehst du? Er will seiner Grandma beweisen, dass er die Aufgabe, die sie ihm stellte, bewältigen kann."

Jordan sieht mich skeptisch an. „Und das glaubst du wirklich?"

Ich muss an den Heiratsantrag denken, den Tyron mir in Paris direkt vorm Eiffelturm machte. Wie er vor mir auf die Knie sank und mich ansah und wie seine Hände und seine Stimme zitterten, als er mir die Frage der Fragen stellte. Seine Augen verrieten mir, dass er es absolut ernst meint und ihm die Millionen völlig egal sind.

„Das glaube ich nicht nur, das weiß ich", antworte ich mit sicherer Stimme.

„Ich möchte nicht, ich meine, ich will dich ...", Jordan senkt den Blick, „nicht noch einmal so unglücklich sehen. Das könnte ich nicht ertragen."

„Vertraust du mir?"

Er verzieht das Gesicht, sieht kurz zur Decke, dann wieder mich an. „Ich habe dir immer vertraut."

„Dann glaube mir, dass ich weiß, was ich tue", bitte ich ihn.

Jordan steht auf. „Also gut, lassen wir das, jetzt kann man es sowieso nicht mehr ändern." Er nimmt mich bei den Händen und mustert mich. „Du bist so wunderschön, Tammi Thompson."

„Vielen Dank", nehme ich das Kompliment mit einem breiten Lächeln an.

„Sag mal, behältst du eigentlich deinen Namen?", erkundigt er sich.

Ich runzele die Stirn. „Natürlich. Wie würde das auch auf einem Cover aussehen? Tammi Pine? Nein, das klingt nicht gut."

Jordan grinst. „Stimmt, Tammi Thompson, die Liebesgöttin, klingt um einiges besser. Da wir gerade beim Thema sind: Was macht eigentlich dein Buch?"

Ich lächele spitzbübisch. „Das habe ich gestern hochgeladen." Durch all die Änderungen in meinem Leben dauerte es länger als geplant, es fertigzustellen. Als es endlich so weit war, lud ich es ganz heimlich, still und leise beim größten E-Book-Shop hoch. Es war ein Moment, den ich nur mit mir allein verbringen wollte, nur ich und mein Buchbaby.

Als ich auf den Button drückte, überkam mich ein Adrenalinrausch. Innerlich tanzte ich, äußerlich aber blieb ich cool. Ich weiß, dass diese Branche ein Haifischbecken ist, doch ich bin im letzten Jahr gewachsen und der Meinung, dass ich nun viel besser damit umgehen kann. Hoffe ich zumindest.

„Was? Und das sagst du mir erst jetzt?", entrüstet Jordan sich. „Wie steht es? Hast du schon viel verkauft?"

„Ich habe noch nicht nachgesehen", gebe ich zu.

„Spinnst du?", schreit er. „Wo ist dein Laptop?"

Ich deute auf den Schreibtisch. Jordan setzt sich sofort davor und tippt wie wild auf der Tastatur herum.

Mein neuer Roman ist, finde ich, ziemlich gut geworden. Das habe ich der Entwicklung meiner Protagonisten zu verdanken. Sie hassten sich, bekämpften sich bis aufs Blut, verloren sich aus den Augen, näherten sich auf eine gesunde Art und Weise wieder an und letztendlich verliebten sie sich ineinander, ohne den anderen von Grund auf verändern zu wollen.

Ja, ich denke, das ist das Geheimnis einer gut funktionierenden Partnerschaft. Es ist egal, in welche Art Mensch man sich verliebt, man muss nur damit umgehen können, den anderen so sein zu lassen, wie er ist und sich selbst dabei nicht verbiegen. Ob Bad Boy oder Softie, das, was hinter der Fassade steckt, zählt. Alles andere ist völlig unwichtig.

Jordan dreht sich mit funkelnden Augen zu mir um. „Soll ich dir sagen, was ich sehe? Du hast seit gestern bereits 500 Bücher verkauft und dein Verkaufsrang ist mega! Du bist in die Top 100 der allgemeinen E-Book-Charts eingestiegen."

Ich springe vom Bett auf. „Du verarschst mich gerade, oder?"

„Mit so etwas macht man keine Scherze!", schimpft er. „Sieh doch selbst."

Gerade als ich zu ihm gehen will, klopft jemand an die Tür. „Tammi, ihr müsst kommen, es warten schon alle!", vernehme ich Laneys Stimme.

„Lass uns gehen", fordere ich Jordan auf.

„Nicht mal kurz gucken?" Er deutet auf den Bildschirm.

Ich halte ihm energisch den Arm hin. „Es gibt jetzt Wichtigeres!"

Jordan steht auf und hakt sich bei mir ein. „Also gut, dann werde ich jetzt die Liebe meines Lebens zum Altar führen."

***

Der Wind weht heute nur schwach, die Sonne strahlt, am Himmel zeichnen sich nur wenige Wölkchen ab.

„Bist du bereit?", will Jordan wissen, als wir am Strand und an dem weißen Teppich ankommen, der uns den Weg zum Trauredner, den Gästen und meinem zukünftigen Ehemann weist.

Laney und Sienna haben alles wunderbar arrangiert. Ein kleiner Pavillon, der mit roten Rosen geschmückt ist, ein paar Sitzgelegenheiten für die wenigen Gäste, aber ansonsten nicht viel Chi Chi. So wollte ich es. Klein, romantisch und fein.

„Ja, bin ich", gebe ich den Startschuss in ein – nein, mein neues Leben.

Als wir den Teppich betreten und Jordan mich langsam zum Traualtar führt, stimmt eine Sängerin Unconditionally von Katy Perry an. Mir jagt es auf der Stelle einen eiskalten Schauer über den Rücken, denn das Lied passt wie die Faust aufs Auge. „Ich werde dich bedingungslos lieben. Da ist jetzt keine Angst mehr. Lass los und sei einfach frei. Ich werde dich bedingungslos lieben", singe ich den Hit leise mit. Genau darum geht es doch. Bedingungslosigkeit.

Jordan drückt meine Hand ein letztes Mal fest und übergibt mich dann an Tyron, der einen dunkelblauen Anzug mit weißem Einstecktuch und passender Weste trägt und dessen Augen so hell funkeln wie noch nie zuvor.

„Du siehst bezaubernd aus", haucht er mir ins Ohr, und ich kann ihm seine Bewunderung ansehen.

„Du siehst aber auch toll aus", gebe ich das Kompliment zurück.

Es wird still um uns herum, und der Trauredner eröffnet mit den Worten: „Wir haben uns heute hier versammelt ...", die Zeremonie.

Tyron

Ich kann der Rede nicht folgen, denn ich muss die ganze Zeit über Tammi ansehen. Als ich sie in dem Kleid, das meine Großmutter zu ihrer Hochzeit trug, auf mich zukommen sah, war auch der letzte kleine Zweifel, ob ich das Richtige tue, in mir besiegt.

Mein Heiratsantrag in Paris war keine Schnapsidee und kam auch nicht von ungefähr. Nein, ich war mir sicher, dass sie die Richtige ist. Tammi macht mich jeden Tag noch ein Stück glücklicher, zeigt mir, wie schön das Leben sein kann. Genau deshalb stellte ich ihr die Frage, ob sie mich heiraten will, und sie zögerte nicht einen Moment, sondern fiel mir in die Arme, küsste mich und wisperte mir ein JA gegen die Lippen, und mir war klar – sie vertraut mir. Tammi ist bewusst, dass ich es nicht wegen der Millionen tue, sondern weil ich sie wirklich liebe.

Zudem will ich meiner Großmutter endlich beweisen, dass ich zu dem, was sie mir auftrug und für mich vorsah, imstande bin. Hier geht es nicht mehr um das Stück vom Kuchen, sondern allein um die Aufgabe an sich. Ich will, dass sie auf mich herabblickt und stolz ist, stolz darauf, dass ich endlich erkannt habe, was wirklich im Leben zählt.

Dass hinter meinem Rücken noch einige Skeptiker sitzen, die denken, ich würde Tammi nur benutzen, um an das Geld zu kommen, ist mir bewusst, doch die werde ich heute hoffentlich noch vom Gegenteil überzeugen können.

Tammi scheint zu bemerken, dass ich gedanklich abwesend bin und stupst mich in die Seite. Ich kehre wieder ins Hier und Jetzt zurück und höre den Trauredner sagen: „Die schönste Harmonie entsteht durch das Zusammenbringen der Gegensätze."

Er sieht uns beide abwechselnd an. „Man soll die Dinge so nehmen, wie sie kommen. Aber man sollte auch dafür sorgen, dass die Dinge so kommen, wie man sie nehmen möchte, und deshalb frage ich dich, Tammi Thompson, ist es dein freier Wille, mit dem hier anwesenden Tyron Pine die Ehe einzugehen, ... So beantworte meine Frage mit Ja."

Tammi wendet sich mir zu, ihre Augen glänzen. Sie lächelt strahlend und ruft laut: „Ja!" Ich sehe ihr an, wie groß die Last ist, die in diesem Moment von ihr abfällt.

Der Trauredner wendet sich nun an mich. „Und ich frage dich, Tyron Pine, ist es auch dein freier Wille, mit der hier anwesenden Tammi Thompson die Ehe einzugehen, ... So beantworte meine Frage mit Ja."

Mein Herz rast. Bilder meiner Vergangenheit rauschen wie ein Stummfilm durch meinen Kopf und dann passiert es ... Ich spüre den Geist meiner Großmutter. Sie sieht auf mich herab, lächelt und nickt. „Ich bin sehr stolz auf dich, mein Junge", vernehme ich ihre sanftmütige Stimme, was mich erschaudern lässt.

Ich merke, dass Tammi mich abwartend ansieht, nehme ihre Hände und beantworte die Frage mit einem: „Ja!"

„Nachdem ihr beide meine Frage mit Ja beantwortet habt, erkläre ich euch nunmehr kraft Gesetzes zu rechtmäßig verbundenen Eheleuten."

Hinter uns herrscht jedoch betretenes Schweigen. Der Trauredner schmunzelt und beugt sich näher zu uns. „Ihr dürft, sollt und könnt euch jetzt küssen und die Ringe tauschen. Die Gäste warten darauf."

Ich stecke Tammi einen dünnen Ring mit einem klitzekleinen Steinchen an den Finger. Sie wollte es so minimalistisch. Nachdem sie mir das passende Gegenstück angesteckt hat, umfasse ich ihr Gesicht, ziehe sie an mich und küsse sie leidenschaftlich. Nun klatschen auch endlich die Gäste. In mir sprudeln Gefühle, die ich nicht mit Worten beschreiben kann. Sie ist meine Frau und ich bin ihr Mann. Wir sind verheiratet! Wir haben es geschafft!

Als eine rauchige Männerstimme erklingt und das Lied You and Me von Lifehouse anstimmt, lässt Tammi von mir ab, nimmt mich bei der Hand und wir beschreiten unseren ersten gemeinsamen Weg als verheiratetes Paar.

Am Ende des Teppichs warten bereits meine Brüder und deren Freundinnen auf uns, um uns zu beglückwünschen.

Dashiel hält Laney im Arm, die wieder eines ihrer seltsamen Vintagekleider trägt. Sie strahlt übers ganze Gesicht und umarmt mich zuerst, wahrscheinlich, weil ich näher zu ihr stehe als Tammi. „Ich freu mich für euch. Herzlichen Glückwunsch." Sie klopft mir mehrmals fest auf die Schulter, fester als man es von ihr mit ihrem Kindergesicht erwartet, und wendet sich dann an meine Braut. „Herzlichen Glückwunsch. Ich hoffe, meine Überraschung mit den Sängern ist mir gelungen."

„Und wie", höre ich Tammi schluchzen. „Die Lieder passen wirklich perfekt und ..." Die beiden haben sich nicht gesucht, dafür aber gefunden. Ich höre dem Gespräch nicht weiter zu und wende mich an Dashiel.

Der zieht mich an sich, als wollte er mich umarmen, nutzt die Geste jedoch nur dafür, um mir ins Ohr zu zischen: „Ich hoffe für dich, dass du weißt, was du hier tust!" Blöder Skeptiker! Dashiel lässt wieder von mir ab, haut mir auf die Schulter und verzieht den Mund zu seinem typischen Grinsen. „Glückwunsch, Alter."

Dann tritt er beiseite und lässt Micah und Sienna zu mir. Mein Bruder nimmt mich in den Arm und klopft mir auf den Rücken. „Gut gemacht, Tyron. Herzlichen Glückwunsch."

„Danke, dass du mich damals vor einem großen Fehler bewahrt hast", flüstere ich ihm zu.

Er löst sich von mir und sieht zu seiner Freundin. „Ich muss mich bei dir bedanken."

Danach kommt Sienna auf mich zu und herzt mich innig. „Ich war die Erste, die wusste, dass du nicht so herzlos bist, wie du immer tust", feixt sie. „Herzlichen Glückwunsch, und halte sie gut fest. Tammi ist etwas ganz Besonderes."

„Das werde ich", verspreche ich ihr.

***

Das Essen war köstlich. Die Stimmung ist ausgelassen. Tammi, Sienna und Laney tanzen. Meine Brüder unterhalten sich und mir geht die Düse. Wo bleibt er nur? Ich sehe auf die Uhr und werde noch nervöser. Es ist bereits kurz nach 18 Uhr. Er sollte bereits vor einer Stunde hier sein. In mir bäumt sich Wut auf. Ich will das jetzt endlich hinter mich bringen. Klar, ich könnte das auch morgen machen, aber ich will es jetzt und hier. Ich hasse es, wenn ein Plan zu scheitern droht.

Nur wenige Minuten später legt sich meine Anspannung, als ich den Erbverwalter sehe. Der Muskel in meiner Brust rast. Ich richte meine Krawatte, schließe die Knöpfe des Jacketts und gehe auf den Mann mit Aktenkoffer zu.

Er streckt mir die Hand hin. „Herzlichen Glückwunsch, Mr. Pine."

„Wo ist er?", frage ich.

Der Mann öffnet seinen schwarzen Koffer und reicht mir einen weißen Umschlag. „Hier bitte, Sir."

Ich nicke ihm dankend zu und gehe zum DJ.

Auf dem Weg dorthin hält Dashiel mich auf. „Ich wusste es!", knurrt er.

„Was wusstest du?" Ich nehme eine abwehrende Haltung ein.

Im Gesicht meines Bruders zeichnet sich Enttäuschung ab. „Du hast Tammi doch nur benutzt. Es konnte dir mit dem Scheck wohl nicht schnell genug gehen."

„Ich habe sie nicht benutzt", wehre ich mich.

„Ach nein? Was hat der Erbverwalter dir dann gerade gegeben?" Er will mir den Umschlag aus der Hand reißen, doch ich reagiere blitzschnell und verstecke ihn hinter dem Rücken.

„Hör auf damit, Dashiel. Deine Skepsis kotzt mich echt an!"

„Ich bin nicht der Einzige in diesem Raum, der dieser Heirat kritisch gegenüber steht", faucht er.

Ich klopfe ihm auf die Schulter. „Dann werde ich euch jetzt eines Besseren belehren."

Er verschränkt die Arme vor der Brust und will gerade weiter wettern, doch ich halte ihn davon ab.

„Du gibst jetzt sofort Ruhe, hast du mich verstanden!" Ich wende mich von ihm ab und ziehe mein Vorhaben durch.

Nachdem ich mit dem DJ alles abgesprochen habe, beendet der das Lied, stellt die Anlage ab und reicht mir das Mikrofon.

„Tammi, würdest du bitte zu mir kommen?", fordere ich meine Braut auf und stelle mich mitten auf die Tanzfläche.

Augenblicklich bildet sich eine Menschentraube um mich, die mich mit Argusaugen beobachtet. Als Tammi auf mich zukommt, scheint mein Herz für einen Schlag auszusetzen.

Sie stellt sich vor mich und sieht mich fragend an, gibt aber keinen Ton von sich.

Ich hole noch einmal tief Luft, greife dann nach ihrer Hand und sehe ihr tief in die Augen. „Du hast mich geheiratet, ohne auch nur eine Sekunde daran zu zweifeln, dass meine Liebe zu dir echt ist. Du hast früher an mich geglaubt als ich an mich selbst. Du machst mich zu einem besseren Menschen und dafür möchte ich dir heute danken."

Tammi geht leicht in Deckung. „Was hast du vor, Tyron?", flüstert sie.

„Ich habe hier ein ganz besonderes Geschenk für dich", erkläre ich, reiche ihr den Umschlag und hoffe, damit nun auch noch die letzten Skeptiker zum Schweigen zu bringen.

Tammi nimmt ihn an sich. Sie zittert wie Espenlaub, reißt den Umschlag dann vorsichtig auf. Ehe sie aber den Inhalt herauszieht, atmet sie hörbar aus.

Danach zieht ein fast beängstigt wirkendes Schweigen durch den Raum. Tammi sieht wie gebannt auf den Inhalt. Ihre Augen werden feucht.

„Ich wollte dir damit zeigen, dass mir das Geld schon lange nicht mehr wichtig ist. Das Einzige, was für mich zählt, bist du, und deshalb möchte ich, dass du das Geld bekommst und es für einen guten Zweck deiner Wahl spendest."

Ein erstauntes Raunen geht durch den Saal. Meiner Frau ist es wichtig zu helfen. Unseren ersten Fernsehabend, wie sie gebannt vor dem Bildschirm saß und ihr Herz fast zerbrach, als sie die notleidenden Kinder sah, habe ich bis heute nicht vergessen. Ich habe keinerlei Zweifel, dass die zwei Millionen in ihren Händen bestens aufgehoben sind und sie das Richtige damit anstellen wird.

Tammi schüttelt zaghaft den Kopf und streicht mir über die Wange. „Du bist verrückt, Tyron Pine."

„Ich bin nicht verrückt. Ich war in meinem ganzen Leben noch nie so klar im Kopf."

„Und du willst wirklich, dass ich die ganze Summe spende?", sichert sie sich noch einmal ab.

Ich ziehe sie näher an mich. „Jedes Leben ist wie ein Buch in viele Kapitel unterteilt, und ich möchte, dass wir unsere Kapitel ab jetzt gemeinsam schreiben, ganz ohne Altlasten, verstehst du? Ich liebe dich, Tammi."

„Ich liebe dich auch", wispert sie und verschließt meinen Mund mit einem innigen Kuss.

***

Es ist kurz vor Mitternacht, als Micah mich am Handgelenk packt und mich hinter ihm herzerrt.

„Was machst du denn?", will ich mich wehren. „Ich wollte mich gerade mit Tammi zurückziehen."

„Du wirst doch wohl vorher noch fünf Minuten für deine Brüder erübrigen können", sagt er und schleift mich unbeirrt weiter mit sich.

Am Strand entdecke ich ein kleines Feuer, daneben eine Silhouette. Als wir näher kommen, erkenne ich Dashiel, der mit einer Flasche Bier im Sand sitzt. Er greift neben sich und reicht jedem von uns ebenfalls eine Flasche.

„Aber ich trinke doch nicht", protestiere ich umgehend.

Dash deutet neben sich. „Setz dich und halt's Maul."

Micah klopft mir auf die Schulter. „Wir wollen mit dir anstoßen, dagegen kannst du dich nicht wehren", macht er mir klar.

Ich füge mich, greife nach der grünen Flasche und nehme neben Dashiel Platz. Doch anstatt mit mir anzustoßen, reißt er mir den Kiefer auseinander und starrt in meinen Mund. „Ich fasse es nicht, aber er ist tatsächlich weg!", jubelt er.

Ich stoße ihn weg. „Spinnst du? Und wovon redest du überhaupt?"

Auf Dashiels Gesicht zeigt sich Anerkennung. „Der Stock in deinem Arsch, den ich immer bei dir sehen konnte, sobald du den Mund aufgemacht hast, ist tatsächlich weg." Er klopft mir auf die Schulter. „Ich hätte niemals gedacht, dass du dich wirklich ändern kannst, und erst recht nicht, dass du Gefühle zulassen kannst. Ganz ehrlich: Ich habe geglaubt, dass bei dir schon alles verloren ist. Aber das, was du eben getan hast, Tyron, ist der Hammer."

„Mir war das schon länger klar", mischt sich Micah ein.

Dashiel lässt seine Flasche gegen unsere klirren. „Vielleicht hast du ja doch nur alles, was du uns angetan hast, gemacht, weil wir dir wichtig sind." Er zuckt die Schultern. „Vielleicht bist du doch gar kein so schlechter Bruder."

„Angetan?", rege ich mich auf.

„Er will dir damit sagen, dass er dich liebt", versucht Micah, die Wogen zu glätten.

„Nun übertreib's nicht gleich. Ich fange gerade erst an, diesen Mistkerl zu mögen", zischt Dashiel.

„Großmutter hatte recht. Es sind die Stunden, in denen wir liebten, die am Ende unseres Lebens wirklich zählen." Ich sehe meine Brüder abwechselnd an. „Und das gilt für uns alle", sage ich und lasse die züngelnden Flammen vor mir auf mich wirken.

Liebe …

Ein Begriff, den keiner so richtig zu erklären vermag und der doch den bedeutsamsten Teil unseres Lebens einnimmt.

Ende